编 委 会

格桑花开

“最美支边人”的青春答卷

湖北省志愿者协会　中共湖北文理学院委员会　编著

人民出版社

序　言

用脚步丈量青春，以青春守护梦想。有这样一群青年大学生，他们用行动铸就灯塔、用真情汇聚星光，既照亮了他人，也“燃”动着自己的青春……

翻开这本书，字里行间无不涌动着西藏人民的质朴纯真，跃动着湖文学子的活力青春，书写着华夏一家的汉藏情深。十余年来，湖北文理学院“格桑花”赴藏支教团队接力续写弘文励教的感人故事：15 批 78 人次，他们始终以“有我”的在场自觉和“无我”的奉献担当，大力弘扬志愿服务精神，践行社会主义核心价值观，铸牢中华民族共同体意识，为逐梦新征程、奋进新时代写下了生动注脚。

这是一支有着光荣传统和活力激情的队伍。书中以故事化的叙事，记录着“格桑花”赴藏支教团队十余年来的成长历程。为守护西藏孩子们炽热的梦想，他们决意冲破物质环境与精神意志的重重关隘，用心用情影响甚至改变了一些学生的人生轨迹，也深刻影响着自己。支教队员毕业后有的扎根西藏、有的援疆支边、有的从戎从教，他们活跃在各基层平凡岗位上，让越来越多的人了解“格桑花”、关注“格桑花”，凝聚起更为磅礴的志愿力量。

这是一场与伟大时代变革同频共振的征途。任何事业的进步必须孕育并扎根于自己的时代方能取得。十余年接续守护，是把每一件小事做好的执着和把每一件好事做彻底的坚守。他们秉持“团结、友爱、互助、进步”的精神，以志愿服务这一具体、现实、生动的实践，牢牢把握当代中国青年运动的主题、方向与使命，在祖国和人民需要的地方发光发热。他们高举爱国主义的伟大旗帜，紧紧围绕“铸牢中华民族共同体意识”开展民族团结进步教育，在两地人员交往、汉藏文化交流、民族情感交融上久久为功。

这是一笔汇聚鲜活案例的极为宝贵的精神财富。“格桑花”赴藏支教团队获评全国“最美支边人物”，学校获评全国首批学雷锋活动示范点单位、全国民族团结进步模范集体和全国民族团结进步示范学校。在湖北文理学院，以“格桑花”为核心的志愿服务活动体系日臻完善，“格桑花”精神已然成为一种学校精神谱系中的特有文化符号，凝聚起广泛的价值共识，激励着越来越多的青年学生投身志愿服务活动，为学生的思想政治教育和成长成才提供了丰富而鲜活的素材。

“格桑花”的故事仍在继续。永久奋斗是中国青年的好传统！我欣喜地看到，越来越多的湖文青年表现出投身志愿服务活动、致力于民族团结进步的热情，并在此过程中展现出的坚定信仰、坚强意志和坚韧品格。我坚信，“格桑花”赴藏支教团队必将在一批批湖文人的接续奋斗中发展得更为壮大！湖文学子也必将在以中国式现代化全面推进中华民族伟大复兴的生动实践中放飞青春梦想，磨炼意志品质，成为党和国家事业发展的栋梁之材！

最后，向所有“格桑花”赴藏支教队员及组织者表示崇高的敬意！是为序。

二零二三年十一月

目录

第一编　缘起：3400 公里外的“襄”遇

第二编　燃情：喜马拉雅北坡的青春集结

第三编 传承：格桑花开别样红

第一编

缘起：3400公里外的『襄』遇

无论是3400多公里的守望相助，还是3000多个日夜的薪火相传，有这样一群年轻人，他们满怀青春志愿，以“捧着一颗心来，不带半根草去”的情怀和热忱，在雪域高原挥洒汗水、奉献青春，他们是“格桑花”，从湖北襄阳来，到西藏琼结去。

第一章　琼结有着别样的蓝天

在西藏有一个美丽的传说：不管是谁，只要找到了八瓣格桑花，就找到了幸福。格桑在藏语里是幸福的意思，所以格桑花也叫幸福花，它被藏族同胞视为象征爱与吉祥的圣洁之花。

美丽的格桑花

一方水土养一方人

西藏自治区山南市琼结县，地处喜马拉雅山北坡的藏南谷地，雅鲁藏布江中游的琼结河流域。西、南、北三面环山，东面为狭窄谷地，平均海拔 3900 米左右，最高海拔 6450 米。这里属于高原温带半干旱季风气候区，气温年较差小、日较差大，日照时间长，降水集中、气候干燥，冬春多风。

高高隆起的土黄色山脊连接着碧蓝的天空，黄绿相间的连片田地散发着泥土的清香，蜿蜒其间的山间小道、零星可见的牛羊，望向窗外，这里的一切对首次踏足西藏的人们来说，总是震撼又新奇，大美琼结是自然的馈赠，但也为这片热土写下了“穷结”的脚注。

1986 年，穷结县经国务院批准正式更名为琼结县。琼结县辖区面

琼结一隅

积 1030 平方千米，人口 1.84 万人（2018 年），多数为农牧家庭，极少部分外出务工谋生。这里雨季集中，植被覆盖率低，因而多风沙、洪涝等自然灾害，是一个以农业为主、农牧结合的河谷农区县，主要经济农作物为小麦、油菜和青稞。每当青稞收获的季节，也是青稞酒酿造的时候，香醇甘洌的青稞酒成了当地一张文化名片，是家家户户必备的待客佳品。

这里的孩子想走出大山

2014 年，和风帆等人作为湖北文理学院首批“格桑花”赴藏支教队员来到琼结县。这位来自襄阳的年轻小伙从未想过，毕业之际能以这样的方式走进西藏，一路的风景让他兴奋，山南的琼结到底怎样？那里藏民都有着怎样的民俗风情？怀揣着对西藏生活的期待，在长达 55 小时、3 次换乘交通工具的辗转之后，他们终于来到了拉萨，再经 3 小时的汽车颠簸，最终到达琼结县。

未等褪去多日舟车辗转的疲惫，刚刚“落地”的他们就被当地身着藏袍的藏族同胞热情簇拥，脖子上挂满圣洁雪白的哈达，欢迎他们的桌面上摆满了香醇甘洌的青稞酒、原汁原味的酸奶渣、口感独特的酥油茶……“相对闭塞的环境养成了当地质朴的民风，后来才知道，这是当地接待宾客的隆重仪式。这些陌生而又别具一格的藏族文化，我还是特别留恋。”回忆起初到琼结的情景，和风帆难掩心中的激动。

“白天妈妈要下田干活，家里还养了 3 头牛，1 头母牛用来挤奶做奶茶，2 头公牛用来吃肉。”一次随行家访让和风帆知道，这正是当地藏族家庭的普遍写照，孩子们下田地干活、帮忙放牧也是常有的事情，当地的教育现状，更让和风帆等人深感“来对了”。

“一所所谓的学校，连个像样的校门都没有；一个所谓的操场，却是乡间最普通的石子路；一个所谓的教室，却是那样的破旧与狭小。然而就是那个校门，每天涌进几百个渴望未来的孩子；就是那个操场，每天放飞几千个天真的梦想。”这是初到琼结县中学的和风帆写下的日记，他告诉自己：“要为孩子们打开一扇外面世界的窗户！”

2014 年，琼结中学有 700 多名学生，60 多位教师由正式在编和志愿支教的老师构成，尽管国家对偏远山区的教育投资力度持续加大，教育设施有所改善，但“还是留不住人”。琼结中学负责教学的副校长感叹：“教师不稳定，流动性大，甚至一个班一年任课老师换了 7 位，仅班主任就换了 5 位。”

第一批“格桑花”支教队员抵达拉萨

而留下来的支教老师生活压力很大，一个月工资仅够温饱，平时上课，课外还要为孩子们烧饭。由于师资力量缺乏、学科结构不均衡，体育老师有时候也是语文、数学老师，每周课程安排达 20 节之多，繁重的教学任务兼家长式生活，也是留不住人的重要原因。“现实比想象的还要糟糕”，和风帆在出发前也没有想到，琼结县的教育现状如此这般，他遇到的挑战远比想象中要大得多。

“扶贫先扶志，扶贫先扶智。”作为襄阳市唯一的本科高校，2014 年湖北文理学院获悉湖北省襄阳市对口帮扶的西藏自治区山南市琼结县缺乏师资的消息后，主动向襄阳市援藏办表达了派遣学生参与教育援藏、开展支教工作的愿望。和风帆正是这个支教团队的队长，首批 4 人还包括戴昊奇、沈盼、王松 3 名大学生党员。

“老师，你们会在这里多久？”

“你们会离开吗？离开后还回来吗？”

“如果考不上高中，我就要回家和弟弟一起放羊了……”

“我一定好好努力，走出大山，考到内地去！”

这是志愿者们到达琼结后听到最多的，这里的孩子希望走出大山，他们诉说着自己的梦想，但一开始，他们并不总是那么愿意表达。或许是这些年纪相差不大的哥哥姐姐们，给他们划了个新坐标，让这群孩子们更加向往“山的那边”。

琼结地广人稀，5 所乡镇小学分布较散，全县仅有琼结中学一所初中，基础教育现状不容乐观。和风帆和他的队友，带着地处 3400 公里外的母校之殷切嘱托来到这里，他们想帮助孩子们走出大山，到外面看看。

“这里的孩子双眸总是炯炯有神、充满期待，他们活泼天真，单纯得像一张白纸，他们渴望走出大山，那我们就尽全力帮助他们。”和风帆说，母校湖北文理学院是他们最坚强的后盾。

襄阳是一座怎样的城？湖北为文理学院又是一所怎样的大学？在此之前，琼结县的人们或许知之甚少，直到 2014 年和风帆一行的到来。

第二章　播撒在隆中山下的格桑花

地处湖北襄阳的湖北文理学院校园内，有一片寓意着团结进步、奉献友爱的“格桑花海”，与3400公里外的琼结中学“格桑林”遥相呼应，它们承载着“格桑花”们的念想，记录着一朵又一朵“格桑花”的故事，如今格桑花开，他们的故事还在继续。

| 湖北文理学院校园一角

淡泊明志宁静致远的湖文人

湖北文理学院是湖北省属全日制普通本科高等院校，办学地址在全国历史文化名城、湖北省域副中心城市——襄阳市，校址正位于中华民族智慧化身诸葛亮的长期隐居地——古隆中。取自诸葛亮《戒子书》的“淡泊明志　宁静致远”校训精神，感召着一批又一批的湖文人。前往西藏支教的十几批次大学生志愿者，接续助力公益，践行着母校的殷殷嘱托。

为什么是湖北文理学院，为什么是“格桑花”？

湖北文理学院“格桑花”赴藏支教团队的成立并非偶然，而是有着深厚的志愿文化沃土和优良传统。2011 年下半年，湖北省枣阳市七方镇留守儿童辅导中心负责人孙国萍抱着试试看的想法，来到湖北文理学院寻找愿意代课的学生，解决辅导中心人手不足的问题。

“孙老师自费为留守儿童提供免费的辅导让我深受感动，我想我或许能够，也应该做点什么。”湖北文理学院 2010 级学生杜鹏飞与孙国萍一番攀谈之后，一口答应与同学组成团队，每周末到距离学校 80 多公里的枣阳市七方镇，帮助留守儿童义务补课。

十年支教路，点亮公益灯。十几年来，湖北文理学院的志愿者已先后有 11 任队长带领 400 多名队员接续服务当地，3000 多名留守儿童和贫困学生从中受益。湖北文理学院 2019 级学生张靖曾是一名受到帮助的留守儿童，从小学四年级开始，每个周末都在由湖北文理学院大学生志愿者服务的辅导中心上课。“因为我小时候在这里受到过帮助，所以倍感亲切。”当他被湖北文理学院录取后，第一时间加入了这支爱心团队，用行动传承爱心。

期间，“周末助残”“周末洁城”“周末义演”“周末助老”“周末义诊”等“学雷锋周末志愿服务活动”蔚然成风，感召着更多的湖文人热衷公益活动。

和风帆曾是这支周末义教团队的负责人，2014 年他又成为首批“格桑花”赴藏支教团队队长。从枣阳七方到山南琼结，从汉江之滨到雪域高原，淡泊明志、宁静致远的湖文人，选择在祖国和人民需要他们的地方奉献青春。

每到周末，湖北文理学院的大学生志愿者便会到枣阳市七方镇开展支教活动

到祖国和人民需要的地方去

“知道了吗？学校要选派学生志愿者到西藏支教！”

“不知道招募要求和标准是什么？我也想去试试！”

“西藏很美，一直都想去看看。”

“听说会有高原反应，条件也很艰苦，家里不一定同意。”

2014 年春，学校将选派学生志愿者前往西藏支教的消息不胫而走，校园里一时掀起了关于西藏、关于支教的讨论热潮，和风帆、王松等首批支教队员也正是在这个时候，开始了解琼结县及其教育现状。

2014 年 3 月，经学校与琼结县广泛沟通协商，并报市政府同意，襄阳市援藏办公室向学校发来《关于对西藏琼结县开展对口支教工作的函》，正式明确了工作要求和支教需求。湖北文理学院随即启动“格桑花”赴藏支教团队的成立和队员招募工作，《湖北文理学院关于招募赴西藏琼结县开展义务支教活动志愿者的公告》随之在校园传开。“我并没有考虑很多，家里的支持让我更加肯定自己想法。”得知学校将选派志愿者到西藏琼结县支教的消息以后，王松便向学校递交了申请表，认为“趁着还年轻，男子汉应当好好去闯”。

“政治立场要坚定、身体条件要过关、教学水平要出色，一句话就是要拿得出手、靠得住，到祖国和人民需要的地方去，要有真本事，敢担当，善作为。”一边，学校对赴藏支教志愿者提出了明确要求，志愿者招募工作有序进行；一边，团队工作机制、组织架构、服务保障等系列配套措施也徐徐展开。

2014 年 3 月，湖北文理学院成立“格桑花”赴藏支教工作领导小组，由党政负责人任组长，校团委、学工部、宣传部、组织部、教务处、计财处、基金会、后保部、后勤集团、采招中心、教育学院等为成员单位，办公室设在校团委。各成员单位分头负责支教团队的招募选拔、后勤保障、团队管理、宣传思想工作、临时党小组建设、学业缓考、岗前教学培训、远程实践教学、经费保障、专项发展基金管理、场馆建设及环境维护、教师代培及顶岗实习等，让支教志愿者“轻装上阵”。

与此同时，学校成立“‘格桑花’支教团队发展基金会”并先期注入 20 万元，落实经费保障措施，将支教成员的体检、保险、交通、住宿及培训费用等列入专门预算，解决队员赴藏支教的“后顾之忧”。

截至 2021 年 7 月，已有先后 11 批 58 人次赴藏支教，从一开始的一年一批，到 2017 年开始一年两批，从本科生支教队员到研究生支教队员的加入，从琼结县中学、小学、幼儿园再到住建局、教育局，支教队伍不断充实，支教面不断拓展，支教内容不断深化。

湖北文理学院“格桑花”赴藏支教团队从无到有，从筹建准备到日趋完善，始终严格选拔标准和服务质量。学校把“政治合格、信念坚定”作为第一标准，原则上招募党员或预备党员，每批均建立有支教团队临时党小组，已有 47 名党员接力参与支教，确保支教队伍能吃苦、懂奉献、成绩优的整体质量。

湖北文理学院还根据琼结当地教育局和学校的专业需求，订单式选拔、培训、派遣支教人员；建立交流培训长效机制，与琼结县政府签订教师代培协议，由当地每年选派 10 名左右骨干教师来校接受教学技能培训。同时，学校每年选派心理健康教育、思想政治教育等专业优秀教职工赴藏开展教育教学、学校管理培训指导，两地共享教育资源，让更多的藏族师生从中受益。

如今，“格桑花”在湖北文理学院成了公益志愿的代名词，近十年的爱心接力为汉藏团结一家亲写下了生动注脚。而万事开头难，他们跨越 3400 多公里“襄”遇琼结，从踏上西进列车的那一刻起，故事才刚刚开始。

第三章　他们跨越3400多公里“襄”遇琼结

有一种生活，没有经历过就不知道其中的艰辛；有一种艰辛，没有体会过就不知道其中的快乐；有一种快乐，没有拥有过就不知道其中的纯粹。用一年不到的时间，做一件终身难忘的事，用奉献定义青春，用青春丈量生命的厚度。

——第一批“格桑花”赴藏支教团队队员　王松

怀揣着问题奔赴远方

每年暑假，像和风帆他们一样前往贫困地区开展义务支教的大学生志愿者不在少数。大山深处的孩子们在和支教队员的相处中，收获知识，也听到了山外的故事。

“叔叔、阿姨，我们不希望你们来‘支教’。”2014年的一则网上热帖，引起即将前往西藏支教的和风帆的关注：支教的现状是什么？支教中可能存在的问题是什么？有什么方法可以让支教更好？

和风帆清楚地记得那趟列车。

2014年5月10日14：10，和风帆一行4人怀揣着问题，从湖北襄阳出发，踏上了前往西藏的列车。“格桑花”赴藏支教团队成立之初，4名队员对所有的一切都充满疑问：什么时间去？住在哪里？当地的风俗

| 第一批“格桑花”支教团队出征仪式结束后合影留念

是怎样的？支教对象如何？支教如何开展？听不懂地方语言怎么办……出现的问题一个又一个，想到的困难一个又一个，心中的忐忑从未间断。但团队成员始终坚信：只要齐心协力，就没有什么做不到的。

可现实却给了这 4 位初到的少年一个又一个极大的挑战。

“拓荒牛”的坎坷奋进路

“刚来的时候饮食也不习惯，有时候站着站着就会流鼻血。”和风帆回忆，初到琼结时干燥的气候环境和严重的高原反应，让这几位壮小伙也有点吃不消。“两张床和一张木桌，就是我和王松的卧室，被子往上一铺就睡。”和风帆等人来到琼结中学时住在学校的教工宿舍，十几平方米的狭小空间，却承载着和风帆长久的回忆。

“刚来到琼结，一切都是零基础和未知数，很多体制机制不完善，

| 第一批"格桑花"支教团队抵达琼结县中学

都是在摸着石头过河，在发现问题中逐步解决问题。"和风帆说，除了高原反应，那个时候他操心较多的还是吃饭问题。"我们自己置办伙食，这边位置偏远，物资紧缺，物价要比内地高很多。"除了每月少额的补助，作为学生的支教队员还自己借钱贴补生活，和风帆有段时间甚至产生了返鄂的念头，"吃饭都成了问题，那个时候确实比较糟心"。后来，在湖北文理学院和琼结当地的协调帮助下，和风帆等人得以到琼结县政府机关的食堂用餐，"虽然也是自费，但是成本总算是降了下来"。

和戴昊奇服务的琼结县希望小学不同，和风帆所在的琼结中学常年没有热水。"支教半年，我只洗了两次澡，是到戴昊奇宿舍洗的，没办法，这边没有热水"，让和风帆印象深刻的是，"烧开的水可以直接洗头"，谈起这段经历的和风帆忍俊不禁，依旧感到难为情，但却也难忘。

就这样，克服了身体和生活上的多重困难，他们渐渐适应了教师的角色，"艰苦不降标准，缺氧不缺精神"的新西藏精神，成了这群新西藏人的精神食粮。

当 20 平方米的补习教室遇上炙热的梦想

来到琼结中学后，队员们发现学生基础普遍较差，便想着法给学生补基础，可学校教学资源有限，他们只能抢时间、要场地、排班次，东拼西凑地给学生“开小灶”，和风帆几人随即写了方案，并向学校领导表达了为学生补课的愿望。

“这是好事！孩子们，谢谢你们！但你们身体吃得消吗?”“没事，没事，您看我这么壮实，肯定没问题的。”和风帆不假思索地回应了校长。就这样，队员们当天就为学生“加课”。

20 平方米左右的小房间、自带的几张破旧桌椅、一面可拆卸的黑板、25 名学生，简陋而又拥挤。让和风帆没有想到的是，补习班开始的第一天就“门庭若市”，很多学生没有凳子，就直接在地上坐着。

| 20 平方米的补习班教室挤满了好学的学生

原本补习时间是下午 1 点到 3 点，晚上 10 点到 12 点。第一天晚上 12 点，学生仍然围在和风帆身边不断地问着各种问题，丝毫没有想走的意思，补习班从第一天开始就“超时”，以后每天都是凌晨 1 点多孩子们才依依不舍地回去休息。

正常教学加上课余补课，和风帆每天最多只有 5 个小时的睡眠时间，加上高原反应的影响，和风帆逐渐有点吃不消。“刚开始的几天我真是累得站着站着就要睡着了。”但当自己看着孩子们渴望知识的眼神，看着孩子们努力学习的样子，看着孩子们凌晨1点仍然如此专注……和风帆的眼睛湿润了，他暗自告诉自己一定要坚持，直到中考前第三天，补习班才停止补课。

而此刻的和风帆也倒下了。中考前夕，和风帆得了感冒，便吃了点自带的备用药，“以前在内地感冒了也是这样自己吃点药，也没有多想，现在想想还是有点后怕”。和风帆说，若不是时任琼结中学校长何风告知在西藏得了感冒的严重性并将自己送医治疗，后果可能不堪设想。可和风帆从不后悔，因为他和队友王松的付出，使学生得到了进步和成长。

2015年，在师生的共同努力下，当年考取内地西藏班的人数由去年的1人增加到10人，学校排名由倒数第三名上升至第三名，“这10名同学均是补习班的学生”。

“一个20平方米的房间，是二十几个孩子梦想起航的地方；一块小小的黑板，承载了二十几个孩子的梦想；一句句话语，希望孩子们能够谨记在心中。虽然夜已深，天已寒，但是此刻此处的氛围，确实是无法用言语表达的。为了孩子们的梦想，我们在路上！”回想起这段时间，和风帆在自己笔记本上写下了这样一段话，当20平方米的补习教室遇上炙热的梦想，学生的成长便是时间给予的最好馈赠。

尝试走进学生生活

“老师能给我讲讲大学生活吗？”

“老师，襄阳离我们这里远不远……”

因为住在学校，孩子们也都是寄宿，时间长了彼此便熟络了起来，有些孩子会在课余时间来办公室找和风帆聊天，有时也会到和风帆宿舍送零食。

有一次几个学生到和风帆宿舍，无意间看到他叠得方方正正的被子惊讶地说：“老师你的被子叠得真漂亮！”“老师我之前在电视上看到过当兵的就是这样叠被子的。”“老师能不能教教我们啊？”

“当然可以啦，走！我们去宿舍看看。”他们边走边说来到宿舍，小卓玛立即高兴地说：“老师来教我们叠被子了！”孩子们看着老师腼腆地笑着，和风帆一看发现很多孩子都不叠被子，偶尔有几个叠了的也是滚得像个“棉花包”。和风帆一遍遍地给学生示范如何拉展、压平、对折等，经过一段时间的努力，孩子们都能把被子叠得整整齐齐。

看着孩子们在学校的日常表现，和风帆很想去家访，了解孩子们在家里的生活和西藏的风土人情。周六一大早，和风帆和队友王松便出发前往学生达珍家里，路途遥远加之对当地环境不熟悉不适应，一路走了两个多小时还没到，但此时随身带的水已经喝完了。

家访途中的支教队员

“真是又累又难受，后来走到一条小水沟旁边，也顾不得干不干净，用手捧起来便喝，喝饱后洗了把脸，我们两人坐着歇了会就又向着达珍家走去，走了近 4 个小时终于到了达珍家。”和风帆回忆起这段家访经历仍记忆犹新。

一次家访让队员们深知孩子们求学的不易。父母双方或一方外出打工，孩子们在校学习，回家则更多忙于生活和家务，有的还要放牧下田。他们与许多同龄人有着不一样的生活体验，也面临着不一样的压力与挑战。

西藏的孩子并不差

王松是首批“格桑花”支教团队临时党小组组长，他喜欢在日记中记录着自己的所看所想。从湖北襄阳踏上征程，途经湖北、河南、陕西、甘肃、青海等地，跨越 3400 多公里，辗转 50 多个小时抵达西藏琼结。

“自踏上西藏土地的那一刻起，我就被西藏壮丽的风光、神秘的宗教文化以及淳朴的民族风俗所吸引。无论是香浓的青稞酒还是盛开的格桑花抑或是奔放的锅庄舞，无一不使我沉醉其中，忘记远离家乡的思乡之苦。琼结人民的热情好客更使我感到家的温暖，琼结就是我的第二家乡！”离开西藏后，王松对这里的一切充满眷恋。

“西藏的学生基础是不是特别差啊？”

“孩子们和内地学生有什么差别吗？”

在西藏支教期间，常有人通过一些网络聊天工具，问王松等诸如此类的问题，没到琼结之前，他也有着和别人一样的疑惑。可在当地，王松清楚地知道，西藏的孩子并不差，他们聪明、单纯，对所有的事物都充满好奇，在王松看来这是主动学习的一个很好的前提。

但为什么西藏孩子的成绩会比较差呢？

王松在宿舍备课

王松的服务点是琼结县初级中学，主要负责英语教学，琼结县中学 700 名初中学生全部来自农牧区，99% 是藏族学生，他们有着黝黑的脸庞，红扑扑的双颊，黑白分明的眼睛。他们其中哪怕是最羞涩的一个，迎面碰到老师时，都会尊敬地喊一声：

“老师好！”但是每一次考试的成绩，平均只有二三十分，这让每一位热情洋溢的老师都禁不住黯然失望。

在支教的日子里，每一天他们都在思考：这里的孩子最需要什么？他们能为这里的孩子们做些什么？

一段时间以后，王松发现，语言是孩子们学习最大的障碍。西藏除了几个城镇外，广大农牧区的汉语普及程度很低。在农牧区，教师用汉语教英语，部分学生听得并不是很明白，更谈不上理解运用。而城镇的汉族学生比例高很多，学生往往能集体用汉语回答问题。两地学生学习情况的对比，让王松更加了解这里的教育现状，明白不能一蹴而就，不能照搬一般模式，王松为此调整教学模式，下足功夫提高学生的汉语和英语水平。

向老师“要课”，和学生“竞赛”

为了更快适应当地教学，王松还到琼结地区的下水完小、希望小学去听课，与课任老师交流。

在琼结中学，王松主动向其他科任老师挨个“要课”，使英语课周课时量从三节升到了四节，每两周安排一次英语视听课，教学生唱英文歌，看英文少儿剧，激发学习英语的兴趣。这样下来，王松的课时量骤增至琼结中学教师中的前列，“每天桌上需要批改的学生作业本摞得比我还高”。

王松在课余时间为学生补习英语

兴趣有了，孩子们一上多媒

体的英文课都瞪着大眼睛，贪婪吮吸着“视听盛宴”，但是王松很快发现，有几个孩子总是游离在课堂之外，关心了解后才晓得，原来是因为连 26 个英文字母都背不全，基础太过薄弱，更不能谈单词、句子、语法这些复杂的知识点，王松看在眼里急在心里。

来西藏后，王松经常利用空闲时间学习藏文，深知学一门陌生的语言并不轻松，苦苦思索怎样进一步改变班上英语学习的现状。既然自己在学习语言，学生也在学习语言，何不尝试一下来个比拼？最终他决定和倔强的孩子们来一场“学语言”的竞赛：自己一周内默写 30 个藏文字母，学生默写 26 个英文字母。

有老师劝王松放弃竞赛，不仅有教学任务，还要自学藏文，工作强度太大，担心王松身体吃不消。王松摇摇头对同事说：“累点没什么，既然当他们的老师，一定要做榜样，学生哪怕多背一个字母，都是进步。”

一周下来，学生们果然会背、会默写 26 个英文字母，好强的孩子们果真做到了！王松的藏文水平也得到了很大的提升。

“因为成长环境、教育环境不同，也许大城市里的孩子接受知识的渠道、教育的硬件软件更有优越性，但是琼结的孩子却养成了更坚毅、不服输的个性，塑造了相对于城市孩子更加执着的性格，懂得了一些在优越环境中很难发现的道理。”王松坚信，这些特殊的财富，学生将一生受用。

教师——平凡而生动

教师的称号无比荣光，只有亲身经历才能收获其中的感动。这里的孩子需要什么，他们在思考也在行动。

琼结的孩子和外界接触比较少，大多数的孩子甚至可以说和外界毫无联系，学生在学校所接受的教育也是极其有限的。支教队员们一拍即合，想给孩子们更多的图书资源、想给他们创造更多的可能，让学生通过支教老师了解到更多的信息，给他们带去一份光明和希望！

早在出发前，王松就有了这样一个目标：为有需要的学生联系捐资助学。为了摸清学生的情况，精准帮扶那些品学兼优但家境贫寒的学子，家访、调研、写报告、列清单，王松经常顾不得吃饭，忙碌到深夜。

“有一种生活，没有经历过就不知道其中的艰辛；有一种艰辛，没有体会过就不知道其中的快乐；有一种快乐，没有拥有过就不知道其中的纯粹。”写在王松支教日记扉页的这句话，时刻勉励着他阔步向前，由王松撰写的《擎起爱心火炬，点燃雪域高原贫困学生的求学希望的倡议书》，连同捐助材料一起发到湖北文理学院后，引起了师生的高度关注。

最终，支教队员们为琼结当地近 20 名学生联系了资助人，为学校争取了价值 1 万多元的图书，并在琼结中学设立了一个针对贫困优秀毕业生的助学基金。图书送到学校的第一天，孩子们的欣喜让王松无比感动。“我忘不了孩子们看到丰富多彩图书时的模样！”

美朵曲珍开心地拿着图书向老师们问东问西，她说：“支教团的老师们帮助我们，让我们都有机会圆自己上学的梦，看到了这么多以前没有看过的东西，我们要珍惜，但也不要忘了学会感恩，争取在学校期间学好知识，回馈社会。”嘎珍说：“人要学会感恩。从最初的时候我们能幸运地来到这个世界，并且从弱小的婴儿慢慢长大，我们要对父母感恩；上学后，有同学们的友情呵护、老师们的谆谆教诲，我们要对此感恩；甚至对于困难、贫穷等看起来不好的东西也要感恩，这样的磨砺只会让我更加坚毅，这些对我们日后走向成功是一笔丰富的财富。"

学生白沙拉姆还写了一首诗送给支教队员。

一捧黄沙 / 一丛秋叶 / 一抹纯朴的笑容
都会带给我们久违的感动
浪漫是生活 / 朴实也是生活
如果我们在平凡的生活中找到了人生的真谛
那么，人生就不须有浪漫的爱情
不奢求荣耀的生命 / 让世界疯狂 / 而我只愿
待在那片黄土地上 / 耕耘自己的理想
教师，平凡而生动。

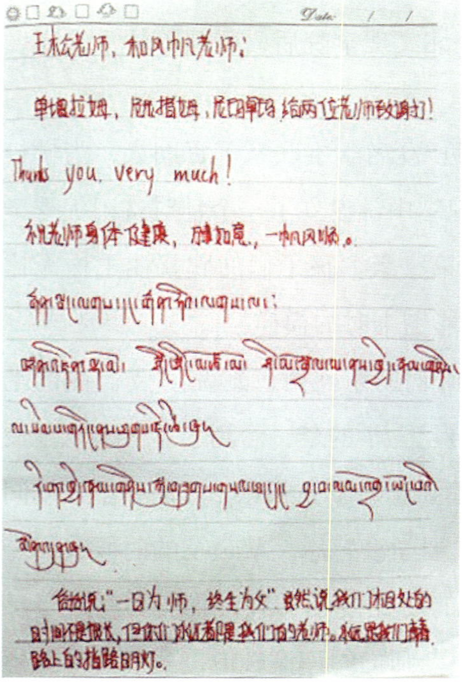
王松老师，和风帆老师：

[illegible]，给两位老师致谢了！

Thanks you. very much!

祝老师身体健康，万事如意，一帆风顺。

[illegible]

俗话说"一日为师，终生为父"虽然说我们相处的时间不是很长，但你们永远都是我们的老师。永远是我们前进路上的指路明灯。

学生写给支教队员的感谢信

"由于这里交通不便，师资力量缺乏，学生们的家庭也比较贫困。当孩子们拿到你们的奖品时，脸上露出了幸福的笑容，家长们流下了感激的泪水……"收到捐赠物资的琼结中学，给湖北文理学院送去了感谢信和锦旗，感谢湖北文理学院师生与琼结中学师生"共享同一片蓝天下的爱"。

时任琼结县教育局局长罗布次仁说："'格桑花'支教团队的到来不仅丰富了这里孩子们的校

园生活，而且让孩子们接触到不同的文化以及新鲜的事物，将更多的爱和帮助带给雪域高原，带给世界之巅。”

“我们帮助孩子们不因贫困失学，我看到了洋溢在孩子们脸上的笑容，眼里对我们的喜爱和认可。志愿服务是起点，让我渐渐走入我向往的青藏高原；志愿服务没有终点，我深深被青藏高原的辽阔美丽、被西藏人民的淳朴善良所感动，我希望努力为我热爱的这一片土地，为这里的人民尽我绵薄之力。”真情的感恩温暖了王松和队员，支教期间常有人因西藏支教而夸奖自己，但王松却暗暗心生愧疚，“跟长期奋战在青藏高原的人相比，跟祖祖辈辈在这片土地上劳作的人相比，我所做的，实在是微不足道”。但他也相信，这段支教之旅，将使自己更加满怀欣喜地迎接未来的风雨阳光，迎接属于自己的平凡与感动。

王松他们想着如何能够带给孩子们更多的知识，如何让孩子们知道更多外面的精彩世界，而在琼结县希望小学的戴昊奇，选择用自己的方法，带领孩子走向远方。

把论文写在西藏大地上

坐上绿皮火车，西藏之美随着徐徐开进的列车映入眼帘。西藏是个神秘的地方，有着灿烂的阳光、洁白的云朵、纯净的天空、稀薄的空气、连绵的雪山、恬静的湖泊，美得令人心驰神往。在这片土地上，有那广阔无垠的草原，有那连绵起伏的山脉，有那淳朴热情的人民，更有一群求知若渴的孩子……

同为首批“格桑花”支教队员的戴昊奇服务于琼结县希望小学。哈达、簇拥、笑脸与问候，小学师生的亲切与热情，让戴昊奇倍感亲切。“工作还没开始，心就已经被感动，后面我也一直在用心摸索着新的教

| 戴昊奇依托专业优势，利用课余时间教学生画画

学方式。”回想起初至琼结，戴昊奇仍旧满心欣喜。

在琼结，他迅速转换角色，时常活跃在学校的教室门口、操场、办公室、路口、宿舍里，和老师们共同探讨教育教学上的困惑。出身教育世家的他，从小耳濡目染父母对教育的种种独到看法，对教书育人更是充满兴趣，在这里，他不断探索教育的方法并付诸实践。

“他们从某种程度上来说是缺乏主动性的，因此他们跟全国很多地方的孩子不能够站在同一水平线上”，与德珍老师的一次交谈，让戴昊奇陷入深思，能不能根据自己对教育和学习的理解，给包括希望小学学生在内的藏区孩子们，找到一条可复制推广的自主学习道路呢？

如何让藏区孩子主动学习？戴昊奇在教学之余大量开展实地调研，查看文献资料，翻看教育学、教育心理学等相关书籍，为了找到这个答案，他做了自己之前从来不敢想象的决定：发一篇高质量的顶刊论文。

但这对一名本科生来讲并非易事。戴昊奇不断地摸索，把论文、书本知识融合在一起并建立实施方案，最后评估效果，白天上课，晚上研究并应用到教学实践中。

就这样，戴昊奇在服务地撰写的《西藏学生自主学习能力的培养》被国家级期刊《中国校外教育》刊发。他把对于孩子们的寄托与期望留在字里行间，留下的不仅是对孩子们的殷切期望，更是一种学习方法，为其他藏区学生的成长成才提供可复制的经验，真正把论文写在西藏大地上。

站稳三尺讲台

“这里背靠大山，远离喧嚣，空气清新，环境幽静，就像隆中山下的湖北文理学院一样，是一个读书的好地方。”队员沈盼的服务地是琼结县下水乡小学，主要负责五年级的英语教学，同时跟当地老师一起，参与三年级的英语教学。初出茅庐的他，虽然感觉工作量很大，但是内心却十分期待：终于可以站上三尺讲台了。

“台上一分钟，台下十年功。”当沈盼第一次站上讲台时，才真正意识到，讲好一堂课是多么不容易。“要给学生一碗水，老师要有一桶水。”在工作中，他深刻体会到这句话的含义，一节课 45 分钟很快过去，但备课却不知要花多少个 45 分钟。

为了能尽快适应学校教学氛围，沈盼一刻也不敢放松，他积极请教、虚心学习，逐渐放下初来乍到的紧张和不安，全身心地投入课堂教学工作中。半年过去，沈盼所负责的年级，学生及格人数从期中考试的 2 人升至 26 人，及格率从 4% 升至 61%，学生的英语成绩得到了明显提高。

“虽然支教时间不长，但我感恩这个契机，让我深切感受到西藏人民的淳朴，深刻体会到西藏的悠久文化不止体现于仓央嘉措的诗集中，深刻感悟到西藏深厚的历史不只存在于布达拉宫的灵塔里。”沈盼很庆幸能够投身西部，支援这块缺少教育资源的地方，做了一件令自己终身难忘的事情。

第二编

燃情：喜马拉雅北坡的青春集结

从 2014 年到 2021 年，11 批 58 人次先后前往西藏琼结，他们未曾停歇，他们有共同的梦想、共同的誓言、共同的名字，时光的河潺潺向前，他们如粼粼波光，也将如同孩子们的梦想一般，一直闪耀。

热血·像格桑花般绚烂
（第二至四批）

第四章　你们永远是夜空中最亮的星

当我再听到那时的上课铃下课铃，也许会热泪盈眶吧。琼结的孩子们就像一颗颗夜空中最亮的星，当我迷失在黑夜里，他们的单纯与美好照亮我前行的道路。

——第二批“格桑花”赴藏支教团队队员　李功黔

我与他们，素未谋面却心驰神往

与首批“格桑花”支教团队队长和风帆一样，吴顺喜同为枣阳市七方镇周末义教队的志愿者，他是第二批“格桑花”赴藏支教团队的队长。

志愿服务这个词是吴顺喜大学4年生活的主流。大学4年，他一直热心于志愿服务，踊跃报名参加学校的各种志愿活动，如周末助乘、周末义修、周末义教等。从2013年5月开始，他多次参加“周末义教”活动，每周末乘车辗转近3个小时到枣阳市七方镇为当地留守儿童开展义务支教活动；2014年7月至8月，作为“阳光家园”暑期社会实践活动负责人，在枣阳市七方镇志愿义教服务一个月。

周末义教路途遥远，教学量大，自己的专业学习任务也很重，但每当看到留守孩子们因为支教活动而露出开心的笑脸，吴顺喜就觉得一切都是值得的。也正是在这个过程中，吴顺喜坚定了毕生参与志愿服务活动的决心。

2014 年，在得知第一批“格桑花”支教队员赴藏支教后，吴顺喜通过走访宣讲，在后方募集到资金 4000 元，购买了书籍、学习用具和体育用品，通过邮寄的方式送到西藏，为支教活动献力。那时他就在心里埋下了一颗种子：到琼结去，到西部去，到祖国最需要的地方去支教，带着孩子们的梦想一起飞翔。

背起梦想的行囊

2015 年元旦前后，湖北文理学院正式发布了招募第二批“格桑花”赴藏支教团队成员的通告，吴顺喜毫不犹豫地递交了报名表。经过层层面试、体检筛选之后，最终他被确定作为湖北文理学院第二批“格桑花”赴藏支教团队成员赴西藏琼结支教，并担任队长。得知这个消息后，他几乎一夜未眠，既因为赴藏支教的兴奋，更因为不知道能否真正实现“带着孩子们的梦想一起飞翔”的愿望所带来的压力。

为了更好地做好支教工作，吴顺喜每天早上 6∶30 和其他小伙伴相约到学校淡泊湖畔练习英语口语，上午一起在学校的空教室练习粉笔板书，下午找专业老师给他们培训教学技能，晚上就相约在操场跑步锻炼身体，强健体魄以确保能迅速适应高原环境。

2015 年 3 月 19 日，吴顺喜告别师生，暂别校园从襄阳出发，一段特殊的生活、一段特别的经历从此烙印在他和他的小伙伴身上。他知道，在遥远的西藏琼结，有一群可爱的孩子等着他们去教，有一支叫“格桑花”的支教团队等着他们去传承。

吴顺喜在火车上就开始呕吐，一直持续到抵达琼结的第三天。初到琼结时，吴顺喜和 4 名队员的高原反应都比较强烈，经常晚上头痛睡不着，伴随着恶心呕吐，半夜醒来三四次，整个人显得非常虚弱。

投身工作是吴顺喜克服高原反应的第一件法宝，他把熟悉校园环境和师生状况当成开展支教工作的第一课，尽管有太多的身体不适，到校当天他和队员们就不辞疲倦地走访学生寝室和参加师生座谈，努力用工作的激情打退不断侵袭的高原反应症状。

坚定信念是他克服高原反应的第二件利器。“好儿女志在四方，有志者奋斗无悔。”想着启程时学校老师和同学的嘱托，回忆起出征时自己立下的铮铮誓言，环境艰苦、生活不便、身心孤独等困难也逐渐被他踩在脚下，抛在脑后。

站上梦想的舞台

在充分考虑教学实际的基础上，吴顺喜被安排负责七年级两个班的英语教学和九年级的数学培优补差辅导工作。来到琼结中学的第三天，简单适应后他就走上了讲台。

教学过程中，吴顺喜发现学生们早读时间都不愿意读书而是埋头写作业；学生因为不认识音标，英语单词发音不准，导致他们不敢开口读；加上没有录音机和录音磁带，也给英语教学带来了很多的困难。面对这些问题，他总是想尽办法为学生创造更多更好的学习机会和条件。

从前在校不是每天都能起早的他，如今坚持每天早上 6：30 就准时到教室，带头和督促孩子们大声朗读，及时纠正发音错误。功夫不负有心人，一个月之后学生渐渐养成了晨读的好习惯。同时，他还把大学里英语俱乐部那种寓教于乐的教学方式带到现在的班级中，让学生在小游戏中边玩边学，快乐地学习音标。

教学中没有录音磁带，他就辅导学生依照课文中提供的情景进行对话表演，不仅弥补了教学条件上的欠缺，更锻炼了学生们的实际应用能力和口语能力；为了引导孩子们背诵更多的英语单词，吴顺喜就教学生做英语单词小卡片，指导学生每天背诵一张卡片，同时还和学生约定，每位老师每天也背诵一定量的考研英语单词，互学互长。

这使学生的英语基础和学习兴趣有了明显的提高，从不愿学英语、不敢读英文，到渐渐地喜欢上英语课，课堂上的气氛活跃了很多，成绩也一次比一次好。在学生悄悄塞给吴顺喜的一张纸条上有这样一段话：“吴老师，谢谢您！这些日子里您辛苦了，每天早晨带我们读英语。我刚来这里的时候不喜欢英语，但现在我英语在班里排名第四，真的谢谢您，吴老师！”

每一个梦想都值得被尊重

孩子们感恩老师的付出，可孩子们哪里知道，也正是他们的坚持和渴望，激励着吴顺喜，感染着吴顺喜，震撼着吴顺喜。一个雪后的早晨，天还是黑漆漆的一片，可以说是伸手不见五指的黑，此时雪已经停了，可地上还有厚厚的积雪。初春的琼结温度还是很低，吴顺喜低着头快步朝前走，想早点到达教室。可是，当看到路旁路灯下三三两两拿着书本的身影，他震惊了。

他急忙走过去询问孩子们，才知道是教室突然停电，孩子们自觉到室外寒冷的路灯下继续他们的早读。从小学到大学，吴顺喜看到过太多的人在温暖明亮的教室里沉睡，而今天他看到了琼结的孩子们为了多学习而在路灯下读书。眼前情景让吴顺喜更加明白和理解孩子们对于知识的渴望，才明白自己教学、团队支教对于孩子们的意义，才知道自己身上的责任是如此之重，重到一颗心始终深深牵挂西藏琼结的孩子们。

最让吴顺喜记忆深刻的还是自己组织召开的那堂“我的梦想”主题

班会课。在以“My Dream”为主题的班会上，学生们用白色的粉笔在黑板上纷纷写出自己彩色的梦想。“我的梦想是当一名医生，因为我小时候身体很不好，可医生们治好了我的病，从这一刻起我下了决心一定刻苦学习，克服困难，当一名合格的医生。”“我的梦想是当一名女警，我要为民除害，为了大家的安全，为他们牺牲我也心甘情愿。”

孩子们的梦想丰富多彩。有梦想成为汉语老师，促进藏族汉族交流的学生；也有想当一名英语老师，帮当地的孩子们提高英语水平的学生；还有爱上科学想当科学家的学生……孩子们小小的梦想中有感恩之心，有保卫人民安居乐业，有建设藏汉沟通桥梁，有愿为人师传授知识，有崇尚科学立志富国强民……就在还未结束的班会课堂，吴顺喜代表全体支教队员写上了“格桑花”支教团队平实而坚定的梦想，那就是：“为每一个孩子勾勒梦想，助每一个孩子实现愿望。”

于是，应孩子们的要求，除了白天课上的常规教学和晚上的自习课，吴顺喜和其他团队成员挤出时间组织给九年级毕业班的学生补习，他们根据学生的实际情况分为不同的辅导班进行培优补差。每天下午1：20—3：00、晚上9：00—10：30，支教队员都会在实验室给孩子们进行专项补习。

募资设立“格桑花支教爱心基金”

尽管每天的教学任务很重，但只要看到学生渴望补习提升的眼神，看到学生收获进步时会心的喜悦，所有的疲倦和困难，都让支教队员们觉得一切都是值得的。

补习这一“额外”的自选动作，从第一批“格桑花”支教队员赴藏支教开始，便一直延续至今，这也使得琼结县中学的中考成绩取得了历史性的突破。

在"格桑花"支教队员和琼结县中学的共同努力下，学生学习兴趣和学习能力持续高涨，学习成绩在短时间内稳步提升。2014 年支教第一年，琼结县中学的中考成绩在山南地区 12 个县中学里，由 2013 年的第十名跃升到第三名，进入内地西藏班的学生也由 2013 年的 1 名上升到 10 名。2015 年琼结县中学的中考成绩再上新台阶，在山南地区 12 个县中学里，由 2014 年的第三名跃升至第一名，进入内地西藏班的学生也由 2014 年的 10 名上升到 28 名。

有目共睹的成绩让吴顺喜等人信心倍增，为了推进"格桑花"支教活动长效开展，吴顺喜积极联系母校全体师生共同募资设立了"格桑花支教爱心基金"，而这也得到了地处襄阳的母校和社会各界的支持。

从 2015 年开始，"格桑花"支教团队通过爱心结对，组织动员湖北文理学院校内教职员工、校外爱心人士和集体与琼结县中学家庭经济困难、品学兼优的学生开展爱心结对"一帮一"活动，定向资助学生；通过师生募捐，广泛宣传"格桑花"支教团队事迹，组织动员学校师生积极融入"格桑花"支教活动，开展"你在前方出一份力支教，我在后方捐一元钱助学"募捐活动；通过社会资助，持续扩大"格桑花"支教活动社会影响力和知名度，联合社会企业等制作具有感召力、传播力的支教活动系列公益广告，研发推广与支教活动相关的文化产品，募集社会资金。

吴顺喜代表湖北文理学院颁发"格桑花支教爱心基金"

通过这样的方式募集资金，奖励琼结中学家庭经济困难、品学兼优的学生。自2015年起，湖北文理学院“格桑花支教爱心基金”每年向琼结县对口支教学校捐助不少于10000元人民币，进一步激发了学生的学习兴趣，拓展了支教内涵。

当好孩子们的辅导员

吴顺喜和团队成员在授课时不仅注重教文化课，更加注重“精神帮扶”，不断开阔孩子们视野，带领学生感知外面的世界。支教队员还纷纷利用自带的电脑，定期为学生播放感恩教育片、《复兴之路》励志片，给学生带去更多不一样的知识。

为了和学生有更多的交流，队员们大多数休息时间都在陪学生做游戏、学画画、唱歌跳舞等，让学生接触到不同的文化以及新鲜的事物，将更多的爱和帮助带给学生，极大丰富了学生的校园生活。

吴顺喜和团队成员在他们各自所带班级，进行了团体心理辅导，引导孩子们以良好的心态对待生活与学习，特别是对留守和单亲家庭的学生进行专项的心理辅导，及时了解他们的学习生活状态。初到琼结的时候，为了使孩子们尽快熟悉他们这几位汉族小老师，支教团队经过共同商量、讨论，开展了“一帮一”宿舍走访活动并做好详细记录。根据对每个同学的记录建立台账，对无论在学习上还是生活上有困难、需要帮助的学生进行精准帮扶。

刚开始，孩子们对于初来的小老师更多的是沉默不语，露出童真般的腼腆微笑。为了打开工作局面，支教队员们总是不厌其烦地跟学生拉家常，讲述自己的大学生活和襄阳的风土人情，描述藏区以外的世界，激发孩子们的好奇心。渐渐地，从孩子们的神态中可以肯定，学生打心眼里接纳并喜欢支教队员。很快，孩子们从聆听者转变为讲述者，向支教队员敞开了心扉，出乎意料的是，学生们比他们想象中要更活泼开朗。

| 支教队员们课余与学生“打成一片”

通过孩子们的讲述，支教队员对当地的习俗、气候、饮食等有了进一步的了解。更重要的是，通过交谈，支教队员也发现教学时一些需要改进的地方，这也给他们开展教学，更好地关心学生的思想动态提供了充分的素材。与孩子们的交心谈心，成了支教团队与孩子们培养感情，增进友谊的最好加速剂。

饿了就吃点土豆吧

学生们都说：“‘格桑花’支教团队的老师们在课堂上是一丝不苟且要求严格的老师，课下是就是关心我们的大哥哥。”

3 月的琼结依旧非常寒冷，每年这个时候都会有很多学生咳嗽发烧，支教队员们就把自己带来的对症的药拿给学生吃并提醒孩子们预防感冒。每天下晚自习后，他们的寝室都会围满了过来倒开水的学生，渐渐地，他们也养成了每天为孩子们烧几壶开水的习惯。支教队员能够感受到，父母不在孩子身边，“格桑花”支教队员就是孩子们最亲的人。

2015 年 4 月 16 日，支教团队成员相约一起送孩子们回家并进行简单的家访，一路上支教队员给孩子们讲外面世界的精彩，孩子们则给他们介绍当地的村庄，一起纵声高歌。历时 3 个多小时，和孩子们一起大手拉小手步行将近 20 公里，支教队员才到了仲堆村三组朗杰的家里。因为朗杰父母不懂汉语，和支教队员交流起来很困难，朗杰就热情地充当翻译。家访结束后，支教队员从朗杰家里出来，朗杰执意送了他们很远的路程。在朗杰返回的时候，塞给支教队员每人一个土豆说：“老师，你们在路上饿了就吃点土豆吧。”还没有等支教队员反应过来，朗杰已经跑得很远了。这里的人都很朴实纯真，感召着一批又一批像吴顺喜一样的年轻人。

我在西藏有个家

在西藏支教时，吴顺喜还认了一个干弟弟，名叫索朗加措，是七年级 4 班的学生，吴顺喜是索朗加措的英语老师。刚开始这个内敛的小男孩没有引起吴顺喜太多的关注，5 月份期中考试之后，索朗加措的成绩还算不错，综合成绩排在年级第十九名，但是英语单科成绩却排在了末尾，只有 27 分，偏科严重地影响了索朗加措的综合成绩。

看着索朗加措高兴又失落的表情，吴顺喜下定决心要为他做点什么。在征得他的同意后，吴顺喜给他找来了一本英语资料，每天中午挤出短短的休息时间，把他叫到寝室让他做英语作业，然后给他讲解。这样持续了大概两个月的时间，期末考试索朗加措的英语达到了69分，总成绩年级排名也上升到了第九名，他信心满满，学习劲头也更足了。

也正是在那段给他补习的日子里，吴顺喜和索朗加措建立了深厚的感情，他每次见到吴顺喜总会大声地亲切地叫吴顺喜阿 jo（藏语：哥哥的意思）。

功夫不负有心人，2017年中考索朗加措顺利考上了武汉西藏中学，而吴顺喜也成为了索朗加措这个藏族班唯一的汉族“家长”。索朗加措升学以后，他所在的仲堆居委会三组的村民挨个给吴顺喜献哈达，并一个劲地说着“呀咕嘟”（藏语称赞人“好”的意思）。

吴顺喜和索朗加措

索朗加措的妈妈更是把吴顺喜当做孩子的大救星，她对驻村干部说：“吴顺喜不仅给我家孩子买一些学习用品和衣物，还经常自己带着菜到我家来给加措补习功课，吃住在村里，这对于一个汉族老师来说太难得了。如果没有他无私的帮助，加措肯定考不上内地高中。”如今，索朗加措已经顺利考上了大学，吴顺喜则收获了一个“西藏的家”。

留下一片“格桑林”

2015年7月孩子们中考完，第二批“格桑花”支教队队员们就要离开西藏了，吴顺喜和队友们商量，离开西藏之前要在这片土地上留下些什么。

吴顺喜站在教室里，望着窗外光秃秃的大山，他想或许能留下一片绿意，就叫“格桑林”吧，当吴顺喜向队友们说出了自己的想法后，大家都很赞同，便一起撰写了策划书向湖北文理学院团委汇报了种植“格桑林”的想法，学校觉得种植“格桑林”非常有意义，当即表示支持。

琼结县位于藏南谷地，西、南、北三面环山，东面为狭窄谷地。地势西高东低，平均海拔 3900 米左右，最高海拔 6450 米。高原环境并不适合植被的生长，但是雪松、槐树、云杉、格桑花等植物却能顽强生长。在获得母校的支持后，队员们打算种植一片由雪松、槐树、云衫等树种构成，配种格桑花的“格桑林”。

于是，湖北文理学院出资购买了 3 棵雪松、3 棵槐树、3 棵云杉，队员们则和琼结县中学商量，决定将“格桑林”种植在学校运动场旁边的花坛中。

说干就干，5 名队员撸起袖子，热火朝天地忙活起来，大家分工合作、配合默契，干劲十足，挖坑、插苗、扶正、培土、踩实、浇水……每一道工序都一丝不苟。

支教队员们在“格桑林”前合影

如今，“格桑林”在琼结中学已然成了“格桑花”支教团队的文化载体之一，激励和教育着后续支教学生立足支教岗位服务奉献，也成了引导当地学生感恩社会、立志成才的绿色观景。

支教期满离开琼结那天，吴

顺喜特地再去看了这片“格桑林”，他心想：“我还会再回西藏，这是对孩子也是自己的承诺。”

带着爱从襄阳出发

第二批“格桑花”赴藏支教团队于 2015 年 3 月 18 日下午 3 点举行“出征仪式”，副队长余阳原来是班级的班长，前往西藏支教后，班长职务将由同学杨舟接任。这天下午，时任建筑工程学院党委副书记的虞晓勤，带着班上的杨舟、团支书张晓燃和学习委员傅强也来到了出征仪式现场，课间仅仅有 10 分钟，他们利用课间从工科楼专门赶到行政楼，令余阳很受感动，心里无比温暖。

3 月 19 日是在学校的最后一天，上午依然忙碌，余阳收拾好行李吃完午饭回来，发现行李箱上面多了很大一包零食，那是室友们准备的。“那一刹那鼻子酸酸的”，后来余阳在支教日记中这样描述自己的室友：“不善言辞的董哥、钟情吉他的阿卢、学霸健健、还有两个阳光搞怪的学弟张康和马磊，在学校很多时候我是个特立独行的人，和室友在一起也没有太多的集体活动，但是感情依然是炽热的。”

下午第四节课，余阳拿着书前往教室，班上同学看到余阳都很意外，还有 5 个小时就要走了还来上课，但余阳觉得，道别终究是需要的。下课后，杨舟准备了简单的欢送仪式，送了余阳一本带有全班同学签名题字的书——毕淑敏的《雪原与星空之间》，这是余阳在大学的最后一节课，他将带着老师和同学的期望与爱意，筑梦于雪域高原和壮美星空之间。

他真的在建设西部

由于专业的特殊性和当地需要，余阳除了为学生授课之外，还要到琼结县住建局上班，后来余阳戏称：我在实打实地建设西部！也正因为这样一次经历，让余阳更加清楚地认识到当地自然资源的宝贵和自然环境的脆弱，也让余阳真的想为这里多干点实事。

琼结县虽说是县城，但其实对于内地而言就是一个小镇子，县城主干道长不过两公里，“格桑花”支教团队的到来，不到两三天就几乎“全城皆知”。当时分管城建的副县长姓孙，所有的整治方案都要报送他审批，当听说工程整治方案是个来支教的大学生编写的，他显得格外有兴趣并把余阳叫去当面作批复。

余阳的整治方案中涉及行道树的砍伐，他在实地勘查中，发现不少行道的绿化树由于长得过高，已经触到了高压线，存在极大的安全隐患。所以在整治内容里，余阳根据一般经验，加入了对县城绿化树木进行适当砍伐的意见。

余阳协助琼结县住建局开展工作

孙县长看到后帮余阳把“砍伐”两个字换成了“修剪”，并耐心解释：“小余啊，这里的树是不能砍伐的，你知道在这里种活一棵树，需要花费多大的人力物力吗？这边的树是坚决不能砍伐的，对于这种有安全隐患的，要把任务分配到电力部门，他们在保证用电安全的前提下统一修剪。”余阳听后恍然大悟，就回想起每天都有专人给城区所有绿化树木浇水，想起报价表上的那些

"天价"苗木，想起来比肉还贵的蔬菜，这里恶劣的环境影响的不光是人，连植物的存活都尤其艰难。

这次的经历对余阳后期的工作产生了深远的影响，很多事情都不能按照内地的常规项目、常规方案去做，都需要考虑到当地实际情况和气候环境乃至人文习俗。

在琼结半年，余阳主要参与了琼结县县城综合整治维修项目，编制了项目实施方案及预算，并在现场施工过程中参与进度质量的管理工作。他对当地进行了实地摸排测量和走访，取得县城重点维修整治区域的基础数据和实景照片，编制了3万余字的维修整治方案，可以说为当地建设打上了"格桑花"烙印。

被学生彻底"打败"

支教队员的主业是教学，来到琼结中学的第二天，余阳便强忍着高原反应带来的不适为学生上课。他承担了三个班级的历史课，由于每个班级基础都不一样，学生情况更是千差万别。为了能更好融入他们的学习生活，余阳成了"拼命三郎"，只要有空闲时间就给学生们补课，及时跟班主任了解学生的学习生活情况，"一对一"地和学生们谈心谈话。

课余时，余阳同学生一起打球，一起吃饭，甚至帮他们在班主任面前打"掩护"。渐渐地，孩子们发现这个年轻老师不太一样，慢慢他也就走进学生心里。为了能更好地帮助学生接受课程知识，余阳也逐步调整教学方式，耐心解答他们的提问，在课堂上和他们互动做游戏，跟他们分享有趣的小故事。

随着时间流逝，余阳逐渐适应了这里的工作和生活，也深深爱上了这里。一天，余阳忙完住建局的工作，拖着疲惫的身躯赶来上课，一个学生突然跑到余阳面前，从背袋里拿出一个塑料袋，然后小心翼翼地打开，拿出一块奶渣放在余阳手里，低声地告诉他："老师，我感觉您特别累，这是我今天的零食，我把它给您，您尝一尝，特别好吃，别人我才舍不得给呢！"看着孩子清澈认真的眼神，一股暖流在心间涌动，身体的疲惫瞬间消散。

余阳正在为学生授课

良好的学习习惯能使学生受益终身，所以有时候余阳会为课堂纪律和学习情况而生气。这时候，学生们会在下课后偷偷对他说："老师，我去给您倒点水吧，多喝热水，消消气，下节课可能还会继续生气！"学生的话让余阳哭笑不得，心里却又感觉暖暖的。正是他们的这份天真，把余阳彻底"打败"，让他永远珍惜这份青春选择。

我必须让自己更强大

2013年的一天，李功黔在路过湖北文理学院南区主席台的时候，看到了一个关于到西藏支教的宣传板，早就梦想踏上西藏那片热土的他，心想这是一个千载难逢的机遇。不过他亦知，刚入大学校门还未褪去高中生稚气的自己，根本无法与校内其他优秀的学长学姐竞争名额，只有脚踏实地、一步一步地积淀自己才是实现西藏支教梦想的最佳方式。

李功黔说干就干。在大学的一年半时间里，他通过三次面试成为由共青团四川省委、中国青年报社联合主办的专项志愿服务活动的志愿者，由于表现优异，被评为“贵州省优秀志愿者”，同时被聘为贵州省希望工程爱心使者。从大一入校至大三，李功黔一直从事学生会工作，从院学生会到校学生会，再到外国语学院第七届学生会主席。三年，他一直在锻炼身体，不论是打篮球还是跑步从未间断。

“有些事情必须得由那些‘特别’的人来完成，我想成为‘特别’的那类人。有时候，人生中真的会出现很多机遇和巧合，让之前做的那些当时觉得没意义的事情，在未来的某一天助你飞翔。”一日，李功黔收到学院通知开会，议题为第二批“格桑花”支教团队的志愿者招募。“当听到开这个会的时候我就知道西藏不远了，这回怎么着也得去”，他当时很兴奋，会议结束后第一个提交了报名表。

这里与内地不太一样

努力没有辜负李功黔。2015 年 3 月，李功黔作为第二批“格桑花”支教队员初至琼结，稀薄的空气、广袤的草原、成片的油菜花……这里的一切与想象中都不一样。

琼结中学是一所半封闭式的学校，这里的作息时间安排与内地完全不同。孩子们要在学校一连上 11 天课然后放假 4 天，期间吃住全在学校。这里没有周末，星期一至星期五的课表轮番滚动（星期六又从星期一的课开始上）。每天都有两节早自习，孩子们亲切地将其称为“早早读”和“早读”，时间分别为 6：50—7：20、7：30—8：10（夏季时刻表早 20 分钟），直到 9：30 开始上第一节课，上午第四节下课时间为 13：00。

与内地一样，琼结中学的孩子第二节课后要做广播体操（周一则升国旗），但不同的是广播体操后还要跳一段极具民族特色的藏族锅庄舞。

刚开始的一段时间，李功黔和队员们一直在“倒时差”。“每次下了第四节课回到寝室时，整个人就动弹不了。”下午一共三节课，从 15：00 到 17：20，为了赶进度李功黔还得换着班地给孩子们补第八节课到 18：10。晚自习是一大节，从 19：30 一直上到 21：00，中间没有休息。

除了给七、八年级上课以外，李功黔还要带九年级的辅导班，一个星期至少有三次课，有的课在下午 13：30—14：30，有的则在晚上 21：00—22：30。所以，李功黔时常刚给七、八年级的孩子们上完第四节课，中午饭还没怎么吃就要奔到教室去给九年级的学生上课。

后来，好心的食堂阿佳（藏语：大姐）知道学校新来的支教老师下课晚，于是每次先帮他打好饭菜备着。“现在想想我真的是何德何能才能享受到这样的待遇，每次坐在空空的食堂里吃着阿佳帮我备好的饭菜，心里面真的很暖。”李功黔说，琼结中学的校长也是让他敬佩的一位守边人和过来人。

面对学生，我能做的就是好好教书

琼结中学的校长来自湖北武汉，已经在该地默默奉献了 19 年，19 年间，他想尽所有的办法帮助这里的孩子们提高成绩，作为文科生的他带过除藏文外所有的课程，包括数理化。李功黔等第二批“格桑花”支教队员到来时，他还在给初三的孩子们带物理课，当地的硬件设施逐步改善，但人才紧缺仍旧是最大的问题。

该学校的老师以藏族同胞为主，但也不乏汉族老师。该学校的学生几乎都是藏族孩子，在李功黔看来，他们心地善良，除了孩子该有的调皮捣蛋之外再没有其他不好的行为习惯。“他们会因为你受伤的手而主动帮你洗衣服；他们会因为你生气而主动拉住你说‘老师，你不要生气了，都是我们不好’；他们会因为教学楼的下水道堵了而主动借工具下去掏垃圾；他们会因为你不懂得种树而主动帮你刨坑，给你分享他们对于树的认识；他们会因为自己造成的损失而主动的上门表示抱歉；等等。满满的都是天真，满满的都是爱。”李功黔说，面对这群孩子自己能做的就是好好教书，向前辈学习。

李功黔在课堂上

李功黔接手教学工作的时候，初一年级已经两个星期没有上英语课了。在发现大部分孩子连基本的单词都不认识后，便强行“霸占”了孩子们第七节课后的休息时间。他从简单的字母发音开始，一个一个地教给学生，但有的孩子还是一直学不会，要不就是老爱忘记。

于是他又根据每个孩子的情况，使用分门别类的方法教学。有的学生基础好就先教单词音标，待学生掌握之后又开始引导她学习课文句子；有的孩子基础差或者是玩心大，就让他们抄写单词，能够将抄写的单词背出来才可以去吃饭；有的孩子害羞，不愿当着众多同学的面发声，他就专门等到放学后单独跟孩子沟通。

李功黔想帮助学生对单词字母提起兴趣，利用第八节课的时间带学生到操场上学习，给学生每人 30 分钟的时间复习某个单元的课文，能完全准确回答 5 个问题就能够自由活动。“每到这个时候所有人都是最努力最拼命的，男生女生都在哇哇地记字母、背单词、读课文，学习好的孩子真的是在好好学习，而那几个平时基础差、调皮捣蛋又还想玩儿的孩子，还真的是在‘啊啊，哇哇，哦哦’地喊叫。”李功黔笑着说，每次也都是那几个调皮的孩子被留到最后去吃饭，最终学生的成绩也都得到了提高。

最好的生日礼物

一天晚上 10 点左右，李功黔正在给初三的学生辅导中考英语。初一（3）班的一位女同学跑到教室门口害羞地要他出去一下，说是有几句话要跟他说。他很是诧异，一般这时候初一初二的同学都该洗漱完毕上床休息的，李功黔便问何事，可性格腼腆的女生半天挤不出一句话，就是想让老师出去。

李功黔心想，平时这个孩子学习在班里名列前茅，大晚上的有什么事情不能当面说清楚呢？他一边疑惑，一边被女同学领下教学楼走到了他自己的寝室，当李功黔推开门的刹那被眼前的一幕震撼到：2 班、3 班、5 班的几位女同学竟然把他房间给布置得满满当当。专门用来给孩子们“加课”的小黑板上写满了祝福，小桌子上是她们摆放好的零食和礼物。

他进门的时候几位女同学还给撒花，然后开始在他面前围成一个圈跳起了舞，边跳还边唱“老师，您是第一次在这么远的地方过生日吧，我们的祝福很有限，希望你不要难过，祝你生日快乐，祝你生日快乐……”

那一瞬间，李功黔整个人僵住了，心里既高兴又激动。“我强忍着情绪感谢她们，谢谢她们给我过这么个难忘的生日，谢谢她们送给我的生日礼物，她们的薯片很好吃，好吃到我眼泪一直在眼眶里打圈。平生还是第一次遇到这样的事情，内心真的很受触动。”李功黔说，那晚走在校园里，晚风拂面，深吸一口空气，满满的都是幸福味道。

当地人民最敬重的两个职业

琼结中学的学生一连上十来天的课会放几天假，每当放假学校会安排专车将孩子们送回家。上午九十点钟，孩子们已经洗漱完毕吃好早饭，整理好行装列队在操场，一个个大包小包，着实像北方“赶集”，如果学生的家不在专车路线范围内，就得由家长来接，或是自己想办法回家。

来到琼结之后，李功黔一直想到学生家进行家访。一天，刚好有几个学生邀请他去家里做客，李功黔想都没想就答应了，“毕竟单独跟孩子们走一趟求学之路，能够让我更进一步认识和了解西藏孩子们的学习环境”。

支教队员们送学生回家并家访

一路上孩子们很高兴，蹦蹦跳跳地又是拍照又是分享他们的小故事，孩子们体贴老师，走了没一会儿便每人拿出一个鸡蛋塞给李功黔，担心他受饿。

孩子们回家就一条路，蜿蜒盘旋至看不到的深山远处，路的两侧是四季都光秃秃的高山，除了冬季会盖上一层白色的“帽子”，其他季节就都是灰黄色的，他们就这样走着，每看到一处风景，孩子们都会争先恐后地给李功黔介绍。

“里面的藏王当年可厉害了，在很短的时间内把四分五裂的西藏给统一了，后来建立的国家叫吐蕃还是什么，最后定都在拉萨，现在藏王墓里面有很多那时候留下来的宝物，特别珍贵。”“如果老师想去看的话得先爬上去，中间有个洞，沿着洞里面的楼梯走好久好久就能看到了。”路过藏王墓的时候，李功黔被说得云里雾里，便索性拿出手机搜索，孩子们说的那个藏王，就是当初与唐朝修好并娶了文成公主的松赞干布，原来这里就是松赞干布的老家！

远处，脚下的路不知延伸至何处，两侧田地里的阿佳们正在劳作，老远都能够听到她们谈话的声音，另一侧劳作的阿佳还唱起了歌。孩子们走着走着也跟着唱了起来，又开始拉着李功黔的手让他跟着一起边走边跳，往前两步空踩一下又往后退三步，最后一脚又踩得特别响。

“停！再这么跳的话，我们好不容易走了这么远的路，又得跳回琼结中学去了。”孩子们哄哄大笑，李功黔话音刚落，前方便开来一个车队，数辆军用运兵车和运输导弹的军车整齐划一地从他们身边驶过。李功黔当时就被眼前的场景给震撼到了。“无比激动，这一情景真实到触手可及。”

齐坐在运兵车厢内的中国人民解放军战士，军车上的真枪实弹，无不给人神圣、庄严、肃穆的感觉，他沉浸了许久，却没注意到旁边几个孩子早已驻足站立，纷纷向经过的车队敬礼。相应地，军车上的解放军战士也向孩子们回礼，有的甚至按响喇叭回礼，这一次，李功黔的确亲身经历了何为军民一家亲。

“在西藏，当地人民最敬重的两个职业，一个是人民教师，另一个就是人民军人，老师带给他们知识，军人带给他们安全……”支教日记中的这段话，时刻勉励着李功黔认真勤勉，当好人民教师。

再跳一段不正宗的锅庄舞

李功黔第一次来到琼结中学时，就为孩子们能歌善舞的本事所折服。每当第二节课后的广播操，总能看到李功黔早早地站在自己所带的班级后面蓄势待发，等着学习藏族锅庄舞。

然而，相比孩子们跳起来的动作舒展和协调连贯，他却显得有些“笨手笨脚”：不知所措、甩手别扭、抬腿也别扭，更不知道怎么把握节奏。“老师，我觉得你还是不要这么跳了，你跳得太搞笑了，我们回头看到你跳舞的样子时，笑得也都跳不动了，你还是跟其他老师一样酷酷地站在那里就行了。”他的一个学生终于忍不住“劝退”李功黔。就这样，李功黔休整了一段时间没再跳，直到琼结中学的运动会上。

“我自认为身体算是好的，没有过高反，没有过头晕，但是从一楼爬到四楼也是喘得不行，而这些孩子们一口气能围着操场跑个一两圈，我着实佩服。”当天比赛结束后，他跟几个孩子再次聊到学锅庄舞的事情，一个初三的女孩子主动提出要教会他跳舞。

“先是甩手，左脚开始踏步，然后右脚跟上，踩准节奏。哎呀，不对，先左再右，手是这么转圈的，不要弯腰驼背，踩准节奏，转身是这么转的……”一顿操作之后李功黔直接晕了，“没想到平常看起来那么简单的动作，实际做起来那么麻烦，又要顾头又要顾脚的”。

“哎，直到临走还是没能学习到锅庄舞其中的精华，无论我怎么练习，总是跳得不自然，不过这已经无所谓了，跟孩子们一起做有意思的事情才是最重要的。”李功黔说，自己很想再回到琼结中学，再跳一段不正宗的锅庄舞。

锅庄舞又称为“果卓”“歌庄”“卓”等，藏语意为圆圈歌舞，是藏族三大民间舞蹈之一。舞蹈时，一般男女各排半圆拉手成圈，有一人领头，分男女一问一答，反复对唱，无乐器伴奏。整个舞蹈由先慢后快的两段舞组成，基本动作有“悠颤跨腿”“趋步辗转”“跨腿踏步蹲”等，舞者手臂以撩、甩、晃为主变换舞姿，队形按顺时针行进，圆圈有大有小，偶尔变换“龙摆尾”图案。2006 年 5 月，锅庄舞经中华人民共和国国务院批准被列入第一批国家级非物质文化遗产名录。

奉献让青春更壮丽

“每个人心中，都有一个属于自己的圣地。西藏，对于向往者，是最神秘的天堂；对于寻梦者，是最久远的梦境；对于朝圣者，是最圣洁的净土；对于行走者，是一个温暖而又苍凉的远方；对于过往者，是最永恒的记忆。”

2015 年 3 月 19 日，涂波作为第二批“格桑花”支教队员踏上一路西行的列车，列车徐徐开进，载着他和梦想奔赴西藏。车窗外，茫茫草原、皑皑雪峰，他知道自己的青春将和它们融为一体。两天两夜，沿着青藏铁路，他从荆楚大地，来到了“世界屋脊”，不为别的，只为了那一句“奉献让青春更壮丽”。

“一次在寝室楼下的宣传栏，看到第一批‘格桑花’支教队员的事迹，心中有一丝的悸动，想着自己是否也有机会参加这个支教团队。当我得知学校正在招募选拔第二批‘格桑花’支教队员，我便毫不犹豫地报了名。”涂波从此萌生了前往西藏支教的想法。他说：“大学生涯是短暂的，支教工作更是崇高而神圣的，支教不仅是一份责任，也是报效社会、实现自我价值的一种方式。”

于是，在来到琼结中学的第三天，涂波便开始了紧张的教学，负责八年级三个班的英语教学和九年级一个培优补差班的英语教学，他一边努力克服高原反应、适应高原环境，一边全力投入工作，因为他深深地知道，这群质朴的孩子分外地渴望知识，格外地需要他们。

你们那里的牛会说话吧？

西藏地区自然环境艰苦、各方面条件较差，经济相对落后，琼结当地师资力量缺乏，教学水平与内地差距很大。涂波所带的八年级三个班，在支教队员到达之前英语一直处于停课状态。为了赶上教学进度，除了正常的课时之外，涂波还主动向班主任要求将下午第八节自习课，增加为额外的英语课时。

“英语是一门语言，学习它光靠看是不行的，要大声地说出来。”在教学中涂波发现，学生们因为不认识音标，所以不会拼读单词，导致上课根本不敢开口读。于是涂波每天坚持六点钟起床，六点半准时到教室，利用第一节早读的时间，教学生们读音标、记单词、背课文。

在课上，让学生们根据课文给出的情景进行对话表演，学生们也从开始的不好意思站起来到后来的积极踊跃举手，这样不仅提高了学生对学习英语的兴趣，也锻炼了他们的实际应用能力和口语能力。

除了常规教学，涂波还利用午休和周末放假的时间为九年级学生进行补习。晚上还在宿舍为班上英语基础不好的学生进行一对一辅导，直到熄灯铃响学生要回宿舍休息。而这时，他才开始批改作业和准备第二天的教案，结束时常常已是深夜。

—同学们，昨天布置的课后习题做完了吗？

—没有！

—为什么没做？

—没时间。

—那么多课外时间都做什么了？

—玩。

—你们现在好好学习，考上内地西藏班，才有更多好玩的呢。

—老师，你们那里缺氧吗？

—我们那里不缺氧，我们醉氧。

—老师。你们那里空气好吗？

—好呀，你看我这么白，空气能不好吗？

—老师，你们那里有牛吗？

—有啊，我们也吃牛肉啊。

—那你们那里的牛会说话吧？

—上课！

这是一次上课前涂波和学生们的一个小对话，涂波说这样的小笑话还有很多。但“说者无意，听者有心”，这样的“小笑话”让他感到心酸。“祖国在飞速发展，当我们在享受发展带来的美好生活的时候，在欠发达地区还有这样的孩子，他们渴望知识，渴望走出去。‘世界这么大，我想去看看’这或许就是他们的心声。”慢慢地，涂波习惯了这样的小笑话，在课余时间也会更多地给他们讲一些他们不知道的知识。

学生在用自己的方式回应关爱

支教对于长期生活在“象牙塔”“优乐园”中的大学生来说，不仅仅是一个付出的过程，更是一个收获成长的过程。

激情退去，生活总会归于平淡。每天教室、宿舍两点一线的生活，除了上课，就是批改作业和补习。“虽然这样的生活很累、很苦，而我却觉得苦中亦有乐，乐得其所。”都说西藏是一个洗涤心灵的地方，这样平淡的生活也给了涂波更多思考的时间。

在教学上，涂波经常向援藏的老教师们学习教学经验，请教他们如何抓住学生学习的兴趣点，如何在课堂上调动学生的积极性等。在备课时，他常常将一个知识点拿出来做一个系统的回顾，做成小册子发给学生，帮助学生更好地理解。

在保证正常教学工作的情况下，涂波也不忘对自我专业知识的学习，利用周末时间来钻研专业知识，参与学术探究；同时还针对琼结县教育现状展开调研，他基于自身教学经验和调查研究撰写的论文《西藏地区中学生英语学习的现状分析以及对策探究——以琼结县为例》，于2015年7月发表于《校园英语》杂志。

半年的支教也让他收获了一段浓浓的师生情谊。有一次涂波牙疼犯了，刚好队友去学生家家访，不知道学生从哪里知道他牙疼，跟涂波队友说他们村子山上的泉水是神水，接上一瓶并往里面放一黑一白两颗石子，可以“治百病”，最后硬是让队友给他带了一瓶回来。还有一次涂波感冒，他带的补习班上的一个学生晚自习过后来到他宿舍，将一包用塑料纸包起来的像干花苞样的东西放到他手上说："这是我们用的治感冒的藏药，非常好的，老师你要快点好起来哦。"后来他从校长那里得知，这是藏药中比较好的一种，对治疗感冒咳嗽有非常好的效果。

支边人与守边人对话

时任琼结中学校长何风是湖北武汉人，大学毕业后到琼结支教，而这一来就是 19 年。对于这群从湖北来的孩子，何风总是十分照顾。

每天晚上，何风都会到"格桑花"支教队员的宿舍坐上一个小时，关心他们的生活和健康，和他们一起聊天，讨论教学与育人，涂波总会向他请教方法和经验。

"我发现之前准备的一些教学方法之类的东西在上课时根本用不上，是方式不对还是哪里出了问题？"何校长耐心地说："对于从来没有出过藏区的孩子们，他们的心灵纯洁得像一张白纸，接触外界的渠道也少，接触的知识就少一些，理解能力相对来说也就低一些，同时，学生上学需要学习三门语言课，藏语、汉语、英语，学习的压力非常大。所以大部分学生的汉语水平不是很好。"

"我在课上讲的东西学生根本不能理解，我必须用最简单的话语来讲解。学生们学习基础和学习习惯与内地还有很大的差距，英语课教起来会有些吃力，有时候遇到一个很简单的问题，一遍一遍地讲解，孩子们还是弄不懂、记不住。"初至琼结的涂波总是感到困惑。

何校长笑一笑安慰"格桑花"队员："当初我刚来时，也和你们一样，有过失落和迷茫。可是你想一想，正是因为他们基础差，才需要我们过来支教，需要我们来帮助他们。我们要相信，每个孩子都是有长处的，每个孩子都是种子，只是花期不同，需要细心呵护慢慢长大。用心感受，用心教授，陪他们沐浴阳光风雨，何尝不是一种幸福。相信孩子，静等花开。”

何风语气的笃定，眼神的坚定，让涂波仿佛明白了什么是“心中有爱，眼里有光”。后来的支教日子里，从和孩子们在一起的点滴相处中，涂波看到了一名支教工作者对这片土地和这里人民的大爱。

“正因为种种客观因素的存在，使得这里的孩子无法像城里的孩子一样，接触到一些必备的知识，所以他们才迫切地需要一些能给他们开启眼界和心灵窗户的人。”涂波暗自给自己鼓劲，这份使命也许会面临着诸多的无奈与艰辛，但收获的快乐也是无法衡量的。

他明白，虽然自己在这里支教服务的时间不长，只有短短半年，尽管生活条件艰苦、工作繁忙，也很疲惫，但眼前的这位守边人对自己的激励和影响，将使自己这位支边人一生受用。

这一次曲扎妈妈没有说杀鸡

柯长松是第二批“格桑花”支教队员，在西藏支教期间，除了日常教学，他去得最多的就是学生家里。旦增曲扎是柯长松班上的一名学生，家里有个姐姐，嫁给了一个汉族男士，长期居住在拉萨，妈妈则做家务忙农活，照顾卧病在床的爸爸。

2015 年，柯长松随旦增曲扎去过一次家里，妈妈很热情，给他倒茶、拿牛肉干，然后就开始织毛毯。旦增曲扎则忙前忙后开始做家务，又是喂牛、又是喂鸡，因为他只有周末才能回来帮妈妈做做家务，喂鸡的时候他告诉柯长松：“这个鸡是妈妈养给姐夫吃的，姐夫喜欢吃，妈妈就多养了一些，还可以下蛋拿去卖钱，妈妈说了，一会老师自己杀一只来吃，妈妈怕你吃不惯糌粑，只能老师自己做饭了。”

柯长松百般理由推脱，才让妈妈打消了杀鸡的念头，为了不让旦增曲扎妈妈有觉得亏待客人的想法，柯长松中午硬撑着吃了两碗米饭。2016 年，旦增曲扎如愿考上了内地西藏班，这是很多藏区孩子梦寐以求的。他给柯长松打电话说自己想去内地学习，也想去柯长松上学的地方看看，但是父亲病重，母亲整天忙着干活，还要照顾爸爸，身体也越来越不好了，自己去那么远的地方上学，有点不放心。

柯长松告诉旦增曲扎有机会一定要抓住，妈妈虽然累一点，但是一定会支持自己，只要自己好好学习，就是回报父母最好的方式。最后在妈妈的支持下，他填报了武汉西藏内地班。

2017 年年底，旦增曲扎再次拨通了柯长松电话，与先前几次不同，他带着哭腔说："爸爸走了，前两天知道消息，我没有来得及看他最后一眼。"柯长松不知道该怎么安慰他，同时开始怀疑自己鼓励他去内地上学是不是错了，带着一些不安与愧疚，他陪着旦增曲扎聊了一个多小时。

2018 年，柯长松在旦增曲扎和他妈妈的邀请下去了趟他家里，妈妈依然很热情地给柯长松倒上酥油茶后便开始织毛毯，依然是沉默寡言，旦增曲扎也是在忙前忙后，忙着喂牛、喂鸡，一边喂一边和这些"老朋友"说着自己在内地上学的一些事，还叮嘱牛和鸡"要听妈妈的话，不能贪玩，天黑了就要回家"。

旦增曲扎和妈妈都没提爸爸的事情，大家都只是沉默，这一次妈妈没有说杀鸡，而是让柯长松走的时候带一些土豆。让柯长松释然的是，这个家庭并没有因为亲人的离世而变得惨淡，反而让家人更加彼此相拥。柯长松知道，旦增曲扎长大了，成为了家里的顶梁柱，相信他能按照自己的理想越走越远，家里的日子也会越来越好。

最后一堂语文课

土多热旦是柯长松班上的学生，在同龄人中个子是拔尖的，就和他的成绩一样。课上课下的他是活脱脱的两个人，课上安安静静地听课，跟着老师的节奏，但是只要铃声一响，他就立马跳出来，搂着柯长松的肩膀和他说：“老师，你这一块需要讲慢一点。老师，这一块内容需要讲快一点。老师，下次可以布置少一点作业吗？老师，什么时候放电影给我们看……”

柯长松喜欢叫土多热旦“土豆”，土多热旦在学习上很自信，他知道自己能掌握多大难度的题，自己可以达到什么样的目标，每次考完试，他就拿着卷子跑到柯长松身边：“老师，帮我分析分析吧。”在支教结束临走的前一天，柯长松把历史、语文课全部交接给相关的负责老师。这时，土多热旦跑过来说：“老师能再给我们上两节课吗？全班同学让我代表他们过来请求你，可以吗？”

这是土多热旦唯一一次用这样的方式在课下和柯长松说话，眼神是那么期盼，言语是那么殷切。柯长松便央求班主任再给他两节课的时间，让他和学生们好好告个别，班主任答应了。柯长松按照老师的进度，准备了PPT课件，每个重点词语的意思、造句、用法，难点词汇拆分写法，课文意思，作者用意，蕴含的道理等等，柯长松都详细地说给学生们听……

最后一节课，柯长松给学生们放了些音乐，给他们说着自己在上高中时怎么学习，怎么克服种种困难考上大学的经历，讲述大学生活的丰富多彩等等，他告诉孩子们要珍惜现在的生活，相信知识改变命运，要好好学习、孝敬父母、尊重师长，并鼓励他们去内地接受教育，开阔眼界，增长才干。

时间一分一秒地流逝，当歌曲放到张震岳的《再见》时，教室一下子安静了。学生们再也难掩心中的不舍，“柯老师，能不能不走？”学生哭了，尤其是土多热旦，就算是考试考得再差、作业再多、犯错被老师批评都没见他掉过一滴眼泪，可现在却哭得像个犯了错的小孩。

离开的那天是周末，天刚破晓，轻风拍打着柯长松的脸颊。当柯长松收拾完东西准备出发，听见有人敲门，是土多热旦，他傻傻地站在门口，拎着一包鸡蛋，捧着一条哈达。

土多热旦给柯长松献上哈达，把鸡蛋放在行李上说：“老师，我带你出去逛逛，我有车！”他骑着电动车带着老师行驶在来来回回走了多少遍但依然觉得没有走够的街道上，他说：“老师有一个地方你肯定不知道，在不远处的田间，有一个小屋子，屋子里有很久以前留下来的一块牌匾，是一只大乌龟驮着的，我们经常来玩，是我的秘密乐园，我带你去看看……”说着说着，柯长松又再次泪湿双眸，他感恩这片土地，感恩眼前这位青涩单纯的少年。

学生为柯长松献上哈达并合影留念

后来，柯长松得知土多热旦的分数可以选择内地西藏班，可父母不希望孩子外出太远，尽管学校的老师也去家里做了父母工作，但还是无功而返，最后他选择到拉萨第一高级中学学习。

“红包公益”与爱的延续

柯长松对当地部分贫困家庭印象深刻，在一次家访中，他学生的弟弟穿着一件哥哥姐姐穿过的脏兮兮的红色棉服，蜷缩在屋里的一个角落看书，因为穿的时间长，衣服里的棉絮已经结块。

支教期满，柯长松把自己最喜爱的羽绒服和其他棉衣捐给了这个家庭。“这个季节都穿棉衣，冬天他们靠什么御寒？”柯长松忘不了那个孩子求知若渴却又无奈的眼神，“本希望通过知识改变命运，却因为贫困而放弃理想”，返校后的柯长松放不下那群孩子，他还想再拉一把，帮帮他们。

可作为一个普普通通的大学生，想凭一己之力帮助他们不过是杯水车薪。一次，在大学 QQ 群里“抢红包”的柯长松突然灵机一动，自己能不能号召同学们用 QQ 的红包功能，开展“红包公益”活动呢？

1 元、2 元、5 元……“红包公益”助学倡议发出后，“QQ 红包”滚滚而来，一天时间就收到了 52 个红包，共计 1000 多元钱。积少成多，最终，柯长松成功募集了 4000 多元，用这些钱买了六件羽绒服、六双鞋子、两个篮球、两条围巾、一个书包……

返校后一直忙于备考公务员、找工作的柯长松十分忙碌，原本打算将募捐到的钱全部买物资邮寄到西藏，可是后来他又改变了主意，2015 年 12 月 2 日，他再次踏上西进的列车前往琼结。“孩子们放假回家用父母手机给我发信息说想我了，我也可想他们了，所以我想亲自送过去，顺便看看他们。”

当柯长松亲自将“红包公益”资金购买的物资送到孩子们手上的时候，他们的欣喜溢于言表。学生巴珠在给柯长松的短信中写道：“哥哥姐姐们，衣服和鞋子我一定会好好保留的，因为它们是我的一段美好记忆。我也会好好学习，不会辜负了柯老师和你们的期望，回报所有支持和帮助我的你们。”

柯长松知道，他无法忘却这段岁月，更不舍这片热土和这些可爱的人，终于在 2016 年再次返藏，这一次他决定扎根这片圣土。

第五章　你们是“格桑花”笃定的选择

我们生活在同样的世界，但每个人有不同的人生，当我们站在路口做出选择时，每一种选择都面临着未知和不确定性。我们无法预测将来的人生轨迹，但是我们可以选择此刻的路，此刻的心态和此刻的行动。

——第三批“格桑花”赴藏支教团队队员　吕邦贾

他来了，再次背起行囊

难忘支教岁月

（作者：湖北文理学院第二批“格桑花”支教团队队长吴顺喜）

我曾以为
除了故乡
再也不会有
让我魂牵梦萦的地方
我曾以为
支教生活
不过只是段
过眼云烟一样的时光
我曾以为

离开琼结

时间可以帮助我将你们慢慢遗忘

可是

在离开你们的这段日子里

那些记忆却依旧历历在目

关于琼中

关于你们

是啊

我怎么能忘记

你们这一群可爱的孩子

怎么能忘记

我们一起度过的美好时光

我还记得

你们那一双双充满求知欲的清澈的眼睛

让我感受到梦想的力量

我还记得

你们那一张张充满朝气的脸　你们那天真幸福的笑靥

仿佛阳光在你们脸上绽放

孩子们，谢谢

是你们让我懂得了心与心的距离

可以很近很近

是你们让我懂得了付出一份爱

可以收获更多的爱

是你们让我懂得了生活是可以如此的简单快乐、无忧无虑

习惯了每天清晨

带着你们用稚嫩的声音朗读
习惯了每次下课
看着你们欢快的身影围绕在我身边
习惯了你们偶尔的顽皮
事后悄悄地跟我说对不起
看着你们一点一滴的成长
为你们的每一个微小的进步而欣喜不已
在你们中间
我经历了太多太多的第一次
第一次被称呼为老师
我感受到身上背负的责任与期望
第一次面对一群天真活泼的孩子
用自己全部的热情
想将我所知道的一切美好讲给你们听
……
记忆 太过美好
告别 才会艰难
一直不愿意提及的离别
终将如期而至
我舍不得我们一起笑过、闹过的日子
舍不得属于你我的琼结
舍不得朝夕相处我爱的你们
更舍不得那属于你我一点一滴的幸福

第二批支教结束时，强烈的不舍让身为理科生的吴顺喜创作了人生中的第一首诗《难忘支教岁月》，并在山南网发表。

“西藏的天很蓝。在这里，我思索青春，我挥洒热情，我或许会感到疲惫，但从未想过放弃。”这是吴顺喜2015年进藏一个月后，在生日当天写下的文字。2016年3月，湖北文理学院团委发布《关于确认湖北文理学院第三批“格桑花”支教团队成员名单的通知》，吴顺喜的名字再次出现。

“你是想不开吗？”

“你不考研或者找工作吗？”

“支教体验一下就好啦，西藏条件比较艰苦。”

身边的亲友希望吴顺喜多为自己考虑，吴顺喜自己也知道，这是他们心疼自己。“男孩子，只要是做对国家和人民有利益的事情，到哪都可以。”吴顺喜尝试着说服家人，未曾想没有读过书、当了一辈子农民的父亲如此支持自己，父亲的这一番话坚定了他再次赴藏支教的决心。比起父亲，母亲当然更希望孩子留下，但也始终支持吴顺喜的每个决定。

“我也不是没有考虑过毕业的问题，我也思索着自己的未来和前途，但我还是放不下，还是想再次回去，我觉得那里的孩子需要我们。”就这样，吴顺喜再次成为“格桑花”支教队成员并担任队长，前往琼结中学支教。他知道，这里的孩子，都是每一朵“格桑花”笃定的选择。

捐出一周的生活费

2015年5月的一天，廖文茂同往常一样与同学一起下课，在回来的路上，他看见公寓楼下正在进行为西藏琼结县中学募捐的活动。展板上一段段动人的文字，一幅幅天真烂漫的笑脸，藏族孩子渴望知识的双眸，一下子映入廖文茂的眼帘。

廖文茂看完展板上的内容，毫不犹豫地掏出口袋中剩余的30余元投进了募捐箱，随后又回到宿舍取来100元现金捐赠。

同学告诉他这只是学校组织的每人1元的募捐活动，何必捐那么多？这样一来几天的生活费都没了，“你是不是傻？”廖文茂接过话茬开玩笑说：“对呀，我就是傻，哪个非要你跟傻子一起玩滴捏（一起玩呢）！”朋友苦笑说：“行吧，受不了你了。”

朋友所不知道的是，廖文茂出生在湖北荆门的一个小山村，小时候家境贫寒，家庭经济虽然能供其正常上学，但在衣食住行方面可谓是捉襟见肘。家里曾数次收到当地政府和好心人的捐赠，所以妈妈从小便教育他，长大后无论是贫穷还是富有，是落魄还是显达，都不要忘了这些恩情，不要忘记回报他人，奉献社会！

这次活动掀起了廖文茂心中万顷波澜，他清楚地知道自己在做什么，更加知道自己要做什么。2016年2月，学校开始招募第三批“格桑花”赴藏支教志愿者，廖文茂在辅导员李贵成的鼓励和学院的支持下通过最终选拔，如愿以偿地成为第三批“格桑花”支教队员，同年3月奔赴山南市琼结县进行为期半年的支教活动。

那稚嫩的脸庞是我等待已久的青春

2016年3月，带着欣喜和些许忐忑，廖文茂与同伴们出发了。随着列车的行进，队员们所处的海拔越来越高，头痛、胀气等高原反应越来越强烈……一路上，廖文茂第一次看到了成群觅食的藏羚羊和牦牛，蜿蜒曲折的雅鲁藏布江和山上神秘的经幡，他想了解这片雪域高原，走近这里勤劳的藏族人民。

经过4次转车之后，第三批“格桑花”支教队员顺利到达琼结中学，一路上廖文茂被太多的人和事深深触动。在琼结的第一个夜晚，廖文茂不禁思绪万千，一夜未眠的他在日记中写道：“今天下午我们顺利抵达目的地——琼结中学，恰逢学校正组织‘3·28百万农奴解放日’纪念活动，大雪中的孩子们在用歌声舞蹈来庆祝纪念日，看到他们一张张稚嫩的脸庞上洋溢着天真幸福的笑容，让我更加坚定了支教这一决定，我发誓，要将自己所学悉数传给这里的学生，为他们成长成才打下基础……”日记的最后，他还颇有深意地写道：“当你走近，请你细听，那稚嫩的脸庞，是我等待已久的青春。”

第二天一大早，队长吴顺喜就兴冲冲地跑到他们的宿舍叫他们起床，“昨晚外面下大雪啦！”大家都兴致盎然地出门去看，一脚踩下去，大雪足足有三四十厘米厚，漫山遍野银装素裹，从未见过如此壮观雪景的队员们，顿时从睡眼惺忪中醒来。早餐过后，伴随着呼吸困难、鼻孔出现血块、肚子胀气、头痛难忍等高原反应，廖文茂便与队员们“艰辛地”筹建规划补习班教室和他们的“小家”。

搬挪床板床架，打扫房间卫生，设置黑板桌椅，准备必要的教学工具等，他们花了整整一天的时间终于规划设置完毕，晚上他和队员们第一次合作了一顿晚餐，吃着自己动手做的非咸即淡、非苦即辣的“黑暗料理”，第三批支教队员也由此开始“格桑花”新的故事。

初为人师的37天挑战

经过简短的休整之后，廖文茂开始进入课堂开展教学，因为临近体育中考，校领导交给他的第一个重任，便是在37天之内迅速提高九年级学生的体育中考成绩。

短期突破，要有方案更要有执行力。为此，他针对当地体育中考项目迅速备好教室，列出训练计划并予以实施。另外，由于体育课时有限，在与校领导和当地老师沟通后，决定实行“早自习老师责任制”，将五个班级学生整合在一起进行针对训练，由其负责具体实施，早自习老师负责监督，取得了非常好的效果。

针对体质较弱的或是偏某一项目的学生，他又给学生们开起了“小灶”，充分了解情况后，制订不同于其他学生的训练计划并鼓励他们“一定要坚持，只有克服自己的不足才能有所成长”。他发现，小次仁体质较弱，性格也比较内向，他就给小次仁降低标准，然后隔几天再适当提高标准，并让其在全班面前不断完成其设定的“任务”，然后进行表扬。课上课下都会找小次仁聊聊学习和生活，小次仁成绩提高的同时，话也慢慢变多了，性格发生了质的改变。

针对白玛德吉等几个其他项目成绩较好，但仰卧起坐较差的女同学，他着重对她们进行腰腹训练，通过平板支撑、端腹等多种形式的辅助练习，锻炼腰腹力量。授人以鱼不如授人以渔，在同学们快要坚持不了的时候，他会鼓励他们坚持，并告诉她们这样的辅助训练有什么好处，为什么要这样练，让同学们明白其中道理，进而从心底接受，愿意投入到训练中去。最终这几位女同学的仰卧起坐成绩得到了极大的提高，在考试中全部达到优秀水平，廖文茂也成功挑战了“37 天计划”。

让传统武术走进藏区校园

根据学校安排，在体育中考结束之后，廖文茂开始教授八年级五个班的体育和七年级两个班的地理。在和孩子们的日常交流中，廖文茂发现他所带七年级的孩子们，对传统武术以及太极都有着非常大的兴趣，这让他既惊讶又兴奋。

习近平总书记指出：“文化认同是最深层次的认同，是民族团结之根、民族和睦之魂。”在一次体育课中，廖文茂心想这不正是推动优秀传统文化进校园的契机吗？于是，他尝试着向孩子们展示了五步拳和初级长拳，果然，孩子们瞬间激动起来，都大喊着：“廖老师我要学……”

学武术既可以防身，又可以强身健体，还可以锻炼自己的意志力，对学习生活都有很大的帮助。于是廖文茂决定利用课余时间，向孩子们传授一些传统武术，让他们感悟中华优秀传统文化的魅力。

初中的《体育与健康》课本上，很少有与武术有关的理论知识，只有一些简单的武术动作、套路，看上去像花拳绣腿，远远比不上成龙、李连杰所拍的电影中的武术动作，根本调动不了学生的学习热情。对此，廖文茂从介绍武术的起源、发展和内涵以及武术攻防技击性的特点、生活中防身、健身的作用等入手，让孩子们对武术有一个清晰完整的认知。

在教授武术时，廖文茂总是先示范一个完整的动作，然后进行上肢的分解动作，接着进行下肢的分解动作，最后再带领孩子们把一个个分解动作串联起来，进行完整的练习。每次在教授一个动作之前，他都会解释这个动作的意义，让孩子们理解武术基本的动作和套路不是花拳绣腿，而是学习武术的前提和基础，“这样不用我去监督，他们自己就会认真练习，将每一个动作都做到最标准的程度”。

经过一段时间的教学，廖文茂发现有几个孩子的天赋很好，学习各种动作都很快而且做得十分标准，便让他们给其他孩子做动作示范、纠正其他孩子的动作，以朋辈教育法让他们成为其他孩子的“小武术明星”。

在进行课堂教学的同时，廖文茂还加班加点自编了一套武术太极

| 廖文茂在教授学生传统武术

操，并挑选了 7 名学生进行加强训练，每天早、中、晚过后，学生们都会提前出现在训练场，学生们的认真使得他更加一丝不苟，“最后仅仅通过 3 天的训练，学生就在学校运动会上进行压轴表演，并获得了全校师生的一致好评”。廖文茂说，武术是中华民族的优秀传统文化和瑰宝，我想应该让更多的学生去了解、学习、爱上这项特殊的运动。

约法三章，他们渴望外面的世界

廖文茂深知，学习武术不能仅靠一时的好奇心和兴趣，更重要的是恒心和毅力，于是他与学生“约法三章”，鞭策和鼓励学生们要坚持去学，用心去学。

一次班会上，廖文茂将“约法三章”的事情和同学们说，让学生给自己定规矩。此言一出，就震惊了学生，继而他们转瞬就沸腾了，有的学生怀疑廖文茂在说胡话，哪有学生给老师定规矩的？

“他们小小年纪，吃的盐不多，但耳朵可灵了。”他们在经过短暂的交流后，各种“要求”就出来了。“每天抽半小时教我们武术吧，老师。”有些胆子大的学生小声试探着，“跟我们讲讲大城市到底是什么样子的吧。”立马有学生附和道，“老师可以和我们说说你的大学是什么样的吗?”

孩子们提出的这三条要求，让廖文茂心里很不是滋味，在他看来，孩子们试图了解和得到的事物，都是大城市孩子们唾手可得的东西。廖文茂郑重地将这三条对自己的要求写在黑板上，学生们又是一阵雀跃，等他们平静下来后，廖文茂给他们定了三条规矩：第一，每日认真练习教习的各种动作；第二，选择了武术课就一直坚持下去，不能半途而废；第三，上课时认真学习老师所教的各种动作，不能偷懒。

廖文茂带领学生写了“承诺书”，如果自己未履行承诺，就打扫一个星期的教室；如果他们破坏了规矩，那么他们就要为“格桑花“成员打扫一个星期的住所。

孩子，老师希望你们学会感恩

“‘慈母手中线，游子身上衣。临行密密缝，意恐迟迟归。难言寸草心，报得三春晖。’孟郊的这首《游子吟》中道不尽浓浓恩情。”在七（2）班上的第一堂语文课上，帮生病的白老师代课的廖文茂讲到自己在读高三时，裤子脱线了母亲硬拉着他，用家里的一台老式缝纫机为他缝补的故事。

讲述完毕之后，他让学生们闭上眼睛细细回想，自己与父母之间是否有过类似的经历，以及在家与父母相处过程中，自己有哪些惹父母伤心的地方。

随着时间一分一秒地过去，教室里越来越安静，孩子们的脸色也逐渐变得凝重起来，廖文茂意识到孩子们可能都想起往事了，他打破宁静询问孩子们，“有没有谁愿意分享一下自己与父母之间珍贵的回忆，站着坐着都可以”。

这时他发现有一名女同学哭了，是跟着他学习武术的旦增措姆，他便鼓励小措姆分享一下自己的经历，并示意全班同学为其鼓掌打气。

小措姆平静了一会之后说道：“我在平时都非常听爸爸的话，但就在上个星期爸爸送我来学校的时候，之前央求爸爸来学校前为她买一个新书包，爸爸也答应了，但到学校后爸爸说身上没带钱，以后再买，听到盼望已久的礼物就这样泡汤之后，我就第一次向爸爸发了火，并生气地说放假的时候不准他来接了，我要自己走回去。”小措姆说，“现在想起爸爸当时为难痛苦的表情，觉得自己做得非常不对，爸爸每天那么地辛苦，自己却为了这件小事惹爸爸伤心”。说完，小措姆又哭了起来。

这时廖文茂带头鼓掌赞扬小措姆勇敢地说出了自己的心事并说道：“你是老师眼中乖巧懂事的学生，是爸爸心中可爱温顺的小公主，人非圣贤，孰能无过？老师也犯过不少的错，更何况是年仅 13 岁的你们呢？但最难能可贵的是能知错就改，那小措姆你愿不愿意改呢？”她使劲地点了点头。

“那老师现在就给你机会，给你一分钟想想要对爸爸说的话，下课后用老师手机给爸爸打个电话吧。”小措姆笑了起来……随后拉珍和旦增平措相继站了起来述说着自己与父母的经历，越来越多的同学站起来大胆地表露心声。课上的最后五分钟时间，他高度赞扬了所有学生：“孩子嘛，哭着哭着也就长大啦。自我们呱呱坠地的那一刻起，我们便是父母心中的牵挂和手中的明珠，父母含辛茹苦地抚育我们成长，护我们一生周全，我们要常怀一颗感恩的心，请所有同学都不要忘记今天，不要忘记现在心中对父母的感激之情！”回到宿舍，他对队长吴顺喜说，今天自己上了一节非常成功的感恩教育课……

为国家做点贡献挺好啊

2013年周建强到湖北文理学院就学，第一次听说“格桑花”是在大一下学期，大家对这个好听的名字有很多疑问，格桑花长什么样？这是一种什么样的花？学校选这个名字有什么特殊意义吗？周建强像许多好奇的同学一样，开始寻找答案……

大二那年，“格桑花”支教团队首赴雪域高原，他心中也由此埋下了向往西藏的种子。春去春又回，格桑花又开，支教活动转眼已是第三期，而这一次，周建强光荣地成为第三批支教队员，出发前的一个星期，周建强和队员们在学校操场畅聊西藏支教，聊了许多、设想许多，大家的想法出奇一致：要为可爱的孩子们带去大学生的热情、担当和青春，在艰苦中成长，在奉献中成熟。

前往西藏支教，周建强义无反顾。可在出发前，他犹豫了很久，该如何向父母说起这次支教生活，他一度担心家人是否支持。临近毕业，工作还未找到，为了赴藏支教还放弃了考研，这些会得到一向要求严格的父母亲的同意吗？那几天夜里，周建强辗转反侧，反复设想爸妈可能提出的反对理由，期望凭自己的“智慧”一一反驳。

为什么要去西藏支教？这是周建强最要好的朋友们问得最多的问题。周建强的父亲是一个地道的农民，平时对周建强很严厉。“我擅自做出支教的决定，怕他不允许，我提前准备了好多说服他、劝他、安慰他的长篇大论，准备用我‘雄辩’的口才与他对决一次。”周建强说，当自己怀着忐忑的心情将要去支教的消息告知父亲时时，父亲却说：“支教啊！为国家做点贡献挺好啊！”

| 周建强与学生合影

“一刹那，我不知道说什么好，自己一下子仿佛成熟了许多，让我更加坚定了要去支教的信念！我也要做一个永远的志愿者！”后来，周建强在自己的支教日记中，写下了当时的心理动态。

周建强骄傲地炫耀着父亲的豁达与大义，父亲简短有力的这几句话给自己带来的满足，那一刻的幸福，让他至今难忘。“一直以来我所设想的障碍其实不存在，更重要的是让我再一次意识到自己的选择没有错。带着这样的心情出发进藏，我内心充满了力量。”周建强说，面对一次未知的旅途，家人的鼓励和支持，注定会让自己获得持续不断的原动力。对于周建强来说，“这是一场追梦之旅，更是一次饱含父爱之旅”。

你们是我的信仰与阳光

如今就职于西藏阿里地区革吉县亚热乡人民政府的胡晓翔，难忘第一次站上讲台的激动，和孩子们羞涩好奇的眼睛。2016 年，作为第三批“格桑花”支教队员的他在琼结县支教半年，这半年也开始了他与西藏的故事。他或许没有想到，多年后自己会在这里成家与立业。

“第一节课我做了简单的自我介绍后，就让孩子们轮流介绍自己，孩子们刚开始都很害羞，站到讲台上扭扭捏捏地，除了介绍自己的姓名，就干站在讲台上，非常不自然。”胡晓翔回忆，藏区孩子给自己的印象就是不自信。

可这里的孩子也很勤奋。当人们早晨还在睡梦中时，这群山里孩子就已经起来在上早操晨读；当有些人在大学课堂上睡觉时，这群孩子在课堂上认真听讲，一丝不苟地做着笔记，在用自己的实际行动改变命运；当很多人下课放学后各自享乐时，这群孩子在放牛、忙农活、洗衣、做家务，忙完所有的事情后，他们挑灯夜读，完成自己的家庭作业。

虽然家境贫困，但是他们的乐观、朴实和始终挂在脸上的微笑深深打动着胡晓翔，他也从当地孩子们的身上看到自己对待学习的很多不足，他真切地想要帮助孩子们变得自信，变得更阳光！

课上，胡晓翔总是给予学生鼓励和引导，让掌声替代呵斥。课下，胡晓翔总是和学生“一对一”谈心谈话，了解他们的困难，尝试与他们共情，就这样胡晓翔和孩子们亦师亦友，慢慢地帮孩子们打开了心扉。

“亲爱的孩子们，远方的道路还很长很长，我希望你们能永远带着你们的爱和感恩，带着你们的热情和信念坚定地走下去。世界属于你们！亲爱的孩子们，希望很多很多年以后，当你们走过回忆的十字路口时，还能够轻轻地记起我，能够记起那个说话幽默的老师，他的名字叫胡晓翔。亲爱的孩子们，我会默默地为你们祝福，祝福你们每一个人不再自卑与胆怯，幸福与快乐永远写在你们脸庞！难忘我的那群学生拉吉、桑珠、贡嘎、益西……你们是那样的可爱，那样的天真！世界在你们脚下。”

支教日记中的这段文字，胡晓翔依旧记得。他无悔自己在这里的付出，这里有他的汗水，有他和孩子们一起玩耍的笑声，因为在他看来，

“这里的孩子是我的信仰与阳光”。

扶贫扶智在这里弥足珍贵

根据工作安排，琼结中学也有结对帮扶的贫困村。随着学校精准扶贫工作的逐步推进，支教队员们也有机会参与到扶贫工作，正是因为这些特殊的经历，让胡晓翔对孩子们有了更深的了解，与孩子之间的感情也得到升华。

一次，学校告知要一起“下村家访”，胡晓翔一早就动身准备。琼结早上不到五点就天亮，一直到晚上九点才天黑，胡晓翔和队友行走在人烟稀少的路上，他们边走边聊，聊这段时间的收获，聊他们将去家访的孩子的情况。

这天，他们足足走了两个小时的山路，翻过了一座座山，才到了平均海拔 4050 米左右的琼结县雪康村，这里的房子都是依山而建，特别地陡，基本没有路，队友们便沿着路痕挨家逐户走访。

通过了解他们才知道，当地的年轻人大多出去打工，家里基本只有老人和孩子，而老人去帮别人放牧一天的收入，才不到 6 块钱。学生家长说：“幸亏有国家和学校的帮助，能让自己的孩子学习知识开阔眼界，非常感谢你们的教育和照顾。”

家长们都很热情，虽只是坐短短的几十分钟，尽管家里并不富裕，平时自个儿都不怎么吃，但家家都给他们倒奶茶，拿出自己家做的青稞饼和奶渣，有的学生家里的杯子，都是一个一个拼凑的。对胡晓翔他们来说，在这里所听所看到的种种，带来的不仅仅是激动和感动，更多的是惭愧。

在这远离城市、远离喧嚣的大山里，几个平均年龄不过 22 岁的大

胡晓翔认真批阅试卷

学生，受到他们如此的信任与期待，他们在想，自己能够留给这里的到底是什么？胡晓翔深深地知道，知识在这里是受到尊重的，但是却没有足够的老师来享有这份尊重，这里需要更多的老师！更多的知识！

“仔细想想，我们在这里走过的时光，尽管不能彻底改变这里的现状，但是至少我们没有后悔过自己的选择，也为获得某些改变而孜孜不倦地努力着、奋斗着，给这里的孩子带来了温暖和希望。想着想着，似乎山路也不是很累了，我们也仿佛走得更坚定、更有劲儿了。”胡晓翔知道，扶贫与扶智对这里来说都弥足珍贵，或许他能做的还有更多……

我不仅是他们的老师，更是他们的朋友

吕邦贾是第三批“格桑花”支教队员，尽管出发前做足了心理准备，但初到琼结，不管是身体还是心理，都让吕邦贾无法适应，晚上头痛等一些列高原反应更是时常出现。因为抵达琼结中学的时候正值学生放假，他们得以休息两天，假期结束后便就强忍不适投入到学习和工作中。

都说每个人心中都有一个当老师的梦想，这对吕邦贾来说一点也不假，“想到马上就要成为老师，去给孩子们讲课，每个人心里都没底，对于第一次走上讲台都或多或少有些忐忑”。回忆起第一节课前夕，吕邦贾记忆犹新。为了尽快和学生打成一片，吕邦贾经常利用工作之余

| 吕邦贾课余指导学生功课

和学生一起打打篮球，一起聊聊天……

因为吕邦贾是学美术的，本设想着负责学生的美术课，但是因为当时学校的条件有限，没开这门课程，所以吕邦贾被安排接替了七年级的地理和八年级的历史。想着这两门课程课堂氛围都是比较活跃的，于是在上第一堂课之前，吕邦贾认真准备教案，还和有经验的老师交流经验，了解他们的教学方式，既想用孩子们熟悉的教学方式上课，又想教出自己的风采。

就这样，吕邦贾带着期许开始上第一节课，但学生的反应把他初为老师的教学热情浇灭了一半。只要是他向孩子们提问，多数就是低着头，吕邦贾的眼睛看向谁，谁的眼神便闪躲无处安放，好像做了什么对不起老师的事，怕被叫起来回答问题。最后，课堂就变成吕邦贾自己断断续续的独角戏，难熬地坚持到下课时间，逃难似的下了课。

“我想，我不仅是他们的老师，更应该是他们的朋友。”此后，为了深入地了解学生、融入学生，吕邦贾每天都去学生寝室探访，了解他们的生活、学习等各方面情况；除了正常的上课时间外，还经常利用中午休息和下晚自习后的时间去辅导九年级学生作业，常常是晚上下课就十点多了，还要挑灯夜战批改作业。课余时间，吕邦贾也基本上都和学生们待在一起，从开始的身体不适、工作勉强、师生关系紧张，到后来的从容任教、与学生打成一片。作为支教老师的吕邦贾，对于自己所选择的这条路，内心也更加坚定。

第一个美术社与孩子们的半小时

没有美术课程让吕邦贾这位美术生"闲不住"，他想尽自己所能带给学生更多的知识和乐趣。于是，吕邦贾向琼结中学大胆提议：成立美术社。校方也极力配合准备工作，一周后，琼结中学首个学生美术社团正式成立，吕邦贾担任指导老师，他饱含激情，但一周的教学体验给吕邦贾"上了一课"。

"开始我教美术社这群孩子的时候我非常有耐心，非常用心，也很细心，但是结果却令我很失望。"吕邦贾尽己所能地把自己所学的知识都讲授给学生，而学生表现的却是一脸茫然，根本听不懂自己讲的内容。"是不是讲得太快？是不是讲得太深奥？"一开始吕邦贾以为是自身的原因，就调整了自己的教学方式，放慢了讲课的进度，尽量把专业化的知识讲得通俗易懂。

经过几节课的磨合，教学也有了一定的效果，学生也慢慢适应了吕邦贾的教学方法。这让吕邦贾以为通过自己的努力，已经找到了把他们教好的方法。可就在一次放假后的作业中，吕邦贾才意识到自己"大错特错"。

作业是一人画一个正方体，但是交上来的作业中，不但画的没有平时的一半好，而且纸张不是破了就是脏了，没有一份令吕邦贾满意的。"我当时在社团课上特别生气，就狠狠地批评了他们，回到办公室后我自己一个人静静地沉思了很久，反思问题出在哪里，已经一个月过去了，很多同学连正方体都画不出来，照这个进度下来……"吕邦贾想了特别多，也陷入了自责和不安。

不知不觉社团课已经结束半个多小时了，虽然自己非常伤心和无助，但是社团教室的门还是要锁，也就在前往美术室锁门时发生的一幕，让吕邦贾完全改变了对这群孩子的看法。

吕邦贾刚到一楼时，突然发现黑黢黢的楼道里只有美术室的灯是亮着的。当时吕邦贾心想，每天都在强调社团结束后要关灯，这些学生就是不听，怪不得到现在一个月过去了，正方体还画不出来，肯定都把自己的话当耳旁风。但是吕邦贾这个念头刚冒出来，呈现在眼前的一幕却令吕邦贾非常惊讶，至今难忘。

下课这么长时间了，居然还有学生这么用功地在画画，还没等吕邦贾缓过神来，一群学生立马上来问问题，“老师你看看我画得怎么样，老师你再跟我讲一讲透视吧……”这一幕让吕邦贾感触特别深，虽然这些孩子的教学条件没有大城市那么好，但是他们身上这种勤劳和朴实的品质又再次给了吕邦贾希望，给了吕邦贾继续教好他们的勇气。

在之后的日子里，他们每天坚持多留半个小时，吕邦贾便每天陪着他们，心中默默念道：“这半小时我与你们同在。”

不积跬步，无以至千里；不积小流，无以成江海！“陪伴着他们，看着他们一点点地进步，我感觉所有的付出都是值得的。美术社的孩子们虽然基础不好，但有着勤奋好学的态度和持之以恒的精神。”吕邦贾说，这是琼结中学的孩子最难能可贵的品质。

让人难忘的一杯水

郑仕洲是第三批“格桑花”支教队员中高原反应最强烈的一个，也是面对队友和同事劝阻时最“倔”的一个。初到达琼结中学的头一周，郑仕洲高原反应强烈，头痛、呕吐、心慌、流鼻血等各种现象都先后出现，甚至同时发生。

根据学校安排，郑仕洲要带七年级的英语课。从一楼走到三楼的教

| 郑仕洲在课堂上

室，都让郑仕洲喘不过气来，更别说讲课的时候有多么吃力。队员们发现郑仕洲的“窘境”后便向琼结中学报告，希望他再休养一两天，学校领导同意并提醒郑仕洲以身体为重。面对他们的善意，郑仕洲似乎并“不领情”，“我觉得我可以，而且英语课进度落下太多，我的学生需要我!”郑仕洲回应道。

就这样，郑仕洲还是根据课程安排授课。一天，郑仕洲的课程安排得比较满，一个上午排了三个班的四节课。一开始完全没有想到自己的高原反应这么剧烈，在头两节课的时候精神满满，用着最大的嗓门给学生讲课，生怕他们听漏知识点。但也正因为自己的不注意，加上当地的空气稀薄、气候干燥，到了上第三节课的时候，郑仕洲突然感觉自己不太对劲。

“课讲到一半，突然开始咳嗽不止，出现恶心干呕的症状”，郑仕洲这才意识到由于刚来不到一周，身体还没有完全适应这里的环境，于是便让学生们自学，自己找了个座位休息了一会。

课间过后，当郑仕洲走向讲台，突然发现讲台前整整齐齐地放着三四杯水。这些装水的器皿甚至都不能叫做杯子，那是学生们用了很久，却舍不得丢的矿泉水瓶。这时郑仕洲看着讲台下的他们，学生们没有说话，只是瞪大眼睛看着郑仕洲，似乎是告诉他：“老师，您辛苦了，喝点水，会好一些。”

郑仕洲没有嫌弃孩子们用了很久的“脏”矿泉水瓶，拿起瓶子咕噜噜地喝起来，才发现这瓶里的水不是烧开的水，而是楼下的自来水，但此刻它的味道，却犹如泉水一样甘甜。

这几瓶水让郑仕洲看到了他们的善良和对“格桑花”志愿者的用心。从那时候开始，郑仕洲便告诫自己，要始终牢记自己来西藏、来琼结中学的初衷，时刻提醒自己要对得起孩子们的信任和自己最开始的那份单纯。

在往后的教学中，郑仕洲更加认真地备课、学习，对孩子们的要求也更加严格。经过努力，郑仕洲所带的两个班级的英语成绩，在期中考试中超过其他几个班，平均分更是从他刚来时的20分提高到40分左右，并且一直保持到期末考试。

“对不起，老师错怪你们了”

2016年中考临近，为提高初三学生的成绩，支教团队便在宿舍楼下开设了辅导班，由支教队员轮流进行补课。

参与补习的学生一个个热情高涨，几乎每次都提前到场，他们对学习、中考和以后的生活充满了无限的期许和憧憬，这也让郑仕洲这个尚未毕业的学生，第一次体验到为人师、做别人学习路上引路人的自豪和喜悦。

| 郑仕洲正在为学生补课

一个周三的晚上10点左右，正好轮到郑仕洲给孩子们补习英语。郑仕洲像往常一样，提前来到补课的教室，翻看着准备好的课程资料等待学生们的到来。时间一分一秒地过去，到了上课时间却没有一个学生来到教室，郑

仕洲坐在辅导室里一直等着，十分钟过去了，没见一人，二十分钟过去了，郑仕洲开始在想，“是不是今天晚自习的老师作业没讲完耽误时间了？”

半个小时过去，“看他们每天疲惫的样子，难道是不想参加补课了？”一个小时过去，“嗯，他们自己都不上心，我为什么要这么坚持呢？”直到补课时间结束，也未见一人，于是郑仕洲回到楼上的宿舍，看着桌子上白天还没写完的备课笔记，心中一阵懊恼，“学习是你们自己的事，想做一块朽木，上帝都帮不了你，随便吧，我不管了”。

然而，一切却并不是郑仕洲想象的那样。第二天中午，有八九个学生跑到郑仕洲的房间，他们腼腆、羞怯地站在郑仕洲面前，迟迟不好意思开口。带头的九年级3班班长，他告诉郑仕洲：“郑老师对不起，昨天晚上九年级集体安排了考试，等我们过来，补课教室的门已经锁了，下次再也不会了。”

这时一封信递到了郑仕洲的手中，郑仕洲突然释怀，发现是自己错怪了他们，立马和他们说：“没事没事，对不起，是老师错怪了你们。”过后，郑仕洲翻看着“道歉信”，让郑仕洲羞愧难当。

孩子们年龄不过十四五岁，但却非常懂事，他们的真诚和善良，让郑仕洲默默告诉自己，以后要更加努力。

县城的第一个心理工作室

由于交通闭塞，自然环境相对封闭，许多家庭迫于生计不得不外出打拼，这里的孩子缺乏见识、陪伴与关爱。自卑胆怯，似乎是到来的“格桑花”队员对琼结中学学生的第一印象，支教的目的不仅在于传道授业解惑，他们想打开孩子们心灵的窗户，带领他们感知外面的世界。

有一天，队员们在集体宿舍里讨论工作时，郑仕洲分享了自己班上一个孩子的变化。旦增以前是个不爱讲话的孩子，连上体育课也坐在那里发呆，但是现在变得活泼开朗，爱说爱笑，成了班上的活跃分子。后来去询问了班主任才知道，原来是因为家庭困难的缘故，让旦增变得孤僻和内向。班主告诉郑仕洲，可能是“格桑花”队员来到这里，少了老师的那份严肃，让他有了新朋友。于是，大家都提议要给这里的孩子更好的心理疏导。

有了这个想法之后，队员们便集思广益，纷纷发表自己的想法，从最开始的“教室画册”到“宿舍一角”，从足球队到兴趣班，一个想法接着一个想法，但考虑到孩子们学习和学校的实际情况，最终不得不一个个放弃。

最后，支教队员们决定成立一个心理健康工作室。当“格桑花”队员把这个想法与琼结中学领导沟通后，得到了他们的支持。学校给分配了最好的办公室，有了场地，紧缺的便是资金和设备。

在公益众筹还不太流行的 2016 年，郑仕洲在网上了解到了腾讯公益平台，便和队员们一起撰写项目书、做经费预算，联系平台负责人进行项目宣传推广。

3 个月时间，队员们在腾讯公益平台募集资金近 3000 元，不够的部分，队员们又每人从为数不多的生活费中各拿出 1000 元钱，母校湖北文理学院的老师们，也在学校发起了爱心捐赠的活动，在队员们和学校的不懈努力以及社会爱心人士的慷慨支持下，“格桑花 · 心桥”心理工作室正式成立并投入运营。

“格桑花 · 心桥”心理工作室在一个不到 20 平方米的办公室里，却也初具规模。慢慢地，工作室有了办公桌、沙发、茶几、书籍和相关工作设备，为了能让心理工作室正常运行起来，“格桑花”队员们还制定了工作制度和条例，并开始学习心理健康教育相关知识，轮流在工作室值班，定期组织心理健康教育相关活动，孩子们的笑容越来越灿烂。

“格桑花·心桥”心理工作室，是第三批“格桑花”支教队员为孩子们打造的一个倾诉心声、解压放松的心灵港湾，这是学校也是琼结县第一个学生心理工作室，不仅面向琼结中学，同时对全县所有学生开放。

第六章　琼中来了女支教老师

那天晚上，满天的星星眨巴着眼；深深月色下，他的眼神显得格外明亮。我在想，其实每一个孩子都是一颗小星星，我要努力把他们和他们的梦想一一点亮，这样我也会收获满天繁星。

——第四、第五批“格桑花”赴藏支教团队队员　黄亚鹂

多读书读好书，把大学文化带进琼中

徐小浩是第四批“格桑花”支教团队的队长，来到琼结之前，他自认为自己不算是一个特别爱读书的人，但到琼结之后，他被孩子们渴望的眼神感动着，他下决心自己要带领孩子们一起多读书、读好书。

徐小浩清晰记得，他们到琼结中学第一天，校长王宗虎带领团队全体成员参观了学校的各科室、观摩了正在上课的八年级 1 班。让徐小浩印象深刻的，除了那群孩子可爱的、带有高原红的脸庞，还有教室角落里那个破旧的书架。

书架上面的书不多，而且很老很旧，一看便知道已经很久没人翻动了，徐小浩后来发现，几乎每个教室都有着这样的一个书架且情况类似。原来，书架上的书都是一些爱心企业或者单位很早之前捐赠的，很多书都被翻烂了，也没有再更新。

“书籍是人类文化遗产的结晶，是人类宝贵的精神财富，是人类进

步的阶梯，这个年纪的孩子读书正当其时。”徐小浩在调研时发现，由于经济贫困、教育资源稀缺，这里的孩子从小成长于一个没有读书氛围的环境，有的孩子渴望读书，但却得不到想看的书本；有的孩子根本不喜欢读书，对读书不感兴趣。

第22个“世界读书日”到来之际，徐小浩和队友们一起讨论工作，决定开展一些读书活动，推动书香校园建设，营造浓郁的读书氛围，提升学生的综合素养。他们随即把这个想法告诉了中学校长，校长当即表示支持，并鼓励支教团队开展读书活动。

为了办好读书活动，徐小浩和队友一起花了两个晚上进行策划，结合学校的实际，将此次读书活动分为三个阶段。启动阶段从4月22日开始，利用“国旗下演讲”作“书香校园”读书活动专题宣传动员。徐小浩向校长提议，湖北文理学院“淡泊明志　宁静致远”的校训出自《诫子书》，诵读《诫子书》是每年新生入学教育的必读篇目，将其作为读书月的启动篇目，不仅能够勉励学生努力提高自身修养，涵养自己的品德，静心专一学习、增长才干，还能将湖北文理学院的大学文化和大学精神带给琼结中学的师生。听了徐小浩的一番陈述后，校长欣然赞同。

徐小浩在班级开展读书活动

那天清晨，天气微凉。7点钟全校师生齐聚操场，在唱完国歌、升完国旗后，徐小浩站在主席台上，面向琼结中学500多名学生，带领他们一起，“夫君子之行，静以修身……”，一句一句地读完了《诫子书》。

4月23日“世界读书日”当

天，徐小浩借助第八节课学生自习时间，在学校开展了一场有关读书的知识讲座。以此为始，全校各班都开展了系列有关读书的活动，直到五月底，支教队员大大小小举办了以读书为主题的手抄报比赛、完善班级图书角、动员师生捐赠图书、开展“四个一”活动（即至少读一本名著、写一篇读书笔记、举行一次读书交流会、举办一次征文大赛）、利用班会或者自习在班内进行读书交流活动、各班设立“读书墙”张贴学生读书笔记和文摘等活动十余项。

“尽管那段时间感觉很累，除了要上五个班的两门课，还要组织开展各种活动，但看到学生的闪光点和进步就是我最大的幸福。”为了倡导读书，徐小浩会在历史课和信息技术课上，给学生们讲读书的故事以及用处，自费三四百块钱从网上选购了适合初中生阅读的书籍、杂志，送给几个班的学生传阅。

“格桑花”的爱不止步于支教

“格桑花”支教项目作为援藏工作的重要组成部分，重点在于助推当地基础教育的发展。可徐小浩始终认为，“格桑花”更是一种大爱精神，因此在开展支教工作的同时，徐小浩也很注重带领团队开展支教之外的志愿服务活动，进一步拓展支教团队的志愿服务，丰富教育援藏的工作内涵。

支教队员助力琼结县武警中队建设军营文化

为了加强琼结县中学和县武

警中队的联谊，助力军营文化建设，丰富部队官兵的文化生活，徐小浩带领支教队员来到武警中队，帮助他们制作主题黑板报，带去文艺汇演等等。一来二往，支教队员与武警中队慢慢建立起联系，多次邀请“格桑花”支教团队成员参观军营、参与中队的文化建设，“格桑花”支教团队成员也多次邀请军官士兵，到琼结中学开展爱国主义教育和国防安全教育。

“一个年幼的孩子正在遭受白血病的折磨，他还没来得及拥抱这个世界，就听到了这样的噩耗，而孩子的父亲患有胃癌，父子二人在同一家医院接受治疗。”一次课间的闲聊，徐小浩从一位藏族老师口中得知这个家庭的情况后，通过微信朋友圈和 QQ 空间，积极发动身边的爱心人士献爱心。同时身为湖北文理学院国旗护卫队队长的徐小浩积极呼吁，在队内展开募捐并拿出部分团队经费，最终筹集了 1000 元的爱心捐款，送到孩子母亲的手中。

初来西藏时，徐小浩看着满山荒芜的环境，满是疑惑的眼神。支教半年来，他懂得了什么是渴求，什么是感动，什么是艰辛，什么是收获。“支教的生活就像一杯清茶，没有华丽的色泽和醇厚的味道，淡淡的清香却让人回味无穷。”他自言，支教感受是“艰苦并快乐着，平淡并享受着，付出并收获着”。

如今，徐小浩已经大学毕业并留在湖北文理学院担任辅导员，他将“格桑花”精神带上工作岗位，将“格桑花”的故事讲给更多的青年大学生听。

她一直关注山区乡村教育

黄亚鹂是土生土长的湖北襄阳人，从小在襄阳长大，也在襄阳上大学，是湖北文理学院美术学院的一名学生。虽是女生，但她敢于冒险，阳光豁达造就了她独立的品格和思想。

大一暑假，在美术学院支持下，黄亚鹂开始了自己的“西行漫记”。她拿起画笔，背着十几斤的丙烯颜料深入湖北十堰大山中，为当地小学义务做墙绘。大二暑期，她再次向西部出发，途经陕西、四川、甘肃、青海、西藏5省，历经5000多公里，先后搭乘各种车辆40多次，最高到达海拔6457米的西藏垭口，最远到达西藏日喀则，所到之处，她都会到当地的中小学看看。

她在青海路政局打过地铺，也在格尔木教育局住过帐篷；在罗布林卡摆过地摊，也在布达拉宫当过志愿者。她一边旅行，一边联系当地教育主管部门，先后为5所中小学进行义务墙绘。她的墙绘作品用笔精炼，充满阳光气息，受到教育部门和学校师生的一致好评。

2016年寒假，黄亚鹂加入了一项乡村教育调研活动，参加了由来自全国的30人组成的云南丽江乡村教育状况调研队，深入丽江的少数民族村落——金普村开展调研工作，了解当地少数民族乡村教育现状，为当地政府决策提供参考和可行方案。她和团队成员义务为当地两所小学完成了校内墙体彩绘，在活动期间通过各种渠道，为当地学校筹得10000多元资金，全部用于学校基础设施工程的维修。

为藏族孩子带去色彩和欢乐

“西藏，是一个让去过的人还想去，没去过的又特别向往的地方。”大三下学期，在得知学校招募志愿者赴藏支教的消息后，黄亚鹂觉得，这是自己实现运用所学知识正式服务西部教育梦想的绝佳机会。

在此之前，黄亚鹂也曾到过西部，为当地学校做过一些事情，但这都是短暂停留，她自认为远远不够，自己能做的还有更多。这次支教有半年的时间，她可以更好发挥自己在专业、演讲和阅历方面的优势，真正为藏族学生做点事情。

就这样，黄亚鹂向学校提交了报名表，可在此之前，学校从未选派过女生前往支教。“身体能不能吃得消？”“半年时间会不会熬不下去？”“家长会同意吗？”果不其然，面试时老师的一连串问题接踵而至，但黄亚鹂表达了自己的决心和意志，结合她曾有过赴藏经历，最终她通过了学校面试。和黄亚鹂一批的女支教队员还有万倩怡，她们同时入选第四批“格桑花”支教团队。

2017 年 3 月，黄亚鹂再次踏上了前往西藏的火车。不同的是，这次她多了支教队员的身份、更是参加“格桑花”支教的首批女队员，自己的身上多了一份责任与担当！在琼结中学，黄亚鹂主要为七、八年级共十个班的学生教授美术课，同时承担学校心理咨询室的日常工作，尽己所能地为学生带去色彩和欢乐。

为了让学生们对美术课感兴趣，从备课到正式上课，黄亚鹂不断设计新的课程内容，从折纸到制作贺卡，从简笔画到手抄报；从达芬奇讲到梵高，从艺术聊到历史聊到世界各地的不同文化……黄亚鹂不断学习新的知识，学习如何上好一节课，如何成为一名好老师。

黄亚鹂课余为学生弹奏尤克里里

一天下晚自习，一个七年级的小姑娘走过来对黄亚鹂说：“黄老师，我以前不会画画，但现在最喜欢美术课了！以前的美术课就是老师在黑板上先画一幅画，然后同学们跟着画，而当您成为我们的美术老师，我们发现原来美术课可以这么有趣！”

“最喜欢美术课”，这是对黄亚鹂最大的褒奖。

“我也想成为一名好学生”

“亚鹂，这个学生成绩非常不理想，经常考倒数第一，昨晚还违反了校规。希望你能对他进行心理辅导，帮助他改变现状。”当校长把旦增群培送到黄亚鹂办公室时，他抹着眼泪，耷拉着脑袋，一言不发地站在黄亚鹂面前。

“同学，你叫什么名字？”

“……”

“同学，昨晚发生了什么事情，可以和老师聊一聊吗？”

“……”

经过一番沟通，黄亚鹂意外地发现，这名学生居然不会讲汉语，并且只能听懂简单的汉语！黄亚鹂不忍再责备他，拿来了一张白纸和他比划：“请你在这张纸上写出自己的优缺点和愿望。”

黄亚鹂依然记得，那天晚上他一边哭一边写，认认真真写了很久很久，虽然只有短短数语，但看得出他用心地写下每一个字。黄亚鹂看不懂着藏文，写好后，她轻轻叠起那张纸并示意这名男生返回教室。

“我也想成为一名好学生”，通过藏族老师的翻译，黄亚鹂才知道他写下了这几个字。那个七年级“最笨的差生”，一边掉眼泪一边写下自己的愿望，他写的愿望不是游戏、不是玩具，而是“我也想成一名好学生”！那一刻黄亚鹂深受震撼，内心也被深深打动，她下定决心一定要帮助这个孩子。

课堂上，黄亚鹂有意鼓励他，用手势比划着告诉他画得很好，他就经常拿自己的画给黄亚鹂看；他开始在黄亚鹂的课上试图听讲，虽然还是经常会走神，但这已经是很大的进步，黄亚鹂能想象到他在别的课堂上是什么状态，从那以后，这名学生成了黄亚鹂班上最积极的学生之一。

| 黄亚鹂举办的琼结中学首届师生书画展

2017 年 5 月，黄亚鹂举办了琼结中学第一届师生书画展。那次画展她挑选了很多优秀作品，但当再次审核挑选出的优秀作品时，“旦增群培”这个名字映入黄亚鹂的视线，这不就是那个七年级“最差的学生”吗？

“他的作品线条流畅用笔恰当，画面感十足，画得非常棒！”黄亚鹂向同事们夸奖旦增群培。这是个所有人都一致认为连汉字都不会写的“差生”，却也是个爱画画、表现力十足的好学生，他给黄亚鹂带来了意想不到的惊喜。

当再次来黄亚鹂办公室时，是画展结束后的第二天，而这一次旦增群培是主动来的。“老师，您可以教我画画吗？”旦增群培拿着手中的画棒，期待地看着看着黄亚鹂，说完便害羞地摸着脑袋低着头。“我想每个人都有自己的独到之处，关键在于发现它，鼓励它，呵护它。”黄亚鹂说，学生的进步需要“伯乐”。

“如果没有您，我不会考得那么好”

新学期，因七年级教授英语课程的老师仅有一位，黄亚鹂除了带五个班的美术课、社团指导课、早晚自习，又多了七、八年级部分班级的英语课程教学任务。既不是英语专业，也没有丰富的教学经验……黄亚鹂深感压力巨大。但她告诉自己：“一定要做一名合格的好老师，要和孩子们开出一朵又一朵美丽的格桑花，开在彼此的心坎上。”

西藏的学生要学藏语、汉语和英语三门语言，所有学科里他们英语平均水平最差。为了及时了解孩子们的情况、拉近和他们的距离、提高他们的英语成绩，黄亚鹂除了要认真备好每一节课，还决定到学生家中家访、义务为学生进行课外英语辅导。

八年级学生洛桑多吉平时上课积极认真，但一到了英语课却总是低着头，神情紧张，考试也经常因为英语成绩拖了总分成绩，于是他便成了黄亚鹂的课外辅导对象之一。

为了让他对英语感兴趣，黄亚鹂尝试把课文编成歌，把单词讲成故事，对每一个知识点进行详细解析补充。有时候为了给他讲好一节课，需要参考好几本书，查很多资料，并且设计有趣的 PPT 课件吸引他的兴趣；有时候为了不耽误他的时间，黄亚鹂抱着手中吃到一半的馒头就往他家赶；冬天的缺氧感受更加严重，呼吸困难、头疼欲裂，晚上经常靠在床头失眠到天亮……回想起这段时光，黄亚鹂觉得这是自己在西藏最艰苦最忙碌的日子，却也是黄亚鹂最引以为傲的一段珍贵时光。

一次晚上补课结束后，黄亚鹂检测他的学习成果，发现他把知识点都记住了，很用心地做了每一次课堂笔记。于是黄亚鹂告诉他：“你真的很棒，我要为你鼓掌。”他却突然站了起来，低着头摸着脑袋害羞地说：“老师我要给您鼓掌，因为您教得好，我才学得好，我会努力加油的！”

期末考试结束，多吉敲开黄亚鹂办公室的门激动地说：“黄老师，这次考试我考了班级第一，年级第五，如果没有您的帮助，我不会考得那么好！”

“那天晚上，满天的星星眨巴着眼；深深月色下，他的眼神显得格外明亮。我在想，其实每一个孩子都是一颗小星星，我要努力把他们和他们的梦想一一点亮，这样我也会收获满天繁星。”当天，黄亚鹂用文字在日记中记录下彼时的心情。

在西藏做人生第一次手术

“正是被这里的人呵护着、温暖着、感动着，我才有了再次前往西藏的冲动和坚决。”支教期间，患有慢性胃病的黄亚鹂经常胃痛不舒服，喝了将近半年的中药，有的时候胃痛得黄亚鹂不得不用手使劲抵着腹部，才能坚持完成备课。

临近期末，黄亚鹂的胃痛得厉害，常常夜不能寐，白天上课更是难以忍受，但一想到马上快期末考试了，黄亚鹂决定再忍一忍，不耽误学生们复习，等期末考试结束再让队友陪自己去医院做检查。徐小浩得知情况后，当即把黄亚鹂送往医院。

“小姑娘，你得了急性阑尾炎，必须马上住院做手术！”听到这个消息后，黄亚鹂难过得瘫坐在椅子上，因为她知道在高原地区，一个普通的感冒如果得不到妥善治疗，都会有性命之忧，而从未做过手术的她，却要在西藏经历一场突如其来的手术挑战。

黄亚鹂试图保持冷静，但当拨通母亲电话时的那一瞬间，黄亚鹂竟哭得说不出话来。黄亚鹂这才发现，一直以来在别人看来是超级坚强、乐观形象的自己，却还是个一遇到困难竟然崩溃的“爱哭鬼”。

经过一番思考，黄亚鹂还是决定马上在西藏进行手术。在这里，伤口愈合得很慢，内地割完阑尾三天就能出院，而此刻的黄亚鹂已经三天没有喝水、不能吃饭、不能下床，甚至都不能独立完成翻身的动作。第六天还在不停地输液，第八天出院时身体依旧很虚弱。

住院期间，队友们轮番照顾黄亚鹂，藏族老师纷纷过来为她加油打气，鼓励她一定能行，队长徐小浩还从学校赶来告诉黄亚鹂：“你住院后，学生发现你不在学校，追问我美术老师去哪里了，我实在瞒不住，只好告诉他们你生病住院了，这是他们录的视频，嘱咐我一定要给你看。”

“祝美术老师早日康复，黄老师，我们不见不散！”学生们挤在镜头前齐声喊道，看着他们一张张纯真的笑脸和期待的眼神，想到自己此次的支教生活已经接近尾声，脑海里不禁涌现出和学生的太多点滴日常，回想起为他们拍的百张笑脸，回想起白玛德吉告诉自己，未来想要当一名英语老师，回想起嘎珍和自己分享她的小秘密……

黄亚鹂偷偷擦掉眼角的泪水，心中有股声音在不断地回荡……

下一批，我一定会再来的

一直以来，黄亚鹂都在想办法提高学生的英语成绩，无论是集中补习还是单独辅导，黄亚鹂都乐此不疲。出院后，黄亚鹂想到已经有段时间没有去洛桑多吉家给他补课了，刚回到琼结县的当天下午，黄亚鹂像往常一样抱着书赶往他家。黄亚鹂很担心他的英语成绩，可刚走到他家门口，他的爸爸便执意要送给黄亚鹂一串晒干的金黄色蘑菇。

“我听说你做了手术刚出院，想让你补补营养。”黄亚鹂见他执意要送，便将那串蘑菇挂在了脖子上，而那位藏族父亲则笑得像孩子一样。后来，藏族的老师告诉黄亚鹂，这些当地稀有的蘑菇，生长在海拔5000米的高寒地带，这一大串的蘑菇，往往要翻找一整天，才能摘到。

黄亚鹂备受感动，心想这或许是当地普通农牧家庭最贵重的东西了，支教期满临走时，洛桑多吉一家来到琼结中学门口为黄亚鹂敬献哈达，祝愿她一路顺风一切顺利。“老师，您还会回来吗?”洛桑多吉这一问，黄亚鹂再也忍不住泪水，她与洛桑多吉紧紧相拥：“老师会回来的，老师一定会回来的。”

前往拉萨的汽车渐行渐远，黄亚鹂想起当初决定来这里支教的想法。“是啊，孩子们，我希望能够通过我的画笔和课堂让你们感知美，我要努力发挥我的特长，真正为藏族孩子们做点事情！一期不够，我就再申请报名一期！同学们放心，我一定会再来的！”黄亚鹂在支教日记中写下了这样一段话，返回学校后，黄亚鹂再次向老师表达意愿，并在第五批“格桑花”队员招募的时候递交了报名表……

不敢与母亲通电话

“这里的孩子质朴、纯真、善良，他们不善言辞，但他们懂得如何用自己的方式去爱别人。”2017 年 3 月，正值开学高峰，同为首批女支教队员的万倩怡踏上支教的旅途，从襄阳到武汉，从武汉到兰州，从兰州到西宁，从西宁到拉萨，前后转了四趟火车才到西藏。再从拉萨坐大巴到山南，从山南坐中巴到琼结，全程三天两夜，3400 公里的路奔波辗转，一路坎坷。

刚到琼结中学，万倩怡看到这群淳朴的孩子，周身的疲惫顿时一扫而光，万倩怡对自己说，要和孩子们一起学习成长。

可精神上的自我鼓励，并没有给身体带去多少积极信号。头痛欲裂，太阳穴突突地跳得厉害，呼吸困难、食欲不振、恶心、呕吐、失眠……各种症状接踵而至，万倩怡终究没有逃过高原反应的魔掌，这些常见的缺氧反应在很多队员身上都会发生。

“这里周围除了山，还是山，开水只能煮到 70℃，在物流飞速发展的今天，这里依然没有快递收发点。”一次和家中视频通话，万倩怡和母亲谈起在西藏的现状，本以为没有什么，却把千里之外的母亲急得落泪，自己也跟着哭起了鼻子，自那以后，万倩怡好长一段时间都不敢和家里通电话，发视频。

无论路程有多远，海拔有多高，需要克服多少种高原反应、身心孤独和生活不便，万倩怡的内心都是无比激动的，她说：“因为我们即将面对的是一群藏区的孩子们，他们也是我们祖国的花朵，未来的希望。”

你教得好我们才学得好

根据学校的教学安排，支教期间万倩怡主要带七、八年级共十个班的音乐课，来不及很好地适应当地环境，万倩怡便上岗教学。万倩怡对自己的教学满怀激情，对自己满怀信心，课前做足准备，但当真正站上讲台的那一刻却发现，给藏族孩子们上课并非易事。

孩子们汉语朗诵水平不高，而且他们对音乐的了解只局限于藏语歌曲，为了上好一门课，万倩怡甚至会花费一上午或者一天的时间，去了解藏语意思。此外，万倩怡会运用大量的休息时间学习各类小乐器，希望能够带给孩子不同的学习体验。

为了激发孩子们对音乐的兴趣，万倩怡尝试设计了“开学第一课”——用音乐的方式介绍自己。课堂上万倩怡先做了个示范，但发现学生们只会在下面不好意思地笑，却不敢举手表现。于是万倩怡尝试打出一些有趣的节奏，并变换更加丰富优美的旋律引起他们的兴趣。

果然，孩子们也都伸出了双手，聪明而又配合。当万倩怡伸出手向他们夸奖道：“棒，棒，你真棒！”他们也伸出了双手说：“棒，棒，你真棒！”万倩怡告诉他们，“你们应该唱我真棒！”他们却异口同声地说，“老师你最棒，你教得好我们才学得好。”那一瞬间，万倩怡觉得一切都是值得的！

在万倩怡上完整个年级一周的音乐课后，发现原本害羞的学生们，会主动上前用自己教给他们的音乐方式向自己打招呼。万倩怡发现，喜欢音乐课的学生不但越来越多，而且他们已经开始尝试识谱唱谱、唱汉语歌曲、吹葫芦丝了。学生大米玛央宗还拉着班级的女生，跑到万倩怡办公室告诉她：“老师，我们都很喜欢你，谢谢你！”

他们懂事得让人心疼

琼结县地处喜马拉雅山北坡，三面环山，地势东高西低，琼结县总面积约 1030 平方千米，但总人口却只有不到两万人。全县只有一所中学——琼结县中学，孩子们上学并不不易，他们大多数来自乡镇偏远地区。

为了减少学生在往返途中所耗费的时间，学校采取了上两周课放四天假的作息安排。学生在校期间，琼结县中学每周安排周四中午为“开放日”，即学生可以出校门购买生活用品、修剪头发等，家长也可以进校门看望学生。“开放日”这一天对所有学生来说，是每周最值得期待的日子。

应学生要求，万倩怡每天会利用中午课间30分钟为学生开设第二课堂活动。那天是周四,万倩怡告知他们如果有事情可以请假不参加。当万倩怡拿着活动器具准备上课时，看到了卓玛一家：女生的眼神里充满着对母亲的思念和不舍，挽着妈妈的手一直点头，母亲则是边拿着衣物边嘱咐些什么。

“妈妈，你来啦!”

“这个袋子里装的是这几周的衣服，这两天冷了注意保暖。”

“嗯，好的!”

“在学校一定要好好学习啊……”

这是发生在小卓玛与她妈妈之间的简短对话，万倩怡打过招呼后便走向教室。

没过一会儿，她们便互相拥抱后摆手道别了。女孩拎着衣物径直向万倩怡走来，万倩怡正准备安慰她，她却开了口：“万老师，对不起我迟到了，请您原谅，这是我第一次和大家一起唱歌，我很喜欢唱歌，不想失去这次机会，而且妈妈说了让我一定要好好学习，不然就得和弟弟回家放羊了。”

万倩怡听完心里很难过，没想到她这么小就如此珍惜学习的机会，而想到内地的部分孩子，他们坐在敞亮的教室里，有先进的教学设备和优质的师资条件，却不知道努力，这是多么可惜的事情。

一次合唱课，小嘎玛多吉迟到了。他用手捂着肚子缓慢地从操场走过来，一声不吭，神情痛苦。万倩怡询问他怎么了，他迟迟不愿意说话，而是说：“老师我们先排合唱吧，您别操心我啦。”

| 万倩怡组建了琼结中学第一支合唱队

说完后他拿起谱子试图和其他同学一起唱歌训练，手不时捂着肚子。在万倩怡的再三询问下，他说自己肚子疼，兴许是跑岔气了。万倩怡执意要带他去医院看病，他再一次拒绝说：“万老师，我们先唱歌，唱完了你再带我去，如果我这会去了很多知识都会落下听不懂了。”这个中午，小嘎玛多吉唱得十分卖力，还一直给万倩怡比笑脸，给她吃“定心丸”，告诉她别着急别担心。

像这样的事情还有很多很多，藏族的孩子们淳朴，懂得感恩，知道学习机会来之不易。“他们懂事得让人心疼！当我们努力将知识之花传递到每个孩子的脑海里、梦里，他们却用实际行动温暖着每一名支教者的心田。”从那以后，万倩怡告诉自己一定要备好每一节课，要坚持到底，再多教一点知识、再多传递一点爱！

一壶热水的温度

爱总是会相互感染，“格桑花”的爱在师生之间传递，也同样温暖着支教队员彼此。“热水，它清淡无味，极其普通，有时候放在角落根本没人会注意到它。但每当想起支教时的那壶热水，我的心里便暖暖的。”万倩怡的支教日记特意提到的这一壶热水，那是队长徐小浩带给她的温暖和感动。

万倩怡是一个来自沿海城市的南方女孩，在来支教之前已经做好了克服高原反应的心理准备和物资准备：“初来西藏前一周不能洗澡，我便带了应季的衣物；物资购买不方便、快递收发点缺乏，我携带了一包药品，红景天、感冒药、消炎药，还有笔记本、用于奖励学生的书本……”

第四批队伍共有 4 人，他们生活中互相帮助互相配合。晚上备课结束后，他们会相约一起走回住处，一路上野狗在打闹嬉戏，怕狗的万倩怡竟觉得有趣了许多；中午下班后需要回住处做饭，则约好一起买菜，万倩怡和黄亚鹂负责拣菜，掌管大家每月生活费的队友王许达则记账付钱，回家后两名女生择菜，队长徐小浩则负责洗菜切菜，大厨王许达负责烹饪出每天大家最期待的“美味佳肴”，每人轮流负责洗碗，搭配得十分默契。

一天中午吃完饭，万倩怡负责洗碗。外面的天气上一秒还是晴空万里，一转眼就乌云密布，没过一会竟下起了冰雹，万倩怡开玩笑说：“看来天气预报对于西藏来说，作用不是很明显！”

语音刚落，正端起碗准备用水冲洗的万倩怡被突然流出的冰水吓到了。后来她才知道，琼结县的自来水是从 6000 多米海拔的雪山上流下来的雪水，通过过滤处理后流向各家各户。就在这时，万倩怡的洗碗水突然变热了，一抬头看到了队长徐小浩正将一壶微热的水，缓缓倒向自己的洗碗池中，“倩怡，这里水凉，辛苦你了，我烧了一壶热水，你用它吧”。

万倩怡留校担任辅导员，为青年学生讲述“格桑花”的故事

原来队友早就留意并心细地看出了女孩子的心思。后来每一次队友们洗碗，徐小浩总是会提前烧好一壶热水放在洗碗池旁边。这看似只是一壶热水，在学校、在家里可能根本不会在意它，但此刻在这个异乡，它不仅暖和了万倩怡的手，更温暖了万倩怡的心。

“因为支教，大家爱上了这片热土；因为支教，所有的队友们都拧成了一股绳，向着目标努力前进，大家从没有后悔过自己的选择；因为支教，队友们从互不认识，到成了相亲相爱的一家人。”回忆起这段支教经历，万倩怡依旧心生欢喜，如今她成了湖北文理学院的一名辅导员，她再次以教师的身份，用自己的方式，续写育人的故事。

“格桑花”的“王主任”

王许达是湖北文理学院体育学院社会体育指导与管理专业 2014 级学生，是第四批“格桑花”支教队员。刚来琼结的时候，王许达主动承担起为队员们买菜、做饭的任务，成为了一名光荣的“后勤主任”。可慢慢地王许达逐渐体会到，这个光荣的“后勤主任”可真是不好当。

为了让队友们一大早起来就有热乎的饭吃，王许达得比队友们起床更早，或许别的同伴还在睡梦中的时候，王许达已经在厨房准备着。做饭的厨房是一个密闭的小房间，闷热而又不透气，在空气稀薄的琼结，炒菜时的油烟经常呛得他喘不过气。通常一顿饭做完，身上衣服上总是会沾染浓浓的油烟味——这迫使王许达不得不每天换上几套衣服。

不仅如此，“后勤主任”受伤也是家常便饭。在准备菜品的过程中，王许达都会用到一个形状类似剪刀的刮菜工具。这个小小的刮刀看起来轻便，可是用起来却远远不像它看到的那样“无害”。一个不小心，手上就会被它划出一道道的伤痕。一顿、两顿、三顿……几个星期过去了，王许达手上出现了大大小小十几条伤口，上课时写字的粉笔灰渗进伤口时的疼痛，让王许达至今记忆犹新。

精打细算是这位“后勤主任”到西藏后习得的，但他也遇到过窘境。西藏的物价比内地高很多，土豆都要 5 块钱一斤。有一次王许达去为大家采购菜品，3 个黑布林共花了 15 元，随后王许达又拿起 1 个红心火龙果，可是称完之后发现竟然要 43 元。

43 元对他们而言不是一个小数目，平时大家也就吃一些青菜、鸡蛋、西葫芦之类的食物，这么昂贵的水果他们无法负担。于是也顾不上窘迫，称完水果的王许达红着脸又将水果放了回去，转而去拿了些“实惠”的菜品。

能吃的东西有限，作为“大厨”的王许达就更得挖空心思，每天换着花样为大家保持新鲜感。他研究菜谱，努力把平凡的食物做成特别的口感：今天把青菜摆盘成好看的形状，明天给鸡蛋换一个“伴侣”搭配……

“后勤主任”是辛苦的，可也是满足和幸福的。“每当看到大家对食物赞不绝口、一脸满足的样子，我觉得牺牲再多休息时间，花费再多心思都是值得的。”王许达回想起这些点点滴滴仍旧非常怀念，他笑着说，如果有机会，自己这位“后勤主任”想再给队友们做上一顿平凡的家常菜。

体育生也会生病

良好的体魄和健康的体质，一直是大家印象当中的“体育生”，连王许达自己也是这么认为的。可是来到琼结以后，这个从小到大都没生过几次病的“体育生”终究也没能逃过高原反应的魔咒。从凌晨两点到天亮一直没睡着，头痛、口干、喉咙痛、浑身酸软、像得了重感冒一样。初到琼结，王许达便连续流了 5 天的鼻血。

王许达清楚地记得，那是刚去不久的一天夜里。本来已经睡熟的自己被周身的温度热醒，感受到身上的热度后，王许达将原本盖在身上的被子移开，想着或许这样就能凉快些。可不一会儿，王许达又开始感觉到冷，那是来到藏区以后从未感觉过的冷，又将挪开的被子又重新盖回到自己身上，可是这次，即使全身蜷缩在被子中，都没能缓解半分的寒冷。

为数不多的几次生病经验告诉王许达，自己应该是发烧了。睁开眼睛，周围漆黑一片，耳边是队友均匀的呼吸声。王许达心想，此时如果叫醒队友，在他的陪同下去到医院，大概自己会很快好起来吧。可是他想起前一晚队友工作一天后疲倦的神情，决定忍到第二天自己前往医院。

时间一分一秒地过去，每一秒对于王许达来说都是煎熬。终于挨到了 4 个小时后的天蒙蒙亮，王许达悄悄起床，独自来到医院。“走在路上的那一刻，觉得脚下仿佛踩了棉花，好像下一秒自己就要飘起来似的”，王许达感慨当时的无力和虚弱。

到了医院时，医院还没开门，王许达只好继续坐在门口等待，等待过程中王许达感觉自己的情况越来越严重，心跳逐渐加速。“41.5 度!”对极少生病的王许达来说，这简直是闻所未闻的一个数字，接诊医生告诉王许达，必须马上输液治疗!

王许达心想:“原本自己应该出现在第二节课的课堂上，现在缺席了孩子们怎么办?”想到这儿，王许达也顾不上治疗，赶紧给队友打电话，请他们帮忙代课。队友们听说王许达生病的消息后，只留下一个人帮忙代课，剩下的都赶来医院帮王许达挂号、看液，甚至还找来了襄阳的援藏医生，反复确认他的身体状况。“看到他们的那一刻，我焦灼的内心和强忍着病痛的身体，好像一下子变得安定和轻松起来。”

当天下午回到宿舍时，王许达发现队友们早就为自己这位“大厨”做好了饭菜。“我记得很清楚，那天的菜是简单的炒土豆片、清炒白菜，还有一些白米饭，可那天的菜却是我来到藏区以后吃得最幸福的一餐。”王许达笑着说。

每个孩子都是不同口味的糖果

孩子们就像是糖果罐里的糖，每一颗都有不同的味道，每一颗糖果的味道，只有认真品味才知道。

索朗多吉是一个羞涩内向的孩子。在一次信息技术课上，当教完一些打字技巧后，王许达下去巡视大家的练习情况。呆呆的小索朗在一片噼里啪啦的打字声中显得非常“不和谐”——只见其他同学都紧盯着屏幕，小手飞快地在键盘上移动着，小索朗却双眼呆滞地紧盯屏幕，双手不知道摆在哪里才好，一会儿望望这儿，一会儿望望那儿。

是自己刚刚没有讲清楚，还是他没有理解呢？眼看着下课时间要到了，王许达打算下课以后将他叫到办公室问个究竟。一进办公室，索朗多吉跟王许达打过招呼后便深深地埋下了头，用手抓着自己的后脑勺，非常羞涩，也不敢看着王许达——这跟其他学生的活泼截然不同。

王许达请他坐下，“为什么不练习呢？是不是老师没有讲清楚？”他抬起头，飞快地瞟了王许达一眼，“不是的老师，是我不会。”说完又深深地将头埋下。“那不会为什么不愿意举手问我呢？”在王许达看来，这个内向羞涩的孩子，和其他孩子有问题便迫不及待提问的活跃氛围有些格格不入。“老师，我不好意思。”对于他这个回答，王许达感到非常意外，是什么样的原因才能让举手提问这样一个简单的事情变成了犹如“洪水猛兽”呢？

在和索朗多吉接下来的交流中，王许达知道了其中的原因。原来小索朗父母在他很小的时候就离异，小索朗便和他的妈妈在一起生活，妈妈和他的交流不多，有什么事情他也不愿意告诉妈妈，总是自己默默地放在心里——大概就是这样的家庭环境造成了他异于其他孩子的内向。

从那一天开始，王许达便决定慢慢引导索朗多吉。王许达在代课之余看了大量关于心理辅导的书籍，知道引导的根本方法就在于鼓励他“说出来”。于是，每次遇到他的时候，王许达总会将他叫到身边，摸摸他的脑袋，笑着跟他聊聊最近的学习情况。在课堂上，经常请他起来回答问题，引导他勇敢说出来，哪怕是一些很简单的问题。只要他说出来，王许达都会在全班面前表扬他，“我至今都记得全班同学掌声鼓励并说着‘你真棒’的时候，他那害羞却开心满足的神情”。

一次，两次，三次……逐渐地，王许达非常欣喜地看到了上课时小索朗认真专注的神情，看到了下课时小索朗追着自己问问题时的急切，看到了小索朗主动走进自己的办公室畅聊心事的开朗。

“小索朗让我懂得了，比教书更重要的是育人。对于那些不同性格的孩子，我们更应该走进他们的内心，让他们在不同的糖纸下，活出自己的味道。”王许达说，这也是他选择支教的意义。

学生社团数量“破纪录”

来到琼结后不久，王许达就发现了一个问题，下午第四节课是孩子们的自由活动时间，但孩子们总是各玩各的，单纯以“玩”为目的的活动，对于孩子们的成长似乎也并没有什么帮助。“可如果由专业的老师带着，让拥有相同兴趣爱好的孩子们一起在玩中进步，结果当然会不一样吧？”想到这儿，王许达的脑海中便出现了一个词：“社团”。

“将社团引入学校，必定对孩子们的素质教育起到促进作用！”说干就干，王许达便着手准备起来，可是社团的建立并不是一朝一夕就能完成的，建立什么样的社团便成为了第一个“难题”。

为了解决这第一个“拦路虎”，王许达花了大量的时间，在每天下午第四节课孩子们活动的时候，观察他们到底对什么样的事物感兴趣，甚至有些时候一天辛苦的课程结束之后，王许达依然坚持着“观察任务”。几个星期过去，王许达终于拟出了孩子们最喜欢的诸如篮球、科技等活动类型。

光是自己的观察还远远不够，王许达将拟出的几个社团放入自己的微信公众号，以投票的形式推送给孩子们和家长。最后，王许达将投票的结果上呈给校长，在校长的拍板下，确定了几个既有西藏特色又符合孩子们兴趣爱好的社团活动。可是，下一个问题接踵而至：有了社团就必须要有社团管理办法和章程等，校长让王许达在两周之内拟出文字材料。

| 琼结中学举行校报首刊仪式暨师生绘画艺术展

这对于从未接触过这类事情的王许达来说，的确是两眼一抹黑。该从哪些方面拟定框架？社团管理又该有哪些制度？工作机制是什么？社团又该有哪些组织架构……凡此种种的问题始终困扰着王许达，让他无从下手。好在，湖北文理学院这个“大后方”帮他解决了这个燃眉之急。

王许达加紧联系了母校社团联合会以及学生会的学生干部，从他们提供的社团资料入手，从章程的学习入手，一步步地拟定琼结中学社团的章程与制度。“那个时候每天陪伴我的是加班加点时桌上微弱的灯光，是凌晨办公室电脑键盘发出的清脆敲击声，是时常熬夜导致的黑眼圈……”王许达在日记中记录着当时的忙碌状态。

几周的紧张筹备推进下，琼结中学的学生社团数量再创新高，破了建校以来的“记录”。琼结中学的第一份校报、举办的第一届艺术绘画展、组建的第一支合唱队，成了这一批“格桑花”队员的“心血”，相继成立的美术社、朗诵社、篮球社、足球社，成了他们支教期满返回湖北后，孩子们开展第二课堂的有效载体。

“现在我们常常能够听到我们所组建的社团取得的成绩，不得不说内心还是很骄傲的。”王许达希望，每一批“格桑花”队员费力搭建和用心经营的这些社团，能够让孩子们从中获得成长和快乐！

学生把老师写进作文里

在一次生物课上，王许达发现有一名女生不认真听讲，而是在看语文的摘抄，下课之后王许达把她叫到了办公室。一开始，王许达并没有提到她上课看语文摘抄本的事情，而是问她是不是非常喜欢写作，便先和她讨论了一会儿写作技巧，等和她聊得开心的时候，王许达再告诉她不能偏科，每一门学科都有它自己的魅力。她主动地向王许达道歉，并向他保证以后认真地上好每一节课。

王许达告诉她，课下可以和他交流文学写作上面的一些技巧和知识，从那天之后，她下课经常拿着自己的新作品来让王许达评价和修改，后来在他的指导下，她写的作文还被琼结县中学的校报采用，她激动得一下课就跑过来找王许达报喜。

在初三学生中考前的两个月，王许达接到了学校领导的补课安排：在中午休息的时间和晚自习之后，为初三成绩稍微弱一些的学生补习英语、汉语和政治。为了能够更好地为他们补习，王许达咨询了他们的任课老师，关于本课程的重难点以及考点，在网络上为这些学生寻找复习资料和模拟考题。

最让王许达感动的是，那名在生物课上看语文摘抄的女生，学校并没有安排她来补课，但是她每一次都来上课，并且坐在第一排，很认真地记着笔记。有一次月考之后的补课，课后她总是一副有话想说却不敢说的样子，王许达就问她是不是有什么问题。她这才和王许达说，她这次月考的语文作文写的是王老师牺牲休息时间为她们补课，说完就害羞地跑了。

来不及回应学生突如其来的“感动”，只觉这么多天加班补课的疲惫感，瞬间荡然无存。“内心很是激动，原来自己的付出学生都记在心里，不管这个学生的作文得了多少分，在我心里它是满分的。”王许达说，这个小姑娘让他觉得他的辛苦付出是值得的，不管再苦再累，因为学生懂得感恩，为了那群纯洁善良的孩子们，他愿意谆谆教导，废寝忘食。

坚守·像格桑花般坚毅
（第五至八批）

第七章　因为被需要，“格桑花”期开二度

音乐是全世界通用、最没有沟通障碍的美丽语言，当互不相识、民族不同的我们坐在一起欣赏、学习音乐时，我们能为音乐一起欢欣、一起激动，当这些孩子能在音乐课堂上洋溢着幸福的笑容，就是我支教时最幸福的时候。

——第五批“格桑花”赴藏支教团队队员　何郑青

幽远天空下的天籁

“在西藏琼结支教的日子，虽然清苦，我们却总是可以苦中作乐”，杜雨潇是第五批“格桑花”支教团队的队长。不久前，支教队员何郑青给孩子们许诺：“杜老师要给大家演奏葫芦丝。”而这事，还得从前段时间说起。

李长存学过吉他，晚上闲来无事的时候，总是爱拨弄着他的至宝弹奏几曲，其他队员则坐在一边静静地欣赏。有天晚上，李长存又在弹吉他，还是往日熟悉的曲子，何郑青笑着问：“长存，你这么爱弹吉他，回学校了去我们音乐学院吧。”李长存不好意思地笑了笑说：“班门弄斧了，可不敢跟你们专业人士比。”何郑青说：“那我们比一下试试看，也许我这个专业人士还不如你呢。”转身进屋抱着她的葫芦丝出来，李长存与何郑青的合奏就此拉开序幕，悠扬的乐曲从葫芦丝与吉他的琴弦上

流淌出来，在幽远的天空下久久不散。

眼前的场景，不禁让杜雨潇回忆起小时候的糗事。“那个时候家里经济条件有限，从未学习过乐器，第一次看见别的孩子吹奏葫芦丝的时候，既惊讶又羡慕，因为当时不知道这种乐器叫什么，回家便向妈妈嚷嚷着要吹葫芦，边说还边比划着。”杜妈妈不明白他的意思，以为他要吃葫芦，当晚饭桌上多了一道葫芦汤。那天之后，杜雨潇再没看见有人在他面前吹奏样子像是葫芦的乐器，直到高中才知道这个乐器的名字叫葫芦丝。

何郑青听完杜雨潇小时候的糗事，忍不住调侃道：“想学葫芦丝有什么难的，何老师我免费教你！”那晚之后，杜雨潇便开始在何郑青的指导下学习如何吹奏葫芦丝。

“因为我没什么音乐基础，青青便从指法一点点开始教起来。我手指不是很灵活，常常按错孔，导致曲子跑调严重。青青看着我笨拙的练习有些无奈，我也不太好意思。”杜雨潇回忆当时的情景，不禁嘴角上扬。

“杜老师可要给孩子们做个榜样啊，我昨天上课的时候可是跟孩子们夸下海口了，我收了个高徒，正在教他吹葫芦丝，过段时间就可以表演啦！所以杜老师要加油！”“哈哈，好的！一定不能让何老师丢脸！”听了何郑青的鼓励，杜雨潇也认真地保证道。于是杜雨潇开始琢磨怎么保证吹奏出来正确的音调，为了不再走音，他选择最“笨”的方法来练习——每个音调逐个击破，虽然方法有点笨拙，但颇有成效。

每天到了社团活动的时间，杜雨潇便跟着孩子们一起进行练习，顺带比比看谁学得快。一天杜雨潇又在活动室练习，一个音调反复多次吹奏，时间稍微一长，便觉得腮帮子有点酸酸的，于是放下葫芦丝揉揉脸颊。这时一个调皮的孩子过来说：“杜老师要加油哦！我们都在等着听你吹曲子的。”“好，老师努力学会葫芦丝。”

看着孩子们期待的眼神，杜雨潇暗暗下定决心努力练习。时间一天天过去，虽然每天都在经历手指头跟腮帮子酸疼的“苦难”，好在功夫不负有心人，杜雨潇总算可以吹奏一首完整的曲子了。

“来到西藏的这段时间，我喜欢这边环境的安宁，喜欢这边学生的纯真，也喜欢在这里逐渐成长的自己。即使一件小小的事情，坚持下去，做好一些、做更好一些，总是可以发现不一样的自己。”杜雨潇常常勉励自己，要在与学生的共同成长中感染学生、教育学生。“只有自己也在进步，才能够带动学生进步。”杜雨潇说。

一身队友衣，一生队友情

格桑，在藏语里是美好的意思，而那段在西藏琼结的支教岁月，早已沉淀成为杜雨潇记忆中的“格桑”。

虽然才到 10 月底，可是西藏的气温已经降下来了，每当到了晚上，坐在屋子里总是能听见风声呜咽，像孩子的哭声，气温说降就降，丝毫不留情面，有好几次连水龙头也冻住，不见一滴水。

杜雨潇出发前准备的衣物不够充足，无奈之下只能一边以现有的衣物御寒，一边苦等那件一直在邮寄途中的保暖衣。即使已经把自己裹得像个粽子一般，可寒气还是阵阵往身上窜，于是没课的时候，杜雨潇总是待在屋子里，一连好几天都是如此。

一天下课，杜雨潇又欲回去待着，李长存一把拉住他玩笑道：“我们杜老师这几天是怎么啦？一下课就往屋里钻，怎么跟个小姑娘似的？”杜雨潇不好意思地笑了笑，一时间不知道咋回他的话，只是连连摆手说没事。李长存眉头一皱，一拍杜雨潇的肩膀道：“咱哥俩儿有啥事情不能说的?”

身处异乡的杜雨潇支支吾吾地说:“那个啥，我衣服没带够，买的衣服还在路上……”李长存笑了笑说:“我当啥大事儿，不就是衣服嘛，走，穿哥的!”

来到李长存房间，他一边招呼杜雨潇坐下喝热水，一边开始翻找衣服，嘴里还念叨着:“这件薄了，这件太大了，这件太老了，这件不是你的风格……”杜雨潇坐在一旁看着，感觉心里暖暖的。这时李长存突然“哎呀”一声，说:“这个衣服你应该可以穿!”话刚落音，便从箱子里拿出来一个袋子。

杜雨潇与学生

“这个衣服暖和，上面还有个猫儿。”边说边把衣服塞到杜雨潇手里，杜雨潇展开一看发现价签还在，急忙拒绝:“长存，这衣服是新的，给我一件你穿过的吧。”李长存眉头一皱:“不就是件衣服嘛，管他新旧，自家兄弟推来推去干啥，安心穿就行。”见杜雨潇还是不愿意接受，李长存又道:“等你衣服到了，这个衣服可是得还给我的!”说着便让杜雨潇换上。

李长存个头比杜雨潇高出不少，这套保暖衣穿在他身上不太协调，袖子、裤腿儿都长出了一截，李长存看着忍不住笑了，杜雨潇也笑了……

从网上买的衣物迟迟未到，气温也一日比一日低，李长存总是笑着安慰杜雨潇不要着急。“我穿着他的保暖衣，温暖从身上蔓延到心底。

支教日子里的清苦被这一厚重的暖意驱散，这份情谊，我始终铭记。”

未及一月再重逢

早在第四批“格桑花”支教期满返校之前，湖北文理学院便着手准备启动第五批“格桑花”支教团队成员的招募工作。根据工作实际，湖北文理学院决定从2017年开始，“花开二度”，从一年一批，改为每年选派两批大学生志愿者赴藏支教，并逐步扩大服务面。

刚从西藏返校的黄亚鹏得知消息后，第一时间递交报名表，因为她和学生有了“不见不散”的约定。她难忘西藏连片的油菜花与湛蓝的天空，难忘每节课上那一张张高原红的脸，她难忘人生第一次手术的惊慌与感动，她难忘那一串金黄色的蘑菇和太多的收获……

这一次不像第一次面试那样，作为“格桑花”的“老人”，她顺利地通过面试。2017年8月，离藏不到一个月的黄亚鹏再次踏上前往西藏的列车，再次开启她的支教之旅。

在琼结中学门口，她再次看到学生洛桑多吉，他手捧着洁白的哈达，一下子冲到黄亚鹏的怀里。“我以为你和其他老师一样，去了就不回来了，我以为你也是安慰我而已。”洛桑多吉一边哭着，一边笑着给黄亚鹏献上哈达，黄亚鹏弯下身子告诉洛桑多吉：“老师这不是回来了吗？我会继续陪着你们。”

黄亚鹏二次赴藏

正是因为被需要，才会有越

来越多的“格桑花”奔赴西藏，他们在谱写自己的青春之歌，也见证着他人的青春。

走出国门，搭起非洲和西藏孩子友谊的桥梁

新的支教生活，黄亚鹂一如既往地陪伴着这群孩子。她用相机拍下孩子们的一百张笑脸，成为校园里最靓丽的风景线；她与孩子们高歌，用尤克里里弹奏着青春的旋律。

转眼又是半年支教期满，但黄亚鹂从未忘记出发。她于2018年前往非洲乌干达，到当地一所叫帕拉的小学支教，她的教学任务是为这所学校的两百多名学生，教绘画和手工制作课。她非常看重这次异国支教，“这是展示中国大学生良好素质和能力的好机会，我必须好好把握”。

在非洲，她运用自己多次支教的经验和专业知识认真准备，但是让她没有想到的是，第一节课就给了她一个大大的打击。当她用英语向小朋友们问好的时候，因为语言不通，孩子们不言不语，愣愣地看着她，课堂气氛一下子就凝固了。但是她没有惊慌，更没有气馁，根据自己以往支教的经验，充分利用画笔和肢体语言与小朋友们交流，随着彼此间慢慢地熟悉与了解，课堂渐渐有了生气，交流顺畅了，孩子们学习的劲头也调动起来了。

在和非洲孩子们相处的过程中，她不自觉地想到了西藏琼结的孩子们，虽然两个学校相隔万里，但是两个学校的孩子都是那样天真、淳朴、可爱，她想为这些孩子做点什么，让他们建立联系，结下友谊，共同成长进步。

为此，在她和帕拉小学老师们的指导下，全校每一名孩子用英语为

琼结中学的孩子们写了一封书信，表达他们对西藏的向往和结识对方的渴望。这些书信邮寄出去后黄亚鹂一直在关注着，她经常提醒琼结中学的相关老师，注意查收来自乌干达的信件，收到后一定要及时回复，建立长期联系。

就这样，琼结中学的孩子第一次收到来自非洲学生的来信。“他们应该更多地了解外面的世界，西藏之外、中国之外的世界。”黄亚鹂说，如果还有机会，她希望能给孩子们带去更多的知识，带他们看更美丽的风景。

小制作激发大兴趣

“长存，你要把科技小制作给我搞起来，整个西藏地区都没把这个搞好，我希望你能将琼结中学树立为模范。”这是开学时，何风校长对第五批“格桑花”支教队员李长存的殷切希望。顶着巨大压力，李长存接手了琼结中学科技馆、物理实验室、化学实验室、生物实验室，当他第一次看到这些实验室时，心中有喜有悲。令他欣慰的是琼结中学有这么良好的硬件设施，完全可以满足他的教学要求，但当他看到这些崭新的仪器设备上都落满灰尘时，不免惋叹。他下定决心，要好好地把它们利用起来，让每个学生都能体会到科技创作的乐趣。

| 李长存指导学生做科创实验

“HS 科创社”也由此应运而生。社团第一批招新报名人数就达到 40 多人，最终挑选了 20 名精英小伙伴作为社团成员，并将

这些成员分成4组，每组5个人。随后李长存开始详细地制订教学计划，编写了琼结中学第一本科普书籍——《琼结中学科技制作指导手册》，利用每天下午的社团活动时间，从基础理论知识和基础实验开始给孩子补习。“每当我跟他们讲一些科学实验时，他们专注的眼神里都有光”，李长存说，“当他们喜欢这些东西时，他们就会接受得很快”。

给孩子们补习基础知识和实验大概有半个月，之后李长存便开始带领孩子们“真枪实弹”操作了。他的首要任务是培养学生的动手能力，所以他选择从科技小制作开始。从学校的建筑工地到学校的操场角落，李长存带着学生把能用的东西都找了一个遍，为他们的科技小制作提供原材料。

他带领学生做的第一个科技小制作叫做“地震警报器”，把从工地上捡回来的木板切割、打磨、钻孔，再到组装、调试、实验、定型、喷漆，每个过程都令学生兴奋不已。“以前下午我喜欢自己玩，现在我更喜欢待在科技馆里，跟着老师发明东西。”学生洛单兴奋地说道。

李长存带着孩子们在科技小制作上用了一个多月的时间，最终每个小组都成功制作了自己的发明，有地震警报器、多功能太阳能发电装置、望远镜、风力发电机等。“那天下午，所有的小组都拿着属于他们自己的小发明满校园地跑，满校园炫耀，就好像在说牛不牛，我做的，我做的！”李长存笑着说，这些小小的科技制作，极大地激发了学生的科创兴趣。

寓教于乐，学生玩着自己开发的小游戏

从 2017 年 9 月份开始，李长存带领孩子们学习一款名为 Screach 的编程软件，Scratch 是由麻省理工学院（MIT）设计开发的一款面向青

少年的简易编程工具，2012 年在中国得到普及。针对 8 岁以上孩子们的认知水平，MIT 做了相当深入的研究和颇具针对性的设计开发。不仅便于孩子们使用，又能寓教于乐，让孩子们获得创作的乐趣，能够有效地提升学生的逻辑思维能力。

“动手能力已经培养出来了，现在还要培养他们的逻辑思维能力和创新能力，选择依托 Screach 这个软件的初衷，是由于我在给孩子们上电脑信息课的时候，发现孩子们总喜欢玩一些小游戏，所以我就想到，为什么不能让他们自己动手设计一个游戏呢?”李长存随即编写了《琼结中学 Screach 编程实践手册》教材，事实证明孩子们也确实很喜欢这个活动，学生可以在下午的社团活动时间玩他们梦寐以求的电脑，又可以通过开发一些游戏来给别的同学设计关卡，或者设计一款双人游戏和小伙伴一起互动。

活动开展近一个月，孩子们也都开发了一套属于自己的小游戏，他们能够在较短的时间内把自己的游戏编出来，甚至有的孩子已经学会用这个软件来解决一些数学问题。李长存发现孩子们的逻辑思维能力有了不错的提升，知道了“我想要什么—我有什么—我能干什么—我要分哪几步走”这一整套思考方法，为他们能够成为“小小科学家”打下了基础。

为了验证“Screach 编程培训能够提高孩子们整体素质”这一想法，他开始撰写论文。选取了琼结县中学 400 名学生的学习成绩为样本进行检验，通过数据分析得出的结论令他很满意，也令中学校长很满意。“每次有教体局的领导来考察中学素质教育的实施情况时，何校长都要把我的论文给他们每人都打印一份”，李长存激动地说道，“这篇论文花了一个半月的时间撰写出来，值了!”

实践出真知，小县的“后进生”捧回全国大奖

时间转眼到了10月份，当李长存听到“北斗领航梦想”全国青少年科技创新大赛时，他知道机会来了。是该让孩子们真正体验一把科学竞赛了，但也有人劝退李长存：“跟全国所有学生竞争，我们有什么优势？”

李长存在前期的准备中，看到了孩子们的成长和可塑性，不认为他们是“后进生”或者比别人差。他随即编写了《琼结中学北斗领航梦实践手册》教材，以大赛为依托开展综合训练，通过这个训练他希望可以让孩子们学会一整套科学思维方法，即：生活现象—科学猜想—实验设计—实验验证—科学结论。他希望孩子们可以像科学家一样思考一个问题，这是他的根本目的。

他带领孩子们开始为大赛做准备。“孩子们的思维很活跃，想法也很不错。”李长存开始教孩子们如何使用设备，如何设计一个实验，如何验证自己的猜想，又让孩子们深入思考这个实验有什么重要的意义。

照例，他把孩子们分成了4个组，每组1队，每个队都要设计自己的课题参加比赛。有一天，正当李长存给孩子们讲解北斗卫星的信号处理问题时，有个孩子突然打断了他：“老师，是不是位置越高的地方信号就越好呢？”李长存问为什么？孩子说：“我家的天线就是的，放在房顶越高的地方搜到的台就越多。”

李长存带领学生实地测量数据

这个孩子成功地说服李长存，由此李长存借校长出差交流的机会多次“蹭车”，从内地海

拔5米的中学收集数据，再到海拔3600米的山南、海拔4000米的那曲、海拔4800米的日喀则等地方测量数据。粗略算一下，他测量数据时所跨越的经纬度有湖北这么大了，然而最终的实验结果却告诉他：海拔高度与北斗卫星的信号强度之间没有显著的关系。

但这个实验结果却又不能有力地反驳那个学生的观点，所以他就委婉地告诉那个孩子：“旦增，老师没有能够帮你证明你的猜想，因为你的这个问题太深奥了，需要等你长大了自己成为科学家来解决。”从此，这个问题在孩子心里面埋下了种子。“我想，等种子发芽之际或许就是他成为科学家之时。”李长存说。

最终，由旦增设计的“海拔高度与北斗卫星信号强度的相关性检验”的实验获得了“全国一等奖”的好成绩，其余组的同学也获得优异成绩，琼结中学荣获“优秀组织奖”，填补了琼结县中学在科技竞赛上的空白。

我们在这里，是支教更是生活

让李长存感念的除了学生，还有队友和同事。

在琼结县的时候，支教队员的衣食住行都受到了很大的限制，尤其是在伙食问题上，他们要自己买菜做饭，但更难为人的是当地海拔太高，气压不够，导致很多时候饭都煮不熟，必须要借助高压锅。“这大大地限制了我的厨艺。”李长存说，刚开始自己负责掌勺做饭，但发现队友好像并不是很喜欢自己做的菜的口味，除了学姐黄亚鹂，不管自己做什么她都会说：“哇！长存，太好吃了！”

“在很大程度上学姐给了我鼓励，让我不断尝试新的菜品来做给他们吃，虽屡战屡败，但屡败屡战，直到有一次我把家乡的大锅菜（猪肉粉条）做出来给他们吃，这是我做得最成功的菜，也是他们吃得最干净的一道菜。”后来李长存把这道菜的做法传授给了黄亚鹂，她便一发不可收拾，天天做猪肉粉条，后来队员们都吃腻了这道菜。

“但学姐好像从此迷上了做菜，最后一个月都是学姐在负责掌勺，每次做饭都抢着做，她说她喜欢上了做菜，其实我们都明白她是想帮我们分担一下而已，学姐也看不得我们吃苦。”在李长存心里，这位学姐时刻照顾着另外三位学弟学妹，让他们感受到家的温暖。

第五批队员们经常熬夜。在琼结，校长是他们家里的常客，隔三差五地就要来问候一下他们，有时候是为了工作，需要他们帮忙加班完成，尤其是在 12 月份的素质教育迎检工作中，那段时间他们几乎天天陪校长加班到凌晨一两点，和校长一起有说有笑。当然在很多时候，校长来只是单纯地为了和他们聊聊天解解闷而已，但即便是聊天他们都能聊到深夜，简直停不下来。

“跟他们在一起我感觉自己很年轻。”何校长感慨，每一批“格桑花”队员的到来，都让这所安静的小县城更具活力。

“何校长很信任我们，很多艰巨的任务都交给我们去处理，何校长对我们也很好，经常会做菜给我们吃，他也会经常拿我们开玩笑，尤其是在停电的时候，大家围着一个蜡烛坐下，吃着我做得并不怎么好吃的菜，有说有笑，那一刻我真的无比幸福。”李长存说，半年的支教也是生活，接触了不同的人和事，感悟到了不一样的幸福和成长。

《Fly》与闪闪发光的他们

“世界上没有才能的人是没有的，问题在于教育者要去发现每一位学生的禀赋、兴趣、爱好和特长，为他们的表现和发展提供充分的条件和正确引导。”苏霍姆林斯基的这句话启发了何郑青，她在教学过程中更加注重因材施教，更加严格地要求自己，要细心地去发现每一个孩子身上的闪光点，并鼓励他们让这闪光点被更多人看见。

作为第五批“格桑花”支教队员，在琼结中学初次担任音乐老师，何郑青深知肩上的担子有多重。可是，在第一堂课上的一幕让何郑青永远都忘不了：同学们个个趴在桌子上、低着头，只能看见一个个椭圆形的帽檐，唱歌声音像蚊子一样——不伸着耳朵似乎听不见。

“这可是充满趣味性的音乐课堂啊，怎样才能让他们勇敢地大声唱出来呢？”何郑青每天起床就想这个问题，中午吃饭也在思考办法，甚至连上厕所都希望能有点灵感。

课间操路过教室，何郑青听见有个小姑娘嘴里哼着很动听的歌，“这是什么歌？”何郑青马上问身旁的学生。“老师，这是我们藏族的歌曲，叫《Fly》。”

Fly，Fly，Fly，终于何郑青想到了以前上学时老师经常带她们做的课前五分钟。利用课前的时间让每一位同学轮流上台表演节目，节目形式不限，这样很快就能够带动课堂氛围，更快进入课堂。于是，此后的每一节音乐课都能够听见孩子们稚嫩而空灵的声音，同时何郑青还创新了唱歌表演的形式，将音乐与游戏相结合，带动学生的积极性。

“花一般的年纪，就要像花一样笑，阳光、快乐、自信，这些应该出现在每一个孩子脸上，而不是只出现在物质生活较好的孩子脸上。”何郑青希望，自己能够给这里的孩子带来改变，希望每个孩子都能闪闪发光。何郑青不断地更新课前展示的形式，越来越多的孩子敢于表达自己，可以大声歌唱，更多的喜人变化正在出现。

有一次下课，同学们让何郑青留下来，给了自己一个惊喜，班上同学们一起唱了那首他们最喜欢的藏族歌曲《Fly》。“我永远不会忘记

| 何郑青教孩子们吹奏葫芦丝

那个画面，每一个孩子都抬起了头，脸上洋溢着笑容。我会永远记得那悠扬的歌声，那是我听过最好听的歌。"何郑青知道，记忆中那闪闪发光的是这群孩子善于表达、不再怯懦的表现。"我希望无论以后他们走到哪里，也都能记得那个下午他们脸上洋溢着的最灿烂的笑容，那是他们一生中最珍贵的财富"，何郑青说。

那个"特殊"的孩子

"他个子不高，留着一个板寸头，皮肤黝黑黝黑的，脸上还带着一点儿高原红，过分活泼，总是不停地傻笑，问他笑什么，他却不说话……"这是边旦加措留给何郑青的第一印象。

在第一次社团活动课上，何郑青发现了加措，他不爱说话却总是上蹿下跳、老是犯错却总是笑个不停，这让何郑青第一次和他接触有点不适应，下意识地觉得他肯定是在捣乱。

后来，课后通过坐在加措旁边的同学才了解到他的情况：原来加措的汉语不是很好，很多汉语他都不会，听不懂也不会说，而且大脑曾在上小学的时候受过伤，理解能力、语言能力、肢体表达能力都慢半拍，是个傻乎乎的"特别"的孩子。

那一瞬间，何郑青就很纳闷，他不懂汉语自己又不会说藏语，自己和他该如何沟通交流？他为何想要加入社团？这些疑惑困扰着何郑青，也让何郑青更加迫切地想了解这名“特殊”的学生。

后来经过几次上课情况以及沟通了解，何郑青发现加措是个特别有才艺的小孩。他喜欢唱藏语歌，而且自带 feel，唱歌的同时不忘伴随一些基本的肢体动作，大胆自信，甚至还会活跃现场气氛，走下台主动和其他社员握手，就像演唱会的明星跑下舞台和场下的粉丝互动。在台上的他，一点也不拘谨，一点也不扭捏，大大方方，青春活泼。每次社团活动课到个人展示时，他的小手总是举得最高，特别希望能展示自己，如此举动不禁让何郑青对他刮目相看，对他的夸奖与鼓励便多了起来，偶尔还为他“开小灶”，教他声乐与气息等。

每天下午到了社团活动课的时候，何郑青总是能看见加措在办公室门口徘徊，时不时偷瞄一下自己，每当四目相对时，他就立马傻笑着低着头站在门口。几次活动课熟悉之后，加措把何郑青当成了大姐姐一样，即使师生之间的交流有时候需要其他学生来翻译，但他不会只是站在门口害羞不敢进来，而是笑嘻嘻地跑到何郑青的面前，用特别简短的、结结巴巴的汉语问何郑青今天学什么。

后来，甚至是在课间休息时间，他也会来到何郑青的办公室，有时拿着乐器练习，拿着歌谱哼唱，有时安静地站在何郑青的旁边看何郑青忙工作。虽然加措每次都跟不上其他社员的学习进度，甚至大伙儿在一起汇报曲目结果时，加措总会是完成情况最差的那一个。但他的这些不足却不足以让何郑青介怀，因为她知道加措在用心，他很认真地想学并在为此努力着。

“他或许不会是最出类拔萃的一个，但他一次次地挑战自己，一次比一次进步，我想这种收获会为他赢得更多的鲜花与掌声，而这些，我想才是教育的意义所在，我们只是他的引路人。”何郑青说，每一个学生都有自己的长处和优点，为人师者贵在发现，并帮助他们成长。

第八章　琼结成了第二故乡

拟比飞蓬投逆旅，御风十万出襄阳。笑谈未觉家山远，魂梦俄惊天路长。半载庠门无所殆，三春芹藻有其芳。来时犹作他乡客，别后逢人说故乡。(《将别西藏，再寄》)

——第六批“格桑花”赴藏支教团队队员　肖泽龙

她在慢慢变好

肖泽龙是第六批“格桑花”支教团队的队长，在此之前，他也是湖北文理学院“周末义教”队的成员，关于“格桑花”的故事，他是从吴顺喜那里听到的。“我对吴顺喜学长，既羡慕又崇拜。”2018 年 3 月，他带领其他 3 名队员启程前往西藏琼结，从此他自己也成了一朵“格桑花”。

支教期间，肖泽龙带的是初一生物课，拉吉白玛给肖泽龙的印象最深，也是离开西藏以后少数几个一直与他保持联系的学生之一。

和其他西藏孩子一样，班上的学生们遇到老师有时候会打招呼，然后不等回复便飞快地跑开，好似怕老师再说什么；有时候则是露出腼腆的笑，不同的眼睛里，透射出的都是一样的目光，干净澄澈、天真无邪。几堂课下来，印象里的拉吉白玛就是后者。

尽管在赴藏支教前，肖泽龙也有过许多次支教经历，但开始教学时还是遇到一些困难。比如，讲课速度较快，学生理解跟不上；讲课方式上和原来老师有差异，许多学生便产生了抵触甚至排斥的情绪，其中突出的一个人就是拉吉白玛。她课上不做笔记、爱说话捣蛋、作业时常空着……每当提出批评时候，也不觉得难过，总是会冲着肖泽龙一脸憨笑。

又是一次作业没做，她屡教不改的态度惹怒了肖泽龙，这次肖泽龙干脆让她放学后和其他几个没完成作业的同学一起到办公室补功课。彼时，肖泽龙也在利用课余时间备考研究生，桌上除了教材，便尽是各类学习资料。半小时里，他们各自专注地做着自己的事。

“这些是做什么的书?”“老师，你怎么还要努力?”“毕业后你还会当老师吗?”作业写完交给肖泽龙后，他们出于好奇主动与自己攀谈起来，肖泽龙也以大哥哥的身份一一回应，拿出在内地一些活动视频和照片给他们看。

也正是由于这一次次的交流，他们得知肖泽龙每天下课后都会在办公室，拉吉白玛每天放学都会约上几位同学，一起到肖泽龙办公室学习。有时会把课上不懂的习题拿来问他，有时候则是谈谈生活上的一些琐事。除了请教课堂问题外，他们问得最多的，就是希望肖泽龙多给他们讲讲大学里的故事和自己的经历见闻，每次听完肖泽龙讲的一个个故事，他们都觉得很受鼓舞。

渐渐地，肖泽龙发现课堂上时常捣蛋、作业经常有纰漏的拉吉白玛开始认真起来了，或许是为了得到肖泽龙的认可，或许是听到肖泽龙的话有所触动。总之，她在慢慢变好。

7 月，是西藏学校放暑假的时间，对支教队员来说，也意味着告别。肖泽龙回到襄阳的当天，收到了拉吉白玛发来的一个视频，内容大概是从支教队员朋友圈里翻到的一些照片制作而成的。虽然做得很简单，但对于刚离开这个“第二故乡”的肖泽龙来说令他十分感动。

从那以后，拉吉白玛一直与肖泽龙保持联系，并讲述自己学习和生活中的情况。得知她数学、物理较差，肖泽龙就通过网络为她讲解一些难点；语文作文写不好，肖泽龙就专门整理好几个不同类型的素材库发给她……

2018年寒假前夕，肖泽龙给她寄过去一套《平凡的世界》，开学前肖泽龙询问她读书情况，印象最深的是哪一个情节，她回复肖泽龙：“孙少平离开他的村子去了煤矿，每天都特别努力。后来，村里的老头来找他说，你不要这样了，回村吧，娶个老婆，生个孩子，盖个房子，挺好的。而他却说，我不能让我的一辈子就像村口的那些老头一样，每天吹嘘的只是年轻的时候能多吃几碗饭。正是孙少平努力做了很多别人不愿做或是不敢做的事情，经历了不一样的生活，才让他的人生变得与众不同。”

肖泽龙倍感欣慰，鼓励她要敢于变得与众不同，做最出彩的自己！2020年中考成绩刚出来，她便把分数发给肖泽龙。“老师，我的中考成绩出来了，可惜和内地高中西藏班分数还差点。”她有些失落，但表示三年后一定会到内地来上大学，语气十分坚决。“老师相信你一定行，我看好你，等你考上内地大学时我一定回去看你。”

努力去外面的世界看看

琼结县位于藏南谷地，雅鲁藏布江中游的琼结河流域，平均海拔3900米左右，一座座山峰耸立在四围，遮蔽的似乎不只是“望眼”，还有内心的远方……

302教室里，肖泽龙正在组织学生集中观看《辉煌中国》纪录片。

港珠澳大桥、郑万铁路、复兴号、上海洋山港自动化码头……孩子们一个个睁大了眼睛，对祖国经济社会发展取得的历史性成就，不时发出“哇哇”的赞叹声。

放映结束后，肖泽龙又组织大家进行讨论。“刚才大家都看到了，我们伟大的祖国地域辽阔，科技发展日新月异，特别是沿海和内地很多地方发展得非常繁华，你们想不想去看一看啊?”“想去！好好学习，争取考到内地去。”不少同学立即接上了话。

到西藏后，肖泽龙一直在思考那个古老的“放羊娃的故事”，故事中的放羊娃，虽然淳朴善良可爱老实，但他看见的就是“放羊——换钱——娶媳妇——生孩子——再放羊”的那块天空，应该让他出来走走，看到山外的天空，让他明白穷则变、变则通、通则久的发展观念。

琼结中学的孩子纯朴可爱，可是由于地理位置偏僻，只有少部分孩子去过拉萨这样的西藏大城市，绝大多数都没有去过内地，他们不了解外面的世界。肖泽龙认为需要为他们打开一扇窗，让他们走出去改变自己、改变家庭、改变山区，进而改变伟大的祖国！

经过和学校商量后，肖泽龙打算除了课堂上以丰富的讲说、多媒体的方式为大家介绍内地的情况外，在平时更多地以音乐、美术、科技创新等第二课堂为依托，开阔学生们的视野，提高综合素质。

肖泽龙在指导学生做科创实验

作为科创社团指导老师，肖泽龙把学生分为三个兴趣小组，利用科技馆等资源在社团中开展科普活动，引领学生走进科技创新、动手实践的活动中，让学生们感受科技的魅力。同时，在学校鼓励下，肖泽龙指导学生参加了一些青少年科技竞赛，获得了“北斗杯”全国青少年科技创新大赛西南赛区三等奖；同时还带领学生参加了第三十三届全国青少年科技创新大赛，得到了自治区科协的审核通过。

学生索朗多吉说：“参加科创社活动，不仅自己动手能力得到增强，而且视野更加开阔，我希望将来到大学学到更多科学知识。”看到越来越多的孩子喜欢上科技文化，爱动手爱思考，开始尝试自己做一些作品，肖泽龙无比满足。“群峰之外，也有美丽的风景，希望大家努力去看看！”这是肖泽龙对学生说得最多的一句话，而他也致力于帮助学生，成为学生感知群峰之外之世界的一座桥梁。

毕业时，他们再次喊出“格桑花”的名字

2018 年 6 月 22 日是中考的最后一天，也意味着毕业典礼的到来。一大清早，当支教队员进入校园的时候，许多学生家长已经早早在校门口等待。这个场面肖泽龙在初高中时也曾遇到过，并不觉奇怪。然而不同的是，在每一位家长随身携带的袋子里或手上，可以很明显地看到他们准备了很多白色的哈达。

中考结束的铃声响起。家长和老师们已早早来到考场外的广场等待，孩子们兴奋地向人群这边涌来，和自己的师长亲人拥抱。在校长简短致辞后，最让人感动的画面出现了：孩子们从父母手中接过哈达，向学校老师们逐个敬献哈达，表达最真挚的感谢；同学之间也互赠哈达，送上对彼此最好的毕业祝福，西藏的学生们用这种民族特有的仪式，在这个特殊的时刻表达自己的感情……

或是洋溢着毕业幸福的微笑，或是饱含着对母校老师同学的依恋，一时间，广场里所见都是大家依依不舍的相拥场景，在时而闪烁着泪光的一个个脸庞上，肖泽龙看到藏族同胞身上最纯朴真挚的一面。身在其中，支教队员们也感受到那浓浓的师生情，不一会儿，他们的身上也挂满了学生们送来的哈达……

毕业典礼结束，学校安排肖泽龙随车送学生回家。琼结是个地广人稀的县区，很多学生的家距离学校很远，学校多为寄宿制，学生每半个月回家一次，每到放假学校会安排专门的车辆送学生回家，毕业典礼这次也不例外。

毕业季学生们互赠哈达

出发前车上坐满了学生，车辆行至校门，肖泽龙看到校门上也同样系满了哈达。校外是家长们的“主场”，家长们陆续向着校门虔诚地用藏族特有的方式礼敬，然后献上哈达，表达对学校培养自己孩子的真挚感谢……洁白的哈达在阳光的映衬下，是那样纯朴美好，久违这种尊师重道的仪式感，这一幕让肖泽龙倍感震撼，一股暖流与自豪从心底涌起。

肖泽龙所在车辆开往雪康村方向，雪康村是县区周边几个最偏远的村庄之一，一路上听孩子们欢歌笑语，互诉衷肠，倾谈理想。在车上，肖泽龙也主动和大家攀谈起来，许多孩子虽然没有教过，但是一听说自己是“格桑花”支教过来的，他们就兴奋地说：“我知道！我知道！”又喊出吴顺喜、胡晓翔、徐小浩、黄亚鹂等这些前几批队员的名字，“教我数学的是……”“有一位叫黄亚鹂的老师画画特别好看……”“老师，你有没有胡晓翔老师的联系方式……”“老师，听说徐小浩老师留校当大学老师了，他现在怎么样……”

一时间，车厢里开始热闹起来，那些关于往届支教队员与他们之间的交集，或是故事或是某个印象，一点点从孩子们的心里吐露出来……那一刻，尽管肖泽龙不曾教过他们，他们此前也不认识肖泽龙，但相互间都倍感亲切。而于肖泽龙来讲，他还由衷地感到自豪，“这大抵就是‘格桑花’支教团五年来最好的见证!”

车子所经之处有不少险峻的山路，缓缓行驶一个多小时，终于把一车的孩子陆续送到家，当最后三个离学校最远的孩子下车时，他们为肖泽龙献上哈达并合影留念，一一道别……返程车上，偌大的车厢除了司机外，空空的就只有肖泽龙一人，但此刻他内心却觉得十分丰盈，一路上满怀着难以言说的喜悦。“春风走过，大地知道。他们的青春我们曾经参与过，如此，就不虚此行。”肖泽龙回校途中发出这条动态，感慨万千。

既然我来了，就没想过中途退出

2018 年 3 月 26 日上午，项立刚作为第六批“格桑花”支教队员从襄阳坐火车出发，到达成都后转乘飞机，到达拉萨后转几个小时的汽车，几千公里的跋涉在抵达琼结后宣告结束。琼结县空气稀薄，心率的提高和剧烈的头痛让队员们的舟车劳顿完全被高原反应所替代，兴奋和激动早已飘到九霄云外。

刚到的时候大家都有或轻或重的高原反应，头晕胸闷，对环境极不适应，让他们几乎整晚难以入睡。队员刘鑫的反应最为严重，第二天晚上几乎喘不上气来，头也疼得厉害，另外三个队员见他情况不好，立即带他去医院吸氧，另外三人轮流值班看护，尽管他们也有一些高原反应，但都坚持克服，整晚他们都睁大了眼睛照看刘鑫，时不时地问他喝不喝水、饿不饿，时刻在身旁陪护着，因为在他们心里“这是一个团队，谁都不能少，这样才能发挥团队最大的力量”。

队友刘鑫逐步好转出院，这边项立刚又病倒了。“体温38.5摄氏度。”医生告诫项立刚，这相当于平原上的四十度以上，必须住院观察治疗，于是项立刚便在市区住了一整晚的院，队友朱寅在医院整整陪护了一夜没有合眼，一会叫医生换药水，一会让医生量一下体温，生怕出任何问题。

而忙于工作的肖泽龙和刘鑫也没有闲着，他们一整个晚上打了十几个电话问候项立刚的情况。第二天烧退了，项立刚就坚持要回校，工作一些时日，项立刚又因洗澡着凉，反复地感冒发烧去了几次医院。

琼结中学校领导知道此事后非常担心，找到项立刚谈话，意思是想送他回湖北，担心他在高原受不了。项立刚鼻子一酸，坚定地说：“校长，我想再咬牙坚持一下，既然来到了这个地方，我就没打算中途退出，我想为这里贡献自己的一份力量。”

艰苦的环境和条件更可以磨炼人的意志，增强人的适应能力，培养人的爱心和责任感。慢慢地，项立刚适应了这里的一切，他心中最强烈的感受和最真切的心愿，不是如何使自己过得舒适、惬意，而是要以更加明确的人生目标，指引自己的日常工作，以更加热忱的态度对待支教工作。

“每每看到这里纯朴、天真的孩子们虽然学习条件落后，但依然渴求知识的目光时，我就更加坚定了自己的信念。”项立刚说，在短暂的支教生活中，一定要以真诚的爱心，像对待自己的弟弟妹妹一样对待这些孩子，给他们带去更多的知识和快乐。

喂羊拔草，走进学生心坎

一次随行家访要跋涉两个多钟头，走到学生次仁拉姆家中时，已经是傍晚七点钟左右。但次仁拉姆的父母并不在家，她回到家后第一件事，就是先把家里打扫一遍，喂养自家的牛羊。

项立刚一边疑惑，一边也跟她忙活起来。先是喂养牛羊，然后又去田地里把杂草除了一遍，该浇水的浇了一下水。“你每次回家都要做这么多活吗？”项立刚问。“是的老师，每次放假回家都得帮妈妈把这些事做完，再做作业。”

次仁拉姆是一个年仅 13 岁的孩子，就学会为父母分担重担。项立刚心想，虽然这里的孩子缺少“颜料”来丰富他们的生活，但是却能够比一般的孩子更早长大，这不就是自己到琼结的原因吗？“我愿化作颜料，点染他们的人生画卷，我愿变成彩笔，绘就他们的精彩人生！”项立刚在支教日记的扉页这样写道，这也是他支教的座右铭。

闲下来后，他们一起唠起了家常。项立刚从家庭收入、人口、父母的文化程度等各个方面询问次仁拉姆家的状况，这才得知她是单亲家庭。但她平日里表现出来的阳光、懂事，让项立刚折服，心里不由为她点赞。家访让项立刚明白了次仁拉姆的不易和特殊，他暗下决心，要帮助这个女孩变得更好。

有一次，次仁拉姆考试考差了，年级排名九十多，项立刚找到了她，没有责骂而是让她写下自己心里的话。“你把它收起来，下一次考完试再看一遍，我们一起去操场聊聊天。”一路上次仁拉姆都低着头，沉默不语。

项立刚说：“我给你讲个故事吧，肯德基的创始人山德士上校是位退伍军人，退伍后做过很多工作，也曾自己创业，创业失败后他身无分文，每个月的生活只能靠政府发的补贴金来维持。山德士有一个炸鸡的秘方，已经年逾花甲的他决定向各大食品公司推荐他的秘方，但一家又一家公司都拒绝了他，经过1010次的努力，他推荐的秘方终于被一家食品公司认可。在之后短短的一年半之内，他授权自己的秘方开了三百家连锁店，受到人们的喜欢。是什么使他成功的呢？是一次次失败后的不放弃。为什么他不放弃呢？因为他坚信失败是成功之母。你知道自己该怎么做了吧？你偏科挺严重的，要均衡学好所有的科目，自己要好好努力，未来给妈妈更好的生活，加油！”

次仁拉姆点了点头说：“老师，我就是感觉对不起妈妈，你说的我明白了，我下次一定好好努力，各科均衡发展。”“好样的，我们一起跑一圈吧。”低落的心情都被踩在他们的脚下，都被抛到了九霄云外，年轻的次仁拉姆又信心满满。

此后，次仁拉姆十分积极，无论哪个科目遇到难题都主动向项立刚提问，生活上遇到不开心的难过的事，也来找项立刚谈心。项立刚也经常主动询问次仁拉姆生活和学习上的困难，他们亦师亦友，彼此信任。在项立刚的帮助下，次仁拉姆的成绩也从年级九十多名提高了到了五十多名。

“世上没有一朵鲜花不美丽，也没有一个孩子不可爱。”这里见不到城市里的高楼大厦，没有环境优美的公园，闻不到“肯德基”那诱人的鲜香，也没有充满乐趣的游乐园……甚至很多孩子的父母为了生计，远走他乡四处打工挣钱。“这些孩子的衣着朴素，有的甚至破旧，但衣装里面包裹着的，却是鲜活的生命，求知的心灵和祖国的未来。”项立刚说。

孩子，谢谢你们圆了我的教师梦

人民教师对于项立刚来说是无比神圣的，教师不仅是一个身份，更是一种被需要、被认可的欢愉。在琼结中学，项立刚担任的是八年级3班的语文和七年级5个班的地理教学，教学工作之余负责校报编辑和足球社团的训练，虽然平时很忙，但他却乐在其中。

从小就立志做一名老师的他，喜欢学生那天真无邪的笑容，喜欢书本中散发出的阵阵墨香，喜欢学校朗朗的读书声。一次，一个高中同学与项立刚聊天时对他说：“我真佩服你，你真的梦想成真了，以前你总说要做一名人民教师，现在真的做到了！”为此骄傲的还有项立刚自己，在琼结半年，他更加清楚地知道，教师的真正含义。

课堂上，他用爱心去感染一颗颗幼小的心灵，让孩子们快乐、轻松

项立刚带领学生开展足球训练

地学习，孩子们的进步、孩子们的健康成长是他最大的欣慰。课下，他积极和学生沟通，了解他们学习和生活上的难题，利用课余时间帮他们补课。

刚开始来到八年级3班教授语文课时，大家对于他的教学方式还不是很适应，他也感觉到了学生上课没精打采，心不在焉。课下，他积极找语文课代表交流，找出自己的问题；主动找同办公室经验丰富的老师请教；积极找班级同学交流。

第二节课，他开始转变教学方式，放慢上课速度，把课文编成小故事讲给大家听，增加课堂趣味性，同时主动跟学生互动。课下，他主动找同学们沟通，询问他们的上课适应情况。经过一个星期的调整适应，同学也渐渐习惯了他的上课方式。

五一放假前，项立刚利用一节晚自习，对班上学生整体水平进行测试，通过这次测试他对班里同学的水平有了一个整体的掌握。班里普布旦增、拉巴次仁、扎西占堆三名同学成绩较差，基础的字词还不会，项立刚利用他们每天午休的时间和晚自习下课后的半小时，给他们补习、听写、纠错。经过半个学期的努力，他们的成绩都有了明显上升，他们班的语文平均分在期中考试也取得了第一名的好成绩。

在项立刚支教期满上最后一节课的时候，孩子们哭得稀里哗啦，半年的支教生活一幕幕地播放：他们一起在琼结的灯下做试题，他们一起在琼结的树林中打卡，他们一起在课堂上彼此学习……

拉巴次仁眼含热泪对项立刚说："老师，是您这一学期的精心辅导，是您牺牲了多少个午休让我爱上了语文，我以后一定积极主动学语文，一年后我考上了高中一定告诉您。我舍不得您，老师！"普布卓嘎说："老师，这一学期以来，感谢您对我们的照顾。还记得我那一次感冒了，您让我去您办公室，您帮我量体温，还大老远地跑出去给我买药，回来上气不接下气。第二天，吃了您的药，我就好多了。花儿以她馥郁的芳香表达对大自然的感谢，我就以我好好学习的成绩来感谢您对我的照顾。”他们的班长格桑曲贞对项立刚说：“老师，都是你‘惯’着我们，把我们‘惯坏了’！您走了我们要‘挨骂’了！”

“孩子们，老师也是从你们这个阶段过来的，我只是想你们可以在好好学习、做一个懂事的孩子的前提下，尽情地绽放青春的活力。天下没有不散的宴席，支教的日子终究会结束，感谢‘格桑花’让我们相遇，祝你们在未来的日子更上一层楼，谢谢你们，圆了我人民教师的梦想！”这节课，项立刚足足拖堂了 20 分钟。

我和学生共同的毕业画展

早在大一入学时，刘鑫就听说了“格桑花”的故事，在那个宣讲会上，他聆听了吴顺喜的讲述，观看了当时第二批“格桑花”的工作纪实视频，他被那一个个画面、一句句话语深深感染，也让他锚定了一定要去西藏支教的决心。

2018 年 3 月，刘鑫终于实现了自己愿望，作为第六批“格桑花”支教队员，前往西藏支教。在琼结中学，刘鑫主要负责指导美术社以及七、八年级美术和七年级两个班的生物教学，同时协助中学老师完成心理咨询室的工作。“老师你明年还来吗？”支教期间，时不时就有学生问刘鑫这个问题，但刘鑫不知道该如何回答他们。“孩子们越是这样，我内心就越惭愧，唯有更加卖力地教他们，方能换取内心的片刻安宁”，刘鑫说。

6 月份，看着母校 QQ 群里弹出的毕业季消息，作为即将毕业的美术学院学生，刘鑫没法像自己的同学一样，参加母校的毕业作品展。一个想法从刘鑫脑袋里闪过——举办一场属于自己的毕业作品展，通过这些作品让学生了解到不同的风景。

刘鑫指导学生素描

为了这个画展，刘鑫和科组的老师一起在操场上置办了几天，刘鑫把自己和大学同学的作品收集起来，同时把琼结中学学生的优秀作品，全部都排列整齐，等待着孩子们的到来。当一张张好奇又质朴的面孔从刘鑫眼前一个个经过的时候，刘鑫的内心既开心又心酸。开心的是他们很容易满足，对于山外的一切事物都感到向往；心酸的是自己并没有能力可以立马带他们走出去，只能贡献一点绵薄之力，让他们感受到外面的世界。“我希望他们看见这些之后，能够更加努力学习，争取早日亲自去见识一下这个世界的广袤美好。”

微风轻拂刘鑫的脸庞，五星红旗迎风飘扬，天空中的朵朵白云像是一封封献给蓝天的情书，一切都是这么美好，此时的刘鑫仿佛置身于一卷美丽的画册之中，望着孩子们一双双纯真而又渴望的眼神，刘鑫真想时间就定格在这一刻。

画展之后，学生们不仅上课时的积极性更高了，也不断有学生课间来让刘鑫教他们画画，其中最用功的就是洛桑。她告诉刘鑫，希望和老师一样学会画画，长大以后也当个老师，把一切美好的事物都记录下来，让更多看不到这些美好的人看到，让他们知道，只要努力学习就可以走出深山，接触这些美好。

“来到这里之前，对于西藏，我有太多的期待和渴望，想用手去触摸那片高天厚土，用心去体味虔诚与圣洁，然而当我来到这里，让我感受最深的不是这里如画的风景，也不是这里虔诚圣洁的文化，而是学生们一张张稚嫩的脸庞和对一切都充满向往的眼神。”这次支教，刘鑫明白了生命的意义不在于长短，而在于它的厚度，而这份厚度又源于经历，源于你是否用心去体味和度量。

支教行动，于刘鑫、于琼结中学的孩子们都意义颇深，而这些经历也定能够让他们的生命更加厚重，更有价值！

孩子，让阳光伴你走好人生路

在琼结县中学，刘鑫还有一项特别重要的工作，那就是协助学校的阿琼次仁老师建设心理咨询室。在这期间，刘鑫一边协助阿琼次仁老师完成日常工作，如新学期特殊群体学生的心理普查（其中包括对家庭贫困、单亲家庭及身体残疾同学的心理辅导）及九年级中考考前减压活动等；制作心理咨询室的宣传折页，一个月发放一次，让更多的学生了解心理咨询室的功能，让需要心理辅导的学生走进心理咨询室。刘鑫一边还主动向母校“取经”和“请求支援”，在湖北文理学院心理健康中心张婷婷老师的指导下建设心理咨询室，在湖北文理学院的支持下，琼结中学的心理咨询室拥有一套完整的沙箱治疗设备。

让刘鑫印象深刻的是那个因残疾而“走不好路”的女生。在一个大课间，当大部分同学都在操场上愉快玩耍时，突然跑进一个女生非常着急地告诉刘鑫：“老师老师，白玛卓嘎因为被一个男生欺负，一直在哭。”刚开始刘鑫觉得这是一个很简单的同学之间闹矛盾的事，并没有太在意，阿琼次仁老师听到名字后却异常重视，让同学把白玛卓嘎叫到心理咨询室。

等待期间，阿琼次仁老师向刘鑫简单说明了情况，原来这个学生小时候因为家里疏忽，导致腿部落下了残疾，走路总是一瘸一拐，在学校期间经常会有同学去嘲笑她，这时刘鑫才开始重视这个问题。

白玛单嘎来到办公室后一直不停地哭，刘鑫先给她倒了一杯水，阿琼次仁老师则在一边安抚她的心情。原来，课间时有一个男生一直在他身后学她走路并且嘲笑她，使白玛卓嘎感到自卑无助。

“我们要承认并面对我们的缺陷，让自己保持一个平稳的心态，想一想张海迪、爱迪生等这些人，他们都是坐在轮椅上的，霍金则除了眼睛，全身几乎都不能动了，但是他们一直都在坚持，在各个领域都有自己的一片天地。想想自己，我们现在只是一条腿略有不便，和他们相比我们是幸运的，更何况老天还给了你一个聪明的大脑，只要我们努力，别人对你更多的就是敬佩……”刘鑫和阿琼次仁老师通过一些名人和身边的例子对她进行心理辅导，学生渐渐平复了情绪，没有了刚进咨询室时的状态，开朗了许多。

此后，刘鑫一直都在关注着这个女生，发现她不管在哪一方面都在不停地努力着，不管发生什么情况都会自己去面对，这个女生参加了美术社团，在社团上课刘鑫也一直不停地去鼓励她，她在美术方面也有很大的进步。

“不可否认，身体上的缺陷或许会给这位女生带来不便，甚至是别人戴上有色眼镜的审视，但只要自己心中充满阳光，不断提升自己，我想她的人生道路可以走得更加顺畅，步伐也会更加稳健。”刘鑫在支教日记留下这段话，他希望自己的陪伴能给学生带去阳光。

朱老师，我们不换班长了

2018 年 3 月底，朱寅作为第六批“格桑花”支教队的唯一一位女队员踏上前往西藏的路途，开始支教生活。刚到西藏，给朱寅的感觉更多是新奇，这里的蓝天白云，一眼望去的山峰，这些事物都让朱寅兴奋。第一次进琼结中学大门，往前走便有一个凉亭，那时候正赶上学生做课间操，朱寅在内地中学看到的课间操都是广播体操，但是这边的学生跳的是带有民族特色的“广播体操”，在朱寅看来有点像大型民族舞蹈，后来才知道这便是锅庄舞。除了“广播体操”让朱寅印象深刻外，另外一件事也让她很有成就感。

朱寅在琼结中学负责教授音乐课。有一次是七年级 1 班的音乐课，朱寅走到教室后，发现竟然没有一个学生在教室。“我是不是走错教室了?”“我记错上课的时间了么?”一连串的疑问涌上心头，回想起走出办公室时看的课表，朱寅坚信自己没记错时间，也没走错教室，于是，朱寅在教室等了一会。

等着等着，朱寅再次陷入“挣扎”。“我的课虽然不是主课，但是全体无故缺课，一个人都不在？看我待会怎么收拾你们。”这位在老师和队友看起来依旧是小女生的音乐老师，此时心里焦灼不安，正在寻找一个“泄火口”。

没过一会，学生陆陆续续跑进教室，朱寅感觉班上的氛围跟平时有点不一样，大家都很安静。刀子嘴豆腐心的朱寅并没有发火，讲完课朱寅还是像往常一样，预留了时间给大家自习。上自习的时候，她发现班长趴在桌子上抽泣，预感肯定是有情况，下意识想了解班长为什么会哭？是不是跟班上的氛围不对劲有关?

出于对学生的关心，朱寅把他单独叫到教室到外面。经询问，才知道原来上一堂课班上的同学们不听话，把英语老师气哭了，他们又不听班长的话，在任课老师把情况反映给班主任后，班主任老师批评了班长，责怪他没有管理好班级，有点“失职”，他对此感到委屈。

朱寅第一时间安抚了班长的情绪，经过一番的耐心疏导，他的情绪明显有所平复。朱寅看了看时间，离下课还有一会，便到教室挑起了上一堂课“事故”的话题。考虑到班长的情绪，朱寅在班上问大家：“咱们班长同学好不好？”看到朱寅比较轻松，同学们很快加入了“话题互动”，异口同声地回答：“好！”

朱寅又紧接着问：“班长这么好，为什么大家不配合支持他的工作呢？要不咱们班换一个班长吧？”跟刚才一样，大家都一致说不换。得到了同学们的肯定回答后，朱寅就对他们正式开始了“思想教育”。“大家知道班长为什么哭么？”“既然班长一开始是大家投票选举出来的，现在大家也统一说不换，那么班长管理班级的时候你们为什么不听？”“你们为什么不配合？”

一连串的反问，让班级的氛围逐渐严肃起来，教室忽然变得鸦雀无声。“如果同学们有意见和问题，要学会大家提出来一起讨论、解决，往后有什么事都要学会及时沟通，好的环境需要大家一起创造，在班里闹不仅影响别人学习，更重要的是会影响自己。”看到同学们一个个低下了头，朱寅知道他们多少有些羞愧了，或多或少他们听进去了一点。朱寅注意到班长的情绪好了很多，看老师的眼神明显变得更加坚定。从那之后，七年级 1 班的孩子在朱寅的课堂上表现都不错，课堂氛围也很好。

朱寅教学生弹钢琴

后来一次校园文化节，七年级 1 班的孩子们找到朱寅，让她指导班上的舞蹈节目。“要记住你们是一个集体，一个团结的班集体，大家要培养默契，相互配合，相互支持，只有这样跳出来的舞蹈才更有感觉。”后来，他们的表演拿到了一个好名次，看到学生的改变和成长，朱寅满满的成就感油然而生。

关于西藏，朱寅在大学毕业后作出了自己的决定。那一年，奔赴西藏的西部计划志愿者里出现了她的身影……

第九章　你们是“格桑花”无悔的青春

青春的列车一直向前驶去，我们不能选择停留，但我们可以播下希望的种子，让它在我们所经之处茁壮成长，成为一把遮天大伞，为需要的人遮光挡雨。日后在无数个时刻，每当想起西藏琼结，内心总有一份自豪和责任在心间，那些脸上挂着笑脸的学生，是我无悔的青春。

——第七批“格桑花”赴藏支教团队队员　刘思棋

刚到琼结就再次“卷铺盖”

2018 年 8 月，杨壮壮作为第七批“格桑花”支教团队队长，接力带领团队奔赴西藏琼结中学，舟车劳顿的支教队员们在当地教育部门和学校领导简单的欢迎仪式后，便搬进了学校安排的宿舍。

在收拾整理随行物品时候，杨壮壮看到窗外同样在“搬家”的学生。“何校长，孩子们这是要搬去哪里?”“学生宿舍正在翻新，这些孩子需要暂时搬到少年活动中心去住。”“打地铺吗?”“暂时只能是这样了，目前已经在加快建设进度了。”杨壮壮抬头看了一眼同样已经铺好床单被套的纪官升，两人相视一笑，似乎达成了某种共识。

“何校长，我们搬过去和孩子们一块儿住!”“可是，我担心你们刚来，都还不适应，搬过去的话……”没等何校长把话说完，杨壮壮再次接上校长的话，“您放心，我们没问题的，而且这样我们能给孩子们当生活老师，能帮助我们更快地融入学生群体。”看着杨壮壮和纪官升再三坚持，何校长终于松口，只是拍了拍他们的肩膀说了一句“孩子，谢谢你们!”

一开始，杨壮壮想着就自己和纪官升两人与学生同住，可当另外两名女队员得知情况后，也主动要求搬过去，甚至还“埋怨”杨壮壮“抛弃”了她们。

就这样，还没来得及歇息，四名“格桑花”队员便再次卷起铺盖，搬进少年活动中心打起了地铺。“刚进去的时候，学生很诧异，诺大的活动中心挤满了学生，他们盯着我们看，我们对着他们笑，一床被子、一个装满衣物和零食的‘红宝箱’，这里就是我们和学生的大本营。”杨壮壮说，这里的晚上或许比宿舍更冷，但是心却是暖的。

那个雨夜，他格外想念母亲

对于内地人来说，短袖短裤是9月的标配，多穿一件稍有不慎就会捂出痱子来。但是对于西藏来说，9月则属于雨季，“西藏的天就像孩子的脸，说变就变”，刚刚还在炎炎烈日下炙烤，下一秒可能突然就乌云密布、遮天蔽日，甚至突然暴风雨。烈日和暴雨出现在同一片天空下，在西藏这片土地上一点也不奇怪。

来到琼结以后，杨壮壮才真正体验到了什么叫“早穿皮袄午穿纱，围着火炉吃西瓜”，巨大的昼夜温差，让这位初来乍到的襄阳小伙不大适应，但对于西藏的孩子们来说，这已是司空见惯、习以为常的事情了。

一天凌晨1点左右，孩子们都沉沉地进入了梦乡，鼾声安详宁静，寒风夹杂着夜雨，气温骤降，杨壮壮在雨点拍打着窗户的声音中醒来。

尽管孩子们的身体素质能够适应这里的气候，但杨壮壮还是不放心，打了个寒颤起身在活动中心走了一圈。

| 支教队员与学生同住在少年活动中心，晚上暖心查寝

果不其然，杨壮壮担心的事情还是发生了。窗外的雨噼里啪啦不停地拍打着防盗窗，而窗内的孩子们正在安详地酣睡，可身上的棉被却七零八落“敷衍”地盖着，有的双腿盘着被子，有的直接掀开，有的干脆不盖……

“晚上气温这么低，加之下雨湿气又重，这么一夜睡下来第二天非感冒不可。”杨壮壮嘴上嘟囔着走了一圈，一个个地盖好被子后，又打着手电筒转了一圈，生怕有些孩子再次将被子蹬开，确认孩子们全都睡好、睡暖后，杨壮壮才回到自己的铺位睡下，可他的思绪却久久不能平静。

这是杨壮壮第一次在深夜为别人盖被子，以前在家的时候，都是母亲夜晚放心不下，蹑手蹑脚地踱步到自己的床边，轻轻地为杨壮壮盖上蹬开的被子。其实在许多个深夜里，杨壮壮都知道母亲在默默地为自己盖被子，但看着她转身后蹑手蹑脚的背影，杨壮壮实在是不忍心破坏这美好的画面与氛围。

俗话说“养儿方知父母恩”，在此之前对母亲起夜为自己盖被子这件事情，杨壮壮并没有太多感触，甚至觉得是理所当然，但从今天自己为孩子们一一盖好被子的那一刻起，杨壮壮心中深深地体会到了母亲浓浓的爱与恩情。

“谢谢您，母亲，是因为您无时无刻的守候与呵护，儿子才能茁壮成长，才能有今天的经历与收获！谢谢你们，孩子们，能有幸成为你们的支教老师是上天赐予我们的缘分，教学相长，老师教你们文化知识，你们教老师如何做人！母亲、西藏的孩子们，我爱你们！”杨壮壮在支教日记中坦言，那个雨夜，他格外想念母亲。

“黑脸教官”尽显军人本色

2015 年 9 月，杨壮壮在湖北文理学院参军入伍，经过严格的新兵训练，服役于陆军第八十集团军某旅，2017 年退役复学。由于某些原因，今年琼结中学的新生军训没有请到解放军战士和武警官兵参与，全是由各班的班主任带队组训。老师们都没有军旅经历，更没有接受过正规的军事训练，所以在对军训姿态、动作标准的把握上难免存在偏差。

在了解到这一情况后，何校长找到了杨壮壮，想请他指导整个七年级的新生军训。这是刚来到西藏的第二天，身体尚有高原反应的杨壮壮没有退缩，而是斩钉截铁地答应了下来。杨壮壮明白，军训是开学第一课，也是教会学生扣好中学“第一粒扣子”的一课，意义重大。

“嘟嘟嘟……集合！”伴随着一声清脆的哨音，杨壮壮开始了一天的军训工作。“稍息”“立正”“都给我站好了，从这一刻起，我要你们记住，训练场上没有学生，你现在是一名军人，要经受暴风雨的考验，接受最严苛的训练！”后来杨壮壮坦言，在平均海拔3900米左右的琼结中学进行军训，不论是对自己还是学生来说，都是一种极大的考验。

上午10点，这里的阳光逐渐开始显出威力。日光灼人，暴露的后颈被强烈的紫外线晒得生疼，就像一根根银针硬生生地扎进皮肉里。为了不把孩子们的脸晒伤，杨壮壮迅速下了口令“向后转！再站五分钟军姿，就调整休息一分钟。”

“不好了，不好了，有人晕倒了”，听闻此话杨壮壮心里一紧，目光顺着声音寻去，一个黑瘦的小男孩晕倒在地。杨壮壮三步并作两步冲了过去，一把抱起，将他抱到树荫下。还好男孩只是一时头晕倒地，神志还算清醒。杨壮壮拿来自己的保温水杯，一手托着他的脑袋，一手将温水递到他的嘴边，缓缓地喂他喝了几口水。男孩慢慢地缓解过来，能够自己坐起来，并且正常地沟通交流，身体并无大碍。

| 杨壮壮照顾军训期间晕倒的学生

小男孩虽然没事儿，但是杨壮壮的内心却充满深深的自责，他不停地反问自己，是不是对这群十三四岁的孩子要求太高，训练太严格了？杨壮壮的内心充满纠结，到底是带着他们把军训平平安安地玩儿过去，还是让他们真真正正地体会一次做军人的感觉，哪怕只是真正军人所承受的十分之一，甚至百分之一。

“我想我应该选择后者，也必须选择后者。”作为一名退役大学生士兵，杨壮壮深深明白，庭院里跑不出千里马，温室里种不出万年松。

“看什么看，其他人，继续训练！”

“原地踏步走，1-2-1，1-2-1，注意摆臂，把脚都抬起来，我看谁没把动作做好！”

“全体都有，喊两动口号，喊得响了咱们就休息，喊不响接着练！1-2-3-4，1-2-3-4！大点声！”

操场上的训练口号此起彼伏，让杨壮壮感到欣慰的是孩子们并没有因为有人晕倒，而产生丝毫的退缩，反而口号越发响亮，步伐越发铿锵。

有人问，和平年代军训意义何在？“从军训时流过的汗里、晒过的烈日里、挨过的骂里、吃过的苦头里，找到一点点自我，撇开所有的安逸生活，就从那苦涩的军训中品出一丝丝甜来，这就是军训的意义。”这就是杨壮壮的答案。

军训好似人生的缩影，在一轮又一轮的历练当中，软弱的泥沙会被淘尽，脆硬的玻璃会被击碎，唯有坚韧兼修的钢铁能够幸存下来，为航向星辰大海的战舰铺下坚实的龙骨。杨壮壮同样希望，这里的学生能锻就坚强的意志和强健的体格，为走好人生的每一步打下坚实的基础。

他是好的老师

咚咚咚，“报告！”杨壮壮的办公室响起了急促的敲门声。

“请进。”这天下午，杨壮壮要讲历史的新课，所以中午没有午休，一直在认真备课、编写教案，此时已经3点10分，距离上课还有20分钟。

“怎么了，有什么事情吗？”“吉拉（藏语中“老师”的意思），我能借你的手机用一下吗?”小洛桑双手背在后面，好像心事重重的样子。“借手机干什么?”杨壮壮问。“吉拉，我想给爸爸打个电话，让他给我送本英语作业本过来。”小洛桑面露难色。“马上就要上课了，怎么现在才打电话啊?”“我刚刚突然想起来，老师让我们买本子，下午第一节英语课要写作业，吉拉你帮帮我吧。”小洛桑央求道，他的眼睛红红的，感觉已经快要哭了。“好了好了，小洛桑，老师借给你，你快给爸爸打吧。”杨壮壮连忙掏出手机递给小洛桑。

拿到手机后，小洛桑一边背他爸爸的号码，一边拨号。接通后，他们说着杨壮壮听不懂的藏语，但小洛桑的表情却越来越凝重，看起来情况并不太好。

“吉拉，给你手机，谢谢。”他将手机递还到杨壮壮手中，转身准备离去。杨壮壮察觉他有些失落，在他即将踏出门口前叫住了他，“怎么了，小洛桑，爸爸不能给你送过来吗?”

原来，小洛桑的家住在中学前面的一个小乡村——下水乡，爸爸赶过来需要将近一个小时，还要到镇上的商店去为他购买英语作业本，等送到教室去，早已经下课了。在了解到这一情况后，杨壮壮一边安抚小洛桑，让他安心去教室上课，另一边急忙向学校的老师打听距离学校最近的文具店在哪里。小洛桑出门后，杨壮壮紧接着也向最近的文具店赶去……好在老板刚进了一批英语作业本，尚未拆封。

买完英语本后，杨壮壮顾不上高原反应，立即向中学奔去，一路紧赶慢赶终于在上课铃声响起前到达教室，尽管气喘吁吁，但看到小洛桑紧锁的眉头终于舒展，杨壮壮便觉得这一切都是值得的。

这天晚上，杨壮壮收到了小洛桑的小纸片：

“尊敬的杨老师　老师帮了一个英语本子买了/谢谢　他是我们的历史老师　他是好的老师　我在上课时候好好听老师话。七（1）

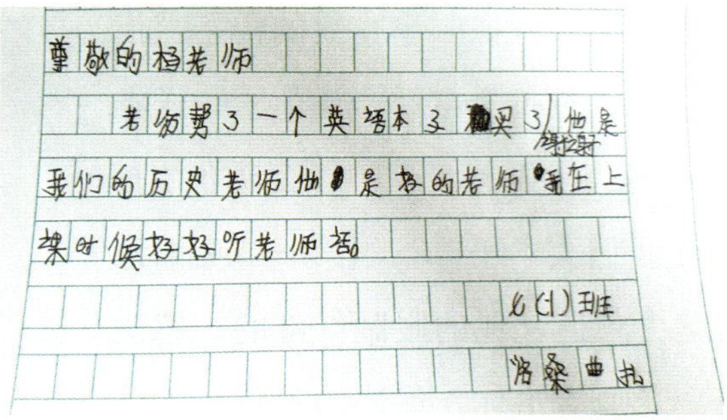

尊敬的杨老师
老师帮了一个英语本子买了 他是我们的历史老师 他是好的老师 在上课时候好好听老师话。
6(1)班
洛桑曲扎

| 洛桑曲扎给杨壮壮的小纸条

班　洛桑曲扎”

看着小洛桑稚嫩的话语和歪歪扭扭的文字，语句不通甚至还有些错别字，但杨壮壮心里却很开心，不禁嘴角上扬。这里的孩子质朴单纯，他们不善表达，但也正是这些稚嫩的话语，最打动人心。

没有家长的一次家访

约好的家访，与突如其来的会议冲突了，杨壮壮只能与学生次央另约时间。第二天一早，次央带着杨壮壮来到离学校不远的雪巴村。次央今年13岁，是七（2）班的班长，给杨壮壮的第一印象是学习刻苦、做事认真负责，是各科任老师的得力助手。这次家访前，杨壮壮知道这是一次没有学生家长的“特殊家访”。

每次班上学生们开始窃窃私语，甚至讲话的声音压过杨壮壮讲课的声音时，坐在第二排的次央总是站出来，将脑袋扭向后方大声喊道：“1，2，3！”然后全班的学生就会配合她大喊“请安静！”对于这样管理班级纪律的方式，杨壮壮还是第一次见到。管纪律有魄力、负责任，上课时听讲认真、笔记全面，课后作业及时完成、字迹工整，次央给杨壮壮留下了深刻的印象，也让杨壮壮对她的家庭教育产生了极大的兴趣，“是怎样的家庭教育得以培养出这样的孩子？”

一天课间，杨壮壮半开玩笑地和次央说：“次央，杨老师本周想去你家家访，你欢迎吗？”本以为次央会满口答应，起码也要礼貌回应一个“好”吧，谁知次央却低下了头，面露难色，好像有什么难言之隐。

杨壮壮隐约感觉到次央的难处，开始在心中责怪自己为什么要这样直白地去问她。正当杨壮壮倍感难为情之际，次央开口了。“杨老师，非常欢迎您去我家，只是我的父母都不在家里，放假也只有我一个人在家。”听了孩子的话，杨壮壮的心里五味杂陈，很不是滋味：“没事，那杨老师就去你家给你做饭吃。”“真的吗，杨老师，您真的要去我家，真是太好了！”次央面露笑容神采奕奕，看着兴奋极了。

第二天一早，次央竟然骑了一辆电动车来接杨壮壮，电动车上的次央脚尖勉强能触碰到地面，看得出来她已经很尽力了。本着安全第一的原则，杨壮壮拒绝了由次央骑车的要求，所以由她来指路，杨壮壮骑车。可谁知刚走到一半路程电动车便不给力了，龟速一般地向前缓缓挪动着，“老师，是电动车没电了，您先停下来吧”，杨壮壮靠边停了下来，次央便下车开始奔跑。

“你干什么次央？”“老师你跟在我后面骑车吧，我跑步回去。”杨壮壮拗不过这个倔强又懂事的孩子，只能看着她的背影一步步远去，在后面缓缓地跟着她，其实杨壮壮明白，她是在心疼电动车的同时也不想让自己多走路。

穿过那条不足一米宽的小道就是次央的家，窗台上整整齐齐摆放的一排奖状，吸引着杨壮壮。这次家访没有家长，杨壮壮便当起了“家长”，他洗菜做饭，一边干活一边和次央聊家长里短，称赞次央是个懂事的姑娘。次央和她的家庭，也是万千藏区孩子和家庭的一个缩影。

这里的孩子早当家

杨壮壮与次央边吃边聊，了解到她的家中有父母和哥哥，从出生便没有见过爷爷奶奶，祖辈亲人中只剩下外公，跟随姑姑生活，也同住雪巴村，但因身体不适很少来看次央，但次央每个星期都会去看望外公。

父亲一个月给次央 50 元零花钱，次央从不乱花，而是用于购买文具。因为外公爱喝酸奶，所以次央总会把零花钱攒下来为外公购买酸奶去看望他。5 元一瓶的酸奶次央从来舍不得喝，但是她却舍得一次给外公买 5 瓶，花掉当月零花钱的一半。当问到次央为什么舍得为外公花这么多钱时，她用一双纯真的大眼睛看着杨壮壮，毫不犹豫地答道：“因为他喜欢喝啊！”

家访期间，杨壮壮做起家务

次央的爸爸只有小学文化，在山南一个建筑工地打工，次央说小学六年的六个儿童节，爸爸从未到学校看过她，而看到其他的同学在节假日能依偎在父母的怀里撒娇，她非常羡慕，但也从不和同学们提及此事。

“没有谁能一生顺遂如意，父母也不能永远庇佑我们，让孩子适当吃苦，他们才有力量抵挡生活的风雨艰难。”聊到这里，杨壮壮心里感慨，也明白了次央为何是一个如此自立自强的小姑娘。

次央的妈妈叫索朗曲宗，因小时候家里经济条件差，错失了上学机会，不识字，甚至连自己的名字也不会写。次央很自然地就承担起了教授妈妈文化知识的重任。次央讲了一个教妈妈学数字的趣事，当教到数字 8 时，妈妈总也学不会，不会用笔拐弯画弧，于是次央便想了一个极简的办法，让妈妈一上一下画两个○，8 便出现了。

次央笑了，杨壮壮也笑了。妈妈是农民，靠种田维持生计，家中共

12 亩田地，分别种植了青稞、小麦、土豆、玉米，还有 4 头牛，3 公 1 母，公牛用来吃肉，母牛挤奶做酥油茶，耕种田地喂牛挤奶平常都是妈妈一个人在做，经常早出晚归。而每当次央放假，她总会抢着帮妈妈干这些农活，减轻妈妈肩上的担子。

争气的次央从小学开始，成绩就在班上名列前茅，没有掉出过前五名，上了初中因成绩突出被班主任任命为班长，处理班级事务尽职尽责，是各任课老师的得力助手。初中刚刚开始两个月已获得“四讲四爱”手抄报、“庆祝教师节”手抄报两个一等奖。

尽管七年级现已调整为秋冬季作息时间，早上 7：30 上早自习、7：20 起床，而次央总是在早上 5 点就起床开始背书，雷打不动。

“年少无知时，以为学习是天下最熬人的差事，后来才明白，读书才是最容易走的那条路。若世间有什么稳赚不赔的买卖，年少读书便是其中之一，那是对未来最好的储蓄。总有一天，次央为读书吃过的苦，都会铺成一条宽阔的路，带她去到想去的地方！”杨壮壮对这一次家访感慨良多，在支教日记中祝福小次央。

在琼结，像次央一样的孩子不在少数。父母文化水平低，外出务工谋生，缺乏关爱与陪伴的他们孤独、自卑、不善表达，但他们知道刻苦学习，向往走出大山，而他们的父母知道，再穷不能穷教育、再苦不能苦孩子，总是把最好的留给孩子。而作为支教志愿者的“格桑花”知道，有一分光发一分热，便是他们的使命。

关注西藏“非遗”，留住乡愁与记忆

西藏琼结被称之为“藏源之源”，是藏族传统民俗文化的起源地和发祥地。在琼结支教期间，杨壮壮利用课余时间走访了下水乡久河村、宾顿村，实地考察调研了琼结“久河卓舞”和“宾顿白面藏戏”这两个古老而神秘的舞种，并查阅大量文献资料，最终写成了两篇学术论文。

团队共同完成的学术论文《浅谈西藏“宾顿白面藏戏”及其传承》于2018年11月在省级期刊《休闲》发表，杨壮壮个人独撰学术论文《西藏琼结“久河卓舞”的保护与传承研究》被省级期刊《戏剧之家》录用，2019年1月见刊发表。

琼结“久河卓舞”距今已有1300多年历史，是西藏民间震慑邪魔、祈求吉祥的舞蹈，也是世界现存各民族传统舞蹈文化中最为古老的形式之一。“久河卓舞”2008年被列入西藏自治区级非物质文化遗产名录，2014年被列入国家级非物质文化遗产名录。

“宾顿白面藏戏”起源于琼结县下水乡宾顿村，多在举办集市、庙会、节庆等民俗活动时使用山南方言进行表演，距今已有600多年的历史，有“西藏第一部藏戏”的美誉，相传是由被称为藏戏“戏神”的高僧汤东杰布所创立。藏戏于2006年被列入首批国家级非物质文化遗产名录，2009年入选联合国教科文组织非物质文化遗产名录。

在进行学术论文的构思和撰写时，杨壮壮发现不论是互联网上还是现存的图书典籍里，对琼结“久河卓舞”与“宾顿白面藏戏”这两个古老舞种的介绍少之又少，相关资料更是不尽完善。虽然这对他查阅文献资料带来了阻碍与困难，但也因此更加坚定了他考察调研的决心，“既然来了，我就要留下一些东西，为琼结留下资料，也为后来的研究者提供思路”。

“琼结县的这两项国家级和世界级的‘非遗’项目见证了西藏历史的发展，蕴涵着藏族人民的精神与文化，是一代又一代生长于此的藏族群众在漫长历史岁月中创造的智慧结晶，充分彰显了藏族人民积极乐观的精神风貌。对它们进行研究，可以唤醒西藏人民对传统民俗的文化自觉，以期达到对它们保护与传承的目的，具有非常重要的意义，同时也是时代赋予我们的历史责任!”杨壮壮通过走访非遗传承人，实地调研形成学术成果，尝试留住西藏的乡愁与记忆。

“习近平总书记在中央民族工作会议上强调，中华文化是各民族文化的集大成。各民族都对中华文化的形成和发展作出了贡献，各民族要相互欣赏、相互学习，因此保护和传承藏族文化，也是我们来到这里的一项极有意义的工作。”杨壮壮说。

长大了我也像哥哥姐姐一样去支教

刘思棋是一名河南女生，2016 年入读湖北文理学院文学与传媒学院，大一那年，当她第一次听说“格桑花”支教团队时，便报名参加。尽管她并不符合选拔条件，但学校还是给予了刘思棋面试机会，即使最后的结果并没有达到预期，可刘思棋心中支教的梦想更加坚定。

落选的刘思棋开始更加努力地提升自己，多次参加校内的活动，锻炼自己的能力，同时在社团里多次组织排练舞蹈，为自己在才艺方面奠定基础。2018 年 8 月，刘思棋终于通过学校选拔，作为第七批支教队员被正式派往西藏琼结支教。

出发当天，支教队员们在火车站提着行李准备进站的时候，一位小朋友看到身着鲜红的“格桑花”队服的支教队员，奶声奶气地好奇发问：“爸爸妈妈，这些哥哥姐姐们是干嘛的呀?”他的爸爸对着横幅和队旗打量了一番告诉他:“这是要去西藏支教的哥哥姐姐们，哥哥姐姐们要去很远很远的地方帮助那里的小孩子健康成长。”

小孩满眼露出了钦佩，两眼放光，“哇，哥哥姐姐们好厉害，以后长大了，我也要像他们一样去西藏支教，爸爸我要和哥哥姐姐们一起拍照，你给我拍好不好？”

还未出发，便已深受感动。这是刘思棋第一次意识到，因为自己的一次支教活动，会对身边的人产生这么大的影响。这让刘思棋更加坚定了自己心中的选择，自己从来没有想过因为一次支教，能给尚在父母手心的垂髫小儿心里种下希望的种子，心中的自豪感油然而生……

这就是我的“负负得正”

经过一段时间的适应，刘思棋已经熟悉了这里的孩子和教学，而在刚开始支教生活的时候，刘思棋发现这里跟之前想象的确实还存在着一些差距。

“之前以为只会带一门课，但是来了之后才知道任务有多么重，除了负责七年级整个年级的地理课程和美术课程外，还要负责学校的绘画社、手工社、心理咨询室，每个月也还要负责编辑当月的校报刊物。”刘思棋说，每天除了自己的课程，还要负责每天早上叫学生们起床，每天晚上给他们熄灯查寝，这样的生活虽然忙碌但是充实。

从一开始的不太适应，到后来给自己增负，刘思棋的做法让朋友点赞，“这才是我认识的刘思棋”。刘思棋注重第二课堂的学习，注重培养学生的动手能力，教会他们一些简单的艺术技巧和一些基础的舞蹈动作以及传统武术，力求学生德智体美全面发展。

期间她曾带领自己的学生参加朗诵大赛，获得了二等奖。通过带领学生朗诵学习诗歌，加强了学生对汉语言文化的学习，刘思棋说：“虽然他们都是藏族孩子，但汉语说得十分流利，这得益于琼结中学对汉语言学习的重视，汉语言文化在这里得到了很好的普及与传播。”

除了汉语言，学校还特别开设了藏文课，有专门的老师教他们藏文书法，每每看到藏族老师书写的藏文书法，刘思棋都不由得感叹藏文书法的魅力，“或许这就是琼结的魅力所在，文化在这里交融，见证着汉藏团结一家亲”。

看着刘思棋忙碌的身影，有人不禁问刘思棋，做好常规教学就好了，为什么老给自己“加戏”呢？“当我们面对客观存在的压力和负担时，有两种办法，一是逃避进而被现实压垮；二是给自己增负，让自己更加强大。我选择后者，在我看来这就是我的加减法，这就是我的‘负负得正’。”这便是刘思棋的行动与答案。

挥手，讲不出再见

从襄阳来到琼结这个陌生的地方，半年时间里，刘思棋见证了这里从绿树葱葱到树叶飘落，这里的山，这里的蓝天，这里的人，都要和她告别了。白云悠悠，却载不住一丝离愁，蓝天无际，却无处安放离别的悲伤。

临走前一天，收拾好所有的行李、整理好心情，刘思棋提前到了教室，给孩子们上支教的最后一节课。刘思棋清楚地记得，那节课上所有的孩子比往常都要认真，没有人调皮，没有人在嬉戏打闹，所有的人都在认真听老师讲课，想再多听听老师的声音。

这节课似乎显得比平常短暂，所有人最怕的就是那下课铃声，因为那一刻，他们就要和老师说再见了。刘思棋看着时间一分一秒地过去，在最后10分钟的时候，她把给全班同学准备的礼物——风筝，一一送给了学生。在她告别完准备离开时，所有的孩子都哭了，他们含着泪对刘思棋说：“老师，您不要走，我们舍不得您，我们不想让您走。”

刘思棋怕忍不住泪水，匆匆跑向办公室，眼泪止不住地往下流，她也舍不得这群学生，舍不得离开这个已经待了半年的地方，所有的情绪涌上心头，眼泪流个不停。那一天她跟所有学生都告了别，却没有告诉学生支教队员离开的时间，因为刘思棋不想看到学生们送她走时的情形，她怕会控制不住眼泪。

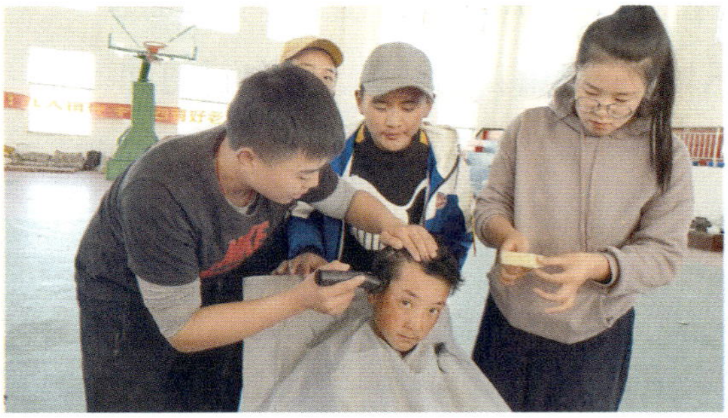
支教队员们为学生理发

离藏前一晚，刘思棋住在了她的学生次央家里。吃完饭后，她和次央坐在炉火旁聊了很多，她告诉次央下次来西藏，一定会再到她家来。那天晚上她们一直聊到很晚，那是刘思棋支教生活的最后一晚，也是在琼结的最后一晚。

第二天，刘思棋早早起床，收拾好东西准备去坐车，次央送她出去，两个人一路上没有多说什么。太多的情感涌上心头，不知该从何说起，不想道别，但还是要挥手。

刘思棋两步一回头地走着，此时次央忽然的一个举动让她永生难忘。次央站在那，对着刘思棋深深地鞠了一躬。这一刻，刘思棋心里波涛汹涌，被这真挚的敬意深深打动，滚烫的泪水也止不住地滑落，这一幕让离别的冬天多了几丝暖意。刘思棋感受到了从学生到老师带来的变化，面对自己的学生，她感受到了作为老师的责任和荣誉。

人民教师的分量是沉甸甸的

赵苗是第七批“格桑花”赴藏支教团队队员，梦想成为一名人民教师的她，赴藏支教成了梦想的初实践。在琼结县中学，赵苗的教学任务是七年级五个班的生物课。

“第一节课是七（1）班孩子们的课，由于之前没有讲过课，我很紧张，怕自己讲不好，当上课铃声响起后，我忐忑地拿着书本走了进去，看到下面一双双眼睛睁得奇大瞅着我时，我的脸一下子就红了，学生都探着脖子好奇地问我叫什么名字，于是我在就黑板上面写下了我的名字，刚写完就听到孩子们在下面整齐地喊‘赵老师好’，这种支教老师的幸福感，怕是这辈子都很难再有。”回忆起初到琼中的第一节课，赵苗记忆犹新，因为这不仅仅是那群孩子们的初中第一节课，也是她人生第一次走上讲台授课。

在琼结，赵苗过了人生第一个教师节。教师节的前一天，学生们上了 10 天课要放大星期（4 天假），学生不在校，赵苗以为不会收到学生们的节日祝福。假期结束后，她像往常一样给七（3）班的学生上晚自习，没有想到的是在她拿起书本准备讲课的时候，孩子们悄悄放在书底的祝福卡片散落一地，她愣了愣弯腰拾起，不由感慨“幸福来得太突然”。

皱巴巴的信纸上，有的写着感谢的话语，有的画着简笔画，上面都写着“祝赵老师教师节快乐”，字体歪歪斜斜却是真情流露。下晚自习后，陆续还有学生敲开赵苗的房门，或者偷偷从门缝里给她塞进写满祝福的纸条。一股股暖意涌上了心头，初为人师，这种被学生认可的获得感，更坚定了赵苗做好支教老师的信心。

在琼结，赵苗也参加了第一个教师节表彰大会。大会表彰了对琼结县教育作出突出贡献的老师和团体，其中有的汉族老师进藏工作一二十年，兢兢业业、勤勤恳恳，几十年如一日地陪伴着藏族孩子们茁壮成长。听了这些优秀教师的优秀事迹，赵苗意识到自己所做的只是微乎其微，只有真心为学生付出，才能收获师生间持久的幸福；这也激励着赵苗向优秀教师看齐，认真工作，不负藏族孩子们的期望。

“‘人民教师’的称号是无比荣耀的，分量也是沉甸甸的，这无论是于我而言，还是于全体教师而言都是一样的。我想，那些不畏艰苦的守边人，他们的精神也在激励着藏区的孩子们，正是他们的坚守与付出，才帮助孩子们找到并拓宽了通往外界的道路。”赵苗在支教日记写下自己的感想，她被那些受到表彰的先进深深打动，也在赵苗心中埋下了爱的种子。

老师，我能喊您“妈妈”吗？

“妈妈，是当我拿第一名时会比我更高兴的人；是当我犯错时会责骂我但在背后又偷偷擦眼泪的人；妈妈就是这世上独一无二的存在。”赵苗从来没想过，第一个叫自己“妈妈”的孩子，竟然是她的藏族学生。

那是赵苗来到西藏后最冷的一天，清晨去教室，路上刺骨的寒风吹得脸上生疼。刚走进教室，一个小小的身子蜷缩在书桌后，赵苗连忙上前查看情况。原来是班上热情开朗的小姑娘嘎珍，她只穿着一件单薄的校服浑身发抖，嘴里轻轻念着：“妈妈，我冷……”

赵苗见状随即脱下自己的外套包裹着她，并将她带回宿舍。一路上，她一直紧紧地抓住赵苗重复着那句“妈妈，我好冷……”，看着嘎珍弱小的身躯，寒风好像把赵苗的心也吹疼了。回到宿舍，赵苗赶紧打开暖气，又给嘎珍倒热水量体温，害怕她生病。

“小嘎珍，是不是有什么想要跟老师说的？”等她缓过来后，赵苗问道。“我……今天……我……忘记带外套来了。”嘎珍支支吾吾地回答道。“那可以告诉老师是因为什么事情忘了吗？”赵苗问完，嘎珍却久久没有说话。

平时在班级里勇敢自信的小姑娘，此刻的沉默以及眼中的泪水，不禁让赵苗担心起来，但她也没再继续追问，等她情绪稳定下来了，便带她回了教室。那天，赵苗的心七上八下，一直默默地观察着嘎珍的状态，等到晚上查寝时，又走到她旁边摸了摸她的小脑袋让她早些休息。

就在赵苗要离开时，嘎珍拉着赵苗的胳膊说：“老师，我可不可以和你说悄悄话。”嘎珍跟赵苗分享了她家里面的情况，才得知活泼的嘎珍竟然是在单亲家庭里长大的，父母在她很小的时候就离异，妈妈也忙于工作常常不在家，现在只有她和爷爷两个人在家里。

虽然孩子说得风轻云淡，但赵苗还是看到了她眼里流露出的对父爱、母爱和温暖家庭的渴望。特别是回想起早上不断重复的那句“妈妈，我冷……”，让赵苗想要在这短短几个月的时间里，让她感受到关怀和温暖。

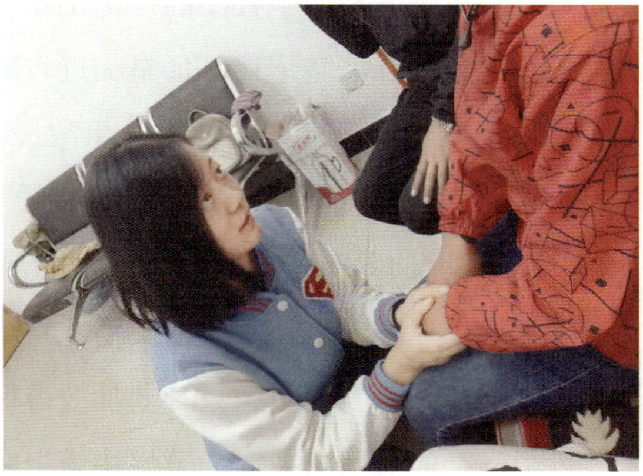

赵苗在照顾生病的学生

“老师，我能喊你‘妈妈’吗？我们班同学早就想这么喊你了。”嘎珍的话让赵苗一怔，虽感突兀但也有些欣慰。刚来几个月的小老师，能够担当起孩子们的一句“妈妈”是多么骄傲的一件事情。在那之后，嘎珍经常带赵苗去她家里做客，向爷爷向邻居介绍自己是她的“老师妈妈”。

嘎珍告诉赵苗，现在每次想爸爸妈妈不再是像以前那样偷偷躲在被子里哭，而是可以和“老师妈妈”说，好像都没有那么难过了。“后来的寒风依旧刺骨，但却把温暖吹进了心房。”赵苗给予的爱，暖在学生身上，更暖在彼此的心坎上。

做彼此的小老师

“老师，谢谢您做我们的老师!”

“同学们，你们知道吗，你们也同样是我的小老师，我们是彼此的老师!”

2018 年 8 月，纪官升第一次来到西藏，带着第七批“格桑花”支教队员的身份与无穷的期待，和其他 3 名队友抵达西藏琼结县。在琼结中学，纪官升接手了团少部的工作，负责教授八年级的地理、音乐、信息课以及学校合唱社团的排练工作。

纪官升清楚记得，那是临近教师节的一次课后排练，在纪官升自己看来，他出了严重的“教学事故”。9 月临近教师节，根据教育局的要求和学校的安排，纪官升需要指导 86 人的大合唱——《四讲四爱大家唱》，歌曲是半汉文半藏文，对于只会说藏语“你好、再见”的纪官升来说，要学会认三页藏语文字并熟练发音唱出来并非易事。

但纪官升明白，只有老师教得好，学生才学得更快，首先自己要努力学会唱藏语歌曲。为了尽快认识曲目中的藏语意思，纪官升反复听录音中的歌曲，一句一句地翻唱，遇到难发音的字词，则驻足于藏文老师的办公室，穿梭在每一个办公桌前，一遍又一遍地请教。功夫不负有心人，纪官升只用了两天的时间就能大体唱下来，接下来的工作，就是带领合唱团的孩子们集中排练。

那次排练，纪官升因为参加县里组织的“民族团结一家亲”主题演讲比赛耽误了时间，比赛结束后发现时间赶不上合唱团排练了。颁完奖后纪官升一路小跑从剧院往学校赶，带着妆、穿着演讲时的礼服、天空落着小雨……

本已经做好教室内嘈杂混乱准备的纪官升，走到教室外时却听到了孩子们悦耳的歌声，孩子们没有打闹和讲话，而是由旦增旺扎带领着大家正在排练学唱的歌曲。被雨水打湿全身的纪官升愧疚万分，既为自己的迟到愧疚，更为错怪孩子而愧疚。

当纪官升因迟到向孩子们道歉时，他们却安慰纪官升：“老师，没关系的，我们早就听说您要参加比赛啦，您特别棒！”“孩子们，谢谢你们，是你们的聪明、朴实、听话，让我更有信心做一名合格的小老师。”最后，在9月22日合唱演出时，纪官升带领学生的演唱得到了大家的一致好评，并荣获县级三等奖。

7小时36公里，我与学生又“远”又“近”

八年级5班格桑扎西是纪官升班上的学生，家住加麻乡金珠村，是离琼结中学较远的村庄。正值中秋节放假，但格桑扎西的父母忙于工作无法抽身，纪官升便决定送格桑扎西回家并进行家访。

蔚蓝的天空，近在咫尺的白云和零零散散的羊群，与学生在河边捉蝌蚪，在路边捡白石堆成塔，祈求幸福和吉祥；累的时候就席地而坐，跟他们聊聊以后想去的地方以及自己的梦想，饿了就吃一包随身携带的方便面；路上，他们搭到往金珠村方向去的拖拉机，一路跋涉36公里、历经7个小时才到格桑扎西家中，但纪官升却毫无倦意。

支援队员送学生回家并家访

纪官升用藏语向格桑扎西的妈妈和爷爷打了招呼，妈妈给他倒了酥油茶，拿了加麻乡特产的小土豆。随后，他帮格桑扎西辅导了汉语作业，并给他制定了一些短期的小目标，鼓励他考入内地读书。到了晚上，格桑扎西爸爸回来了，爸爸会说汉语，纪官升向他报告了格桑扎西的学习情况和在校表现，还给他们一家人唱藏歌《四讲四爱大家唱》和《幸福藏家人》，他仿佛像这温馨家庭中的一员，很快与他们融到了一起。

当天恰好是中秋团圆的日子，身在异乡的纪官升感受到了与“家人”团聚的美好。由于错过了返校的班车，纪官升只能在格桑扎西家借宿一晚，格桑扎西的妈妈把家里的新被子拿出来给他盖，让他十分感动，他暗下决心一定要帮助格桑扎西提高学习成绩，支教结束之前一定要再回来看望他们一家人。

第二天一大早，妈妈便把早饭做好了，得知格桑扎西要跟父母去山上干农活，纪官升也前去帮忙。他与格桑扎西一家人乘拖拉机上山，到达半山腰，他们要把地里已经枯萎的干豌豆枝收集起来带回去喂牛。这对于从小生活在农村的纪官升来说是一件再熟悉不过的事情，他一把一把地抱着豌豆枝扔进拖拉机，还时常跟格桑扎西的父母说笑，“一家人”显得特别融洽。

36 公里的距离看似遥远，可正是因为有了行动，他们才走得更近。7 小时、36 公里，遥远的仅仅是空间距离，无间的是纪官升与格桑扎西的心理距离。

没学完的一首歌

临离开前给七年级 2 班上的最后一节音乐课，让纪官升至今难忘。刚进教室，就看到孩子们的眼泪流了下来，纪官升也止不住泪水，放声痛哭。因为他特别珍惜每一堂课，“上一节少一节”，他总对自己说男儿有泪不轻弹，不能让学生看到他软弱的一面，可临近离开，他再也把控不住自己的情绪……

本来这节课应该把最后一首歌《明天你好》学习完，在黑板上写板书的时候，纪官升的泪水不停地往下淌，背对着学生啜泣了好久。为了逃避，他去教室门外平复心情，旦增旺扎出来跟他说：“老师，我们一起进去吧，我们不上课了，我们陪你聊聊天说说话。”

进教室后，他的眼睛通红，孩子们默默地擦着眼泪，一句话也不说。纪官升平复了好久说：“谢谢你们，我为什么每天在学校能保持足够的热情，能以百分百的积极性去投入工作，因为你们是我最强大的动力，老师希望每天能多一点跟你们接触的时间，可时间转瞬即逝，老师马上就要离开了，真的真的特别舍不得，我好想时间就永远停留在这一刻。同学们，我真心希望你们好好学习、尊敬老师，在家里多帮助父母做一些农活，在学校跟同学们好好相处，留下你我一起的共同美好回忆！”

纪官升在课堂上

话音刚落，孩子们又哭成一片，这时候班长扎西热单站起来说了一句：“谢谢纪老师，谢谢您半年来对我们的教导与付出！”那节课没有再学唱歌，《明天你好》成了一首学不完的歌，就像从明天开始一样，纪官升便将结束支教工作返回湖北，3400多公里的距离，无时不在拨弄着纪官升的心弦。

支教结束时，纪官升收到80多封来自学生手写的书信，八年级的格桑次仁写道：“纪老师，我以前老是在你的课堂上开玩笑，现在知道你就要走了，我再也不想说笑了，只想好好听你的课，好好珍惜和你在一起的时光。”七年级的罗布顿珠在信中写道：“纪老师您永远是我们心目中最好的老师，祝您一路平安，我会想念您的。”

纪官升一字一句地读完了这80多封信，他告诉自己，一定还要回来看看孩子们，再和他们学完那首《明天你好》。

《支教梦，绽放成花》

支教期间，纪官升为孩子作了一首歌《支教梦，绽放成花》，寄托了纪官升于这片土地和这群学生的深厚情感。

带着梦想走过了万里路
带着希望来与你相遇
我，怀着一颗虔诚的心
踏上这片圣土雪域
高山连绵不断
白云似雪纯净
雅鲁藏布壮阔
布达拉宫神秘
当我第一次与你相遇
扎根西域的种子已落地
质朴的心灵把一切洗涤
只剩下纯真与美丽
时间你走得慢些吧
他们还不曾长大

泪水已打湿我的脸颊
只愿能留住芳华
孩子们快快长大
看看这世界海角天涯
就像那纯白的哈达
绽放在雪山美丽的格桑花
感谢生命
感谢生活
感谢相遇
感谢相知
感谢你我

第十章 “格桑花”是他们共同的名字

倘若青春没有时限可以肆意延长，我愿在这天堂永远徜徉。可是青春注定是一场拼搏的旅行、是一列短暂停靠的列车，远行的青年，唯有背上行囊继续奔向梦想的前方。歌声响起，时光的车轮已经驶向了另外一段历史，而关于西藏的回忆，却是我一辈子都抹不去的故事。

——第八批“格桑花”赴藏支教团队队员　黄灯麾

让好奇的他们充满好奇

“高原空气稀薄、气温低下，在西藏只有两个季节，一个是冬季，一个是大约在冬季。”

他是姜劲邑，第八批“格桑花”赴藏支教团队的队长。初上西藏时，头疼得连续几天睡不着觉，第二天早上起来鼻子就流血，一直过了半个月，鼻子流血才总算好转一些。在西藏，常常工作到深夜的他被队友调侃，“每天头发在枕头上、在书本上、在课桌上，就是不长在头上”。

在琼结中学，姜劲邑负责八年级五个班的地理教学。第一节课他准时到达教室，却发现学生们还在打扫卫生，等学生打扫完毕后，姜劲邑才正式上课。

刚上课三分钟，就有学生要上厕所；讲到重点，学生也不知道记下来；如果让学生讨论，他们就打闹、聊天；如果让学生自己思考，他们就发呆，或者摆弄别的东西……一节课下来，姜劲邑感觉自己面对的不是初二的学生，而是刚刚入学的小学生。对于这样的状况，姜劲邑一时很难适应，好像一盆冷水浇凉了他满腔的教育热情。

姜劲邑为此苦思冥想了几个晚上，决定进一步激发学生的学习兴趣，活跃课堂气氛。于是他时常和学生进行交流，向班主任了解学生各方面的状况，向同事们请教教学技巧，积极参加学校的教研活动和听课活动，在听课中认真做好记录。通过多听课、多交流，姜劲邑在学习中调整着自己的教学方式。

“太阳为什么每天东升西落？一年里为什么会有春、夏、秋、冬四季的变化？为什么赤道附近气温高、终年炎热，两极地区终年寒冷？为什么在喜马拉雅山的山顶上发现了海洋鱼类的化石？为什么在酷寒的南极大陆却蕴藏着丰富的煤炭资源？为什么有的地方是山，有的地方却是平原？”此后，姜劲邑的课堂变成了“十万个为什么”的故事汇。

姜劲邑发现，这里的孩子对一切事物都有着强烈的好奇心，课上的问题能让学生产生疑惑，他们听了之后很想知道答案，这就激发了他们对地理的强烈好奇心。就这样，上课时他们开始认真积极地听讲，有了学习的动力。他讲课也由简单到复杂，由具体到抽象，对于有难度的问题，就化解为几个难度小的小问题，还注意小问题之间的坡度和逻辑性。到了期末考试，孩子们的地理平均成绩提升了 30 分。

您给了我别人给不了的心愿

那是在队友冯金柱带领学生获得“北斗领航梦想”全国青少年航天实践活动二等奖的一个上午，姜劲邑一如既往地走进八（5）班上地理课。窗外蓝天白云、晴空万里，微风吹进教室掀动着窗边的帘子，而平时班上最活跃的平措扎西同学，今天似乎心事重重……

课后，姜劲邑和他走在一起，聊天过程中发现他心里有些失落。原来获得“北斗领航科技比赛”二等奖的他，暑假可以去北京参加夏令营，和其他学校的孩子们一起学习交流。他很想去，可是费用有些高，父母也不同意。

姜劲邑想帮他圆了这个梦想。“姜老师有个想法，愿不愿意让老师帮你筹钱，你能不能接受这种方式呀?”“好呀”，他的嘴角露出一丝微笑。姜劲邑第一时间就去联系了网上“轻松筹”平台，了解到填写相关信息后就可以众筹，他第一时间就告诉扎西，两个人相视而笑，“扎西笑得很开心，他的渴望流露在眼神里，他的欣喜写在脸庞”。

姜劲邑随即去找何校长要相关材料准备帮扎西筹钱圆梦，结果老师说当时和小孩父母通电话的时候家长就否决了，现在北斗夏令营已经换掉名额，没有机会再前往。“我比扎西更难受的是，给了孩子希望，却又破灭了。”姜劲邑为此事陷入自责，可扎西心态很好反倒安慰姜劲邑：“姜老师，没有关系的，以后还有机会，你别伤心，没什么事啦。”

姜劲邑后来收到扎西的一封信，信的开头这样写道：“姜老师，见信笑一笑，这半年，您给了我别人给不了的心愿……”姜劲邑瞬间眼眶湿润，泪珠也不由滑落，他说学生给他的人生添了浓墨重彩的一笔，“其实我们都在温暖彼此。”

与“后进生”的午后谈心

历经失败后的成功才更显珍贵。黄灯麾曾两次报名“格桑花”支教，大二时他没有成功入选，第八批“格桑花”志愿者招募公告发布后，黄灯麾再次提交报名表，这次他不仅成功入选，还担任了第八批支教团队的副队长。

距离中考小长假不到两天，天气不怎么阳光，匆忙吃过午饭后，黄灯麾一如既往地走进了琼结中学七（5）班的教室。按照惯例，这个时候低年级的学生基本都处于预备放假的疯狂状态，而今天他们的教室，却因为黄灯麾这个不速之客变得异常安静。

当黄灯麾让大家打开课本时，余光里黄灯麾发现了这平静之下的暗涌激流。“洛桑次仁你怎么了啊?”黄灯麾发现了墙角里缩在小小课桌后的小男孩。

黄灯麾走过去碰了碰他的肩膀，询问他的状况，他只是低头啜泣，黄灯麾便也不好再问，回到讲台继续上课。看着他弱小的身影，黄灯麾又想起了上周课堂上，他书本下的小纸条，上面是他和周围同学的对话：“你这样的人就不应该跟我们在一起上课……”“都是我的错，对不起对不起对不起!”满纸的“对不起”全都是出自这个不过十几岁的男孩子之手……

下课后，黄灯麾主动走到他身边，“去我办公室聊聊吧”。洛桑次仁站起身，像个做错事的孩子一样跟在他的身后，下楼梯过程中，黄灯麾把手自然地搭在了他肩膀上，仿佛他们已经是很熟悉的兄弟一样。

来到办公室，安然入座对于洛桑次仁而言似乎很是为难，他总是拘谨地低头、沉默、无语。黄灯麾尝试打开话题，先从日常聊起，洛桑次仁这才慢慢诉说他的故事。洛桑次仁住在离学校不远的下水乡，家里三世同堂，妈妈开着小茶馆、父亲是长途汽车司机，爷爷奶奶尚且康健，家庭和美。由此看来，问题就肯定是出在他自己身上。

洛桑次仁着实是一个为数不多的淘气包——给女生课桌里放虫子、

自习课挨个拍同学桌子、午休把女生的辫子绑在一起……调皮是孩子的天性，青春期的他们更是如此。

此时窗外已经开始滴滴答答下起雨来，雨点敲打在窗户上，将整个屋子的气氛烘托得有些凝重，而时针也开始向下午上课时间靠近，午休已然作废。抛开梦想这么“沉重”的话题，黄灯鏖索性继续跟他聊聊生活，聊聊自己的初中故事、朋友关系，这貌似也是洛桑次仁愿意聆听的，这次谈话很惬意，也将彼此的距离拉近了很多。

当上课铃声响起，才发现光阴已溜走了一个多小时，此时的雨停了，洛桑次仁礼貌地向黄灯鏖道别，并希望黄灯鏖成为他朋友圈的一员，他在手臂上留下了黄灯鏖的联系方式，退身出门，跑去教室。

此后，黄灯鏖总是在适当的时候找到洛桑次仁谈心谈话，大家欣慰地看到了洛桑次仁的转变：主动给班里抬水，上课之前他会把黑板擦得干干净净，虽会与同学大闹，但也会在朋友最需要帮助的时候第一个站出来施以援手。再后来，经常能看到洛桑次仁与同学们在球场上的挥汗如雨，在食堂里互添饭菜的温馨，以及讨论课上的积极建言、专心协作……

“我不知道那个特殊的午后对他而言意味着什么，我只知道他心里因为多了我一个朋友而有了更多的收获；对我而言，与他们在一起的日子，都是甜甜的回忆，而那个特殊的午后，刻骨铭心。”黄灯鏖说。

比糖果更甜的是你们

千百年来的高原山水养育了一方淳朴风情，无论民族或文化，这里的人们在微笑与谦和中和谐相处。一学期的工作和生活，对琼结的人、琼结中学的老师和同学，对这片雪域高原，黄灯鏖都有着不可磨灭的深厚情感，这里就是他的第二故乡。

黄灯麾一辈子也忘不了那张粉色的小纸条。

“老师，您桌上的棒棒糖看起来实在太好吃了，我们一时没忍住，就吃掉了，对不起，请您原谅!”歪歪扭扭的字眼，配合着桌上整齐的一摞作业本和空空的糖果袋，黄灯麾竟开心地笑了。

西藏的孩子们从小就爱吃糖，随处都可以看到吹着泡泡的小红脸。拿走糖果，却用留言条先斩后奏，孩子们的天真和纯朴深深打动着黄灯麾的心。最后那一节告别课上，黄灯麾的心情十分复杂，虽然天下没有不散的宴席，但离别的悲伤，在最后一次告别课上竟如此扎心和磨人。

仿佛一切还历历在目，激情碰撞的课堂、开心热闹的办公室、热情好客的老师们、天真可爱的孩子们、多姿多彩的文化节、紧张刺激的考试、充满乐趣的诗词大赛、青春昂扬的足球社……这一堂课，黄灯麾专门买了一袋子各种口味的彩虹糖跟孩子们告别。

孩子们说，老师的糖果是他们吃过最甜的糖果。“黄老师，我们一刻都离不开你，你就像我们的糖果，我们不想你走!”看着他们噙满泪水的亮晶晶的眼睛，黄灯麾哽咽着说：“那你们就去诸葛亮读书的地方找我吧，我再给你们买很多糖。”这个遥远的约定，是他们 4 个月欢聚过的见证。

“我知道，他们一定有机会来到内地，也会有人在某一天某个地方找到我，因为在我心里，他们比糖果还要甜。一批又一批队员，我不指望孩子们会记得住我的名字，我只愿他们记得，我们有一个共同的名字——格桑花!”这是黄灯麾对于 4 个月时光最真实的表达，关于西藏的回忆，是他一辈子都抹不去的故事。

最美支边人的诗意青春

“当第七演播厅暖黄的灯光打亮的一瞬间，本来的些许紧张仿佛烟消云散，站立在那个位置，面对着全国观众讲述我们‘格桑花’青年的支教故事，我深知使命光荣，责任重大。”2019 年 7 月，“格桑花”支教团队被中共中央宣传部授予“最美支边人物”荣誉称号，是唯一获此殊荣的集体，黄灯麾作为团队代表前往北京参加中央电视台的发布仪式节目录制。

| 黄灯麾在 2019 最美支边人发布仪式现场

一批批稚气未脱的大学生远赴千里，用自己的方式记录一段难忘而富有诗意的青春。“光影之间，我仿佛又看见了教室里孩子们那一双双渴望知识的眼睛。我一口气将我们的支教故事娓娓道来，台下的听众们眼眶湿润、目光深情。”黄灯麾说，当荣誉证书和鲜花递到手中的一刹那，心底有个声音告诉自己，所有的坚守、所有的磨难、所有的相思与离别，都显得那么真实而充满意义。

这群青年聚焦青春志愿，共促民族团结，“格桑花”支教团队的故事受到越来越多的关注。时隔两月，支教活动组织方——湖北文理学院团委获评国务院“全国民族团结进步模范集体”荣誉称号。时任湖北文理学院团委书记的王瑶珺，受邀参加全国民族团结进步表彰大会，接受了习近平总书记及中央其他领导同志的现场颁奖。“倍受鼓舞！我们做的很有限，但聚沙成塔，我们的青年志愿者会一直地做下去，一批一批去赓续‘格桑花’支教精神！”王瑶珺说。

五元钱的航天梦

第八批“格桑花”支教队员冯金柱来自计算机工程学院，在琼结中学，他负责信息技术课程，还是学校科创社的指导老师。2019年6月5日下午，冯金柱在八（5）班上信息技术课，他在课上告诉学生，当天我国长征十一号固体火箭，在黄海海域首次海上发射成功。让冯金柱没有想到的是，同学们都非常激动，课后几个同学一直围着冯金柱，让他分享更多关于宇宙的奥妙。

冯金柱带他们来到科创社，让同学们对航天模型进行研究，然后自己建造一个航天模型。课余时间，冯金柱便带他们去收集材料，包括废旧硬纸板、塑料瓶等。“他们的灵感和精力似乎源源不断，经过三天时间的制作，模型就基本完工了。”冯金柱说。

冯金柱带领学生自制航天模型

“如果火箭上面贴上中国航天和五星红旗就好了。”平措扎西是冯金柱班上的学生，模型做好后他对冯金柱说道。

“或许我可以帮忙解决这个问题。”为了弥补这个遗憾，冯金柱通过PS工具制作了“中国航天”四个大字、五星红旗图标以及卫星电池板图片的电子版，之后又跑到县城的打印店彩印，五元钱的打印费，成就了一件作品的完美！

当冯金柱把打印好的图案交给他们的时候，他们激动地跳了起来，认真地粘贴到自己模型上。“孩子们脸上的笑容、眼里的光芒，都让冯金柱感受到了他们对知识的渴望、对科技的热爱和对未来的期待。“他们制作的不仅仅是简单的模型，更是他们的航天梦”，冯金柱鼓励他们要好好学习、掌握知识、学好本领，梦想就一定能实现！他们也坚定地回应冯金柱：“冯老师，你是真的对我们好，我们都知道，我们一定会好好学习！”

后来，冯金柱指导学生在“北斗领航梦想”全国青少年航天实践活动中，荣获全国“二等奖”，琼结中学荣获“优秀组织单位（中学）”团体奖。冯金柱知道，孩子们离自己的“航天梦”又靠近了一步。

大山里的第一场“机器人快闪”

早在第六批“格桑花”支教队员赴藏支教时，湖北文理学院便向琼结中学捐赠了用于第二课堂实践教学的 10 台 Makeblock Ultimate 2.0 版十合一形态编程机器人。它们不仅用于教学，还被冯金柱搬到户外。

到了 7 月，离支教结束的日子不远了，冯金柱想举办一场科技活动总结科创社的成果，但学生们又处在期末复习备考的关键时期，根据学校安排，7 月份取消了社团活动。此时的冯金柱很矛盾，如何在不占用学生学习时间的情况下，开展本学期最后一次科创科普教育活动？

办法总比困难多。7 月 3 日下午，冯金柱将编程机器人和学生制作的科创作品拿到学校广场，第三节课下课铃声刚响，学生纷纷走出教学楼活动。冯金柱随即操作起机器人来，一场科技与时尚、创意与动感相结合的快闪，在琼结县中学惊喜上演。会跳舞的智能机器人、一件件由科创社学生制作的科技作品，吸引了许多下课的学生驻足观看。

冯金柱与学生在广场举办科创科普教育活动

伴随动感音乐，广场一侧“空降”的一批黑白相间、科技感十足的机器人，它们率先登场，摆臂、扭腰、踢腿……各色“舞艺”，样样精通。机器人可爱的小模样萌翻了围观学生，让不少学生大开眼界。冯金柱又依次介绍了太阳能发电板、航天模型、电动小车等科技作品，还向学生科普了制作过程及科创理念。

在琼结中学，这样的场面是史无前例的，“支教队员们带来的教学理念和教学模式，都帮助学生打开了通往知识殿堂的另一扇门”。琼结中学校长何风不由感慨，“格桑花”支教队员的到来，给校园带来了许多新的可喜的变化。

树枝“筷子”与幼小的梦想

第八批“格桑花”支教队员邓紫辉来自美术学院，在琼结中学负责美术教学。一天课后，邓紫辉准备到操场写生，便找了一个树荫坐了下来。这时，八（3）班的学生洛桑走了过来，他手上拿着一根树枝，坐在邓紫辉的旁边，问好后便开始用嘴咬着树枝上面的青皮。

“你怎么没有和同学们一起去踢球或者打球呀？怎么在这边咬树枝呢，那个不苦吗？别咬了，去和同学们玩耍去。”平时洛桑在课堂上比较调皮，邓紫辉心想他怎么什么都玩，连树枝都咬。他和邓紫辉解释道，自己把筷子弄丢了，马上就到吃饭时间了，准备自己做一双筷子。邓紫辉有些诧异，因为在内地、在城市里他还没有碰过这样的事。

这边的孩子都是十天才回一次家，如果没有筷子，这几天在学校吃饭都成问题。邓紫辉不忍打断洛桑，便看着他继续制作这双筷子，只见洛桑把树枝的皮全部咬掉后从中折断，一双筷子就做好了，当把筷子装进口袋准备离开时，邓紫辉叫住了他。一起回到办公室后，邓紫辉拿了一双一次性筷子放到他手中，邓紫辉看着这双“树枝筷子”，心里说不出是什么滋味。一是想到这小孩挺聪明，动手能力也挺强的；另外就是他们似乎要比内地的同龄人承担更多，平常放假回家都是帮着家里放羊放牛，或者在地里面干活。“所以，这就是支教的意义吧，他们需要我们。”

邓紫辉指导学生画画

后来，“格桑花”队员们别出心裁地组织策划了“中华经典诗词大赛”，让同学们更好地去感受学习中华经典诗词，并给参与的同学们发放了一份小礼品，礼品并不是特别精致，就是一双简单的筷子和一个勺子。

后来，这个叫洛桑的男孩给邓紫辉写了一段话，“老师您的体贴和宽容就像父爱一样，我并不是在说老师您老，而是比喻。老师您说我会住在湖北、考到湖北，这是我幼小的梦想，感谢您在我八年级下学期的陪伴。”看了这段话邓紫辉心中有一种难以言喻的感受，短短半年的支教时光，短暂而隽永……

他们“不愿意念书”

汤加林是第八批“格桑花”支教队员，在开始她的第一堂课之前，忐忑不安地在走廊上踱步，没有做过老师的她，不知道该如何去面对这些学生。“铃……铃……铃……”铃声总有响起的一刻，她挠了挠头，仿佛认命似的迈着沉重的步伐走进教室。看着一屋子整整齐齐的红黑色校服，学生们用好奇和渴望的眼神偷偷打量着她，时不时和前后桌小声讲两句话，大概是在讨论这个新来的支教老师。

汤加林抿了抿唇，把课本和讲义放在桌上，轻咳一声“上课!”“老师好!”班长立刻挥舞着手臂激动地示意同学们站起来。“请坐!”汤加林想了想，她把自己的名字写在了黑板上，“先做个简单的自我介绍吧，我叫汤加林，是你们七年级的地理老师，以后叫我汤老师就可以了。”

“老师！写一下电话号码!”“老师你是哪里人啊?”“老师你和项老师、杨老师他们是一个学校的吗?”“老师！我知道！你是‘格桑花’!”“嗯?”汤加林看向这个说她是“格桑花”的孩子笑了开来，“你怎么知道老师是‘格桑花’支教团队的呀?”

那孩子一见老师注意到他了，立刻就把脑袋缩了回去，左顾右盼地就是不接话，装作没事的样子时不时地偷看一下汤加林。汤加林走下去拍了拍他的肩膀，“好了，自我介绍完毕，现在我们来讲讲这学期要学习的课程”。

刚到这所学校，支教队员便了解过孩子们的脾性。“小孩子很调皮，不乖乖听课的话可以‘教训’一下他们。”当地老师们传授“经验”。果不其然，有几个学生特别让人头疼，其中有一个小男生最让汤加林倍感无力。后来汤加林两次把这个学生带到心理驿站，他告诉汤加林，自己不太认得汉字，不想上学，到时候义务教育阶段念完了就出去打工。

汤加林听了这些话之后很诧异，但还是想着先鼓励鼓励他，“老师知道你是一个好孩子，有上进心，至少你没有现在就想着辍学”，大致了解了他的家庭状况后，发现他根本没有时间、也没有精力把心思放在学习上。而面对这些现实的，不过是个十岁出头的孩子。

此后，汤加林总是在课后教他学汉字，跟他描述内地的生活，慢慢地孩子出现了变化。他开始在课堂上专注，在课后提问，他开始主动询问汤加林，“襄阳晚上是几点天黑？晚上也像琼结这样安静吗?”

汤加林和她的学生

支教对孩子的意义，从来都不是用数据和看得见的利益可以说得清、道得明的。汤加林始终认为，这个世界上有着比成绩更重要的教育，比如打开孩子们被牢牢锁住了的梦想和视野，或许，他们的“不愿意念书”，才是教育更该关注的地方。

离别的“情书”

西藏的夜总是来得特别晚，西藏的夜空总显得特别澄亮，漫天的繁星就这么随意地铺在头顶上，很近，仿佛伸手就能扯开它。

晚自习的下课铃声是一首很好听的藏语歌，缓步走在从教室到宿舍的路上，汤加林脑海里回想起了从襄阳到拉萨的种种画面。火车窗外大片的田野，站台外贩卖吃食的小哥，连绵的看起来很高傲的雪山，脾气不大好的道路两旁任性的牛羊……轻快中带着西藏特有的风情。

“老师！老师！等等我！”

从教室疾跑出来的布琼气喘吁吁地拉住了汤加林的衣角，“老师您马上就要离开琼结了，可不可以给我写个留言呀？”小心地说出这句在心中积蓄已久的话之后，布琼扯了扯嘴角，露出一个乖巧的笑容。在汤加林看来，这着实有点令她诧异，因为这个孩子是整个七年级最能闹腾的，小小的身体里也不知道哪来的那么多的能量可以不停歇。她拍了拍孩子的肩膀，“明天下午第四节活动课把书带着，到心理驿站来我给你写好不好？”“好！”

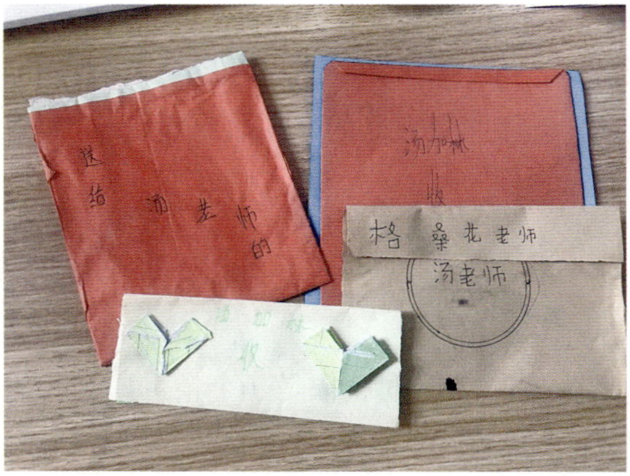

学生给汤加林的信

转眼间到了离别的前一晚，下了晚自习的汤加林刚走出教学楼就被小布琼喊住，“老师您等等！”小布琼将汤加林拉到路灯下，递给了她一封信。“信里都是我想对您说的话！您离开了这儿以后再看!”说完，他的小脸红了红，汤加林低头看着这个小小的脑袋，攥了攥手里的信，一股暖流涌上心头，或许是晚风吹进了双眸，汤加林的眼角已然湿润……

“老师，我平时这么调皮，您会讨厌我吗?”“不会！当然不会!”汤加林心想，“虽然调皮，但老师却很喜欢你，因为你的顽皮赶走了我初到这片土地时的陌生与胆怯，因为你的顽皮给我带来了亲切与温暖……”

离开那天是晴天，阳光照得人周身暖洋洋的。汽车从拉萨出发，沿着那曲、格尔木、西宁、兰州、西安，越走越远，远得让人忘了尽头，好像可以一直永远不停地开下去。那曲、格尔木、德令哈都已经远远地留在身后了，车窗外越来越近的青海湖告诉乘客，过了西宁，就要一往无前地进入内地。

汤加林打开手中的离别“情书”，“老师你是天上最亮的星星”“祝老师一帆风顺”“希望老师一直面带微笑”，这些话好像这个小淘气平时都没有讲过。“老师你还会回来吗?”看到这最后一句，汤加林不禁鼻酸，耳边好像还回响着小布琼唱给自己的《烛光》，脑海里闪过和他们相处的画面……

这里的孩子总是用独特的方式温暖着“格桑花”们，他们在相互馈赠属于彼此的“独属温暖”，继续着属于彼此的“独家记忆”。

愿你们也能做自己的烛光

“时间就像是一个精灵，为我们带来美好回忆的同时却又转瞬即逝。转眼间，我就要离开琼结，离开这些可爱的孩子们了。”第八批“格桑花”支教队员黄紫瑛还没有做好离开的准备，似乎她才背起那40斤重的手风琴，从襄阳来到西藏。

“这可能是我们本学期最后一堂音乐课了，今天我们不学新曲子，我们每个人都上台来唱首歌吧”“好！”孩子们异口同声地回应着。在琼结中学的最后一堂课上，黄紫瑛带头唱了一首《同桌的你》，接下来孩子们一个接着一个上台唱歌，有一个孩子上台以后表情非常难过，“今天是黄老师给我们班上的最后一节音乐课，我想唱首《烛光》给她听！很感谢她为了丰富我们的课堂，特意背着40斤重的手风琴来到我们身边”。

黄紫瑛在为学生上音乐课

台下的黄紫瑛听到这里眼泪直打转，因为站在台上的那位同学，黄紫瑛一直以来都觉得他是最为调皮的学生，所以也是黄紫瑛批评最多的学生，但是在最后一堂课上，竟是这个小调皮给了自己如此大的感动！那一瞬间，黄紫瑛觉得所有辛苦和付出都是值得的。

“尊敬的目光，含泪的眼光。因为有了爱，所以还有梦想……”黄紫瑛举着手机站在最后一排，将他满怀深情唱的这首《烛光》录了下来并保存在电脑里。

离开之际，黄紫瑛收到了学生写的祝福寄语，和想说给自己的悄悄话小纸条，那些小小的纸条承载着孩子们对黄紫瑛满满的爱与不舍。“我终于体会到什么是有付出就有回报了，他们对我的认可，冲散了我在琼结所经历的一切‘磨难’，给了我无尽的动力与欣慰，和他们相处的每一个美好的片段，就像钻石一样在我脑海中闪闪发光。”黄紫瑛在支教日记中这样写道，她希望这些孩子在成长的道路上，“也能做自己的烛光”。

那条“多余”的哈达

这是一个动人的插曲。

在第八批“格桑花”支教团队抵达琼结中学的当天，学生代表们纷纷一对一地向队员赠送哈达，可其中一位手捧哈达的女生小达珍却茫然了，因为她突然发现她没有赠送对象，是学校安排错了吗？就在孩子不知所措的时候，校长却笑眯眯地说道：“哎，小达珍，你怎么哈达没献出去？没关系，我给你带来了一个惊喜。看外面。”

此时第七批“格桑花”队员纪官升正悄悄躲在校门外，他期待着也紧张着：“一会儿不知道要发生什么。”

而听到校长话后的小达珍更疑惑了，茫然地四处张望，当见到校门外的纪官升满面笑容张开双臂迫不及待地快走进来时，小达珍的泪珠瞬间冲出眼眶，他们双向奔赴，紧紧相拥，师生重逢的喜悦感染了在场的所有人！带着开心的泪水，小达珍为她的纪老师献上了洁白的哈达。

教室里，纪官升刚进入就听到了一片高呼声，学生们一张张笑脸像盛开的格桑花一样美丽。

纪老师问同学们：“还认识我吗？”

同学们异口同声地大声回答：“认识！”

纪老师笑着说：“我特别想你们啊。你们过得还好吧最近？”

仅一句话，就让刚才还兴奋异常的孩子们，瞬间热泪盈眶，捂住嘴巴、偷拭眼泪，哽咽声此起彼伏：“好……还好……”

纪老师又问：“有没有想我啊？”

哽咽之声更大：“有！”

“不哭不哭不哭。”自己已哭得像个泪人的纪老师却强笑着安慰同学们。“门前老树长新芽，院里枯木又开花，半生存了好多话，藏进了满头白发……”孩子们自发地唱起了纪老师曾经教过的歌谣。“其实纪老师特别想去走进你们每一个人家中，但是我的能力有限，我的时间也有限。所以说，我很难照顾到你们所有人，希望你们能够原谅我。”此时的纪官升多么希望时间能够倒回，让他再为孩子们多做点什么吧！

同学们和纪老师围在一起，手手相叠，汇聚了师生间此生难忘的真情，注入的是“格桑花”们最无私最动人的真爱，温暖了一棵棵茁壮成长的琼结幼苗！

赓续·像格桑花般留芳
（第九至十一批）

第十一章 “格桑花”开遍琼结

后来，当再次提及格桑花，它不再单纯是象征着吉祥与美好的圣洁之花，它还承载着我的青春；当再次提及西藏，我不再困惑那是一片怎样的土地，因为我呼吸过那里的空气，踏足过那里的沙石，那明亮星空和蓝天白云，是我见过最美的风景。

——第九批“格桑花”赴藏支教团队队员 吕晓妍

老师，您能来教教我们吗？

何渝琦是第九批“格桑花”支教队队长，刚到琼结时，他一度产生了严重的高原反应，血压更是升到了160。他常和队员开玩笑说，“如果牺牲在这里，一定要把我的遗愿完成”。

原本，何渝琦只负责八年级地理即可，但语文组得知他是学习汉语言专业的，希望他分担部分语文教学，如果说一开始的答应只是出于担当的本能，后面发生的事才真正触动了何渝琦的心弦。

那天何渝琦正在办公室，发现门口有几个身影探头探脑，原来是八年级的学生。他们期待而又胆怯地望着何渝琦，小心翼翼地询问他是不是汉语言专业，面对学生的询问，何渝琦有些疑惑。

“老师，我们的语文老师走了，已经一周没上语文了，您能来教教我们吗？”“我们真的非常喜欢语文，一定会好好学习的，我们保证！”

学生们期待的眼神和天真的话语，让何渝琦当天就找到校长，要求增加一个班的语文课。

那是他给八年级4班上的第一堂语文课，何渝琦忐忑不安，语文作为主课比重很大，4班又是出了名的调皮，老师们都很头疼，自己能够胜任吗？果不其然，第一堂课就给何渝琦来了个下马威，追逐、吵闹、嬉笑，几乎没有人在乎这个老师。

有学生跑到讲台上跟何渝琦说：“老师，你放弃我们吧，反正也没有老师喜欢我们。”那是何渝琦来西藏第一次生气，他并不是气学生的不尊重，而是气他们这么轻易地放弃自己。何渝琦捏碎了一个又一个粉笔，最终还是忍住了，认认真真上完了这一堂课。

何渝琦正在为学生讲题

快下课时，何渝琦对4班的学生说：“老师和大家做个约定，我不放弃大家，也希望大家不放弃自己。”那一瞬间，4班出现了从未有过的安静。后来的每一堂语文课，4班都格外乖巧，期中测验时，班上的语文成绩破天荒地出现了两个年级前五，总分更是高居年级第二，孩子们向何渝琦夸耀着自己兑现了诺言并希望得到奖励。“奖励就是我们把这篇课文再复习一遍。”在孩子们的“抱怨”声中，何渝琦笑得格外开心。

圆梦北京，这是祖国首都的样子

12月底的西藏，已经是寒风冽冽，吹得人只想往被窝里钻。清晨6

点还是伸手不见五指的黑，何渝琦和学生们早早地集合在学校门口，等待着前往拉萨机场的大巴，飞往北京参加中央广播电视总台跨年盛典《起航 2020》的节目录制。

孩子们和家长陆续前来，在路边倒上一杯热气腾腾的酥油茶，为他们驱寒。脖子上的哈达已经挂不下，家长们一路平安的祝福，让冬日里的何渝琦心里暖洋洋的，还有许多叫不出名字的食物，一人一口象征着出行平安。

披星戴月，他们一路向着拉萨机场开去，路上欢声笑语，歌声顺着琼结河传向四面八方。东方刚刚吐白之际，何渝琦和学生抵达拉萨机场。“看，飞机！”这些小家伙们第一次坐飞机，心情有些激动，眼神中充满着对高原外面世界的向往，但又难掩第一次出远门的拘谨和胆怯。

北京是什么样子的？对于孩子们来说，那是一个朦胧而又神圣庄严的地方。何渝琦曾在地理课上不止一次地指出，北京是祖国的心脏，不止一次地描绘过它的样子。但地图上的千言万语，终究不如身临其境，去体会这座城市的风貌。

支教队员带领藏区孩子前往祖国首都北京

抵达北京后，孩子们提出想去走走。彼时的北京，冰雪尚未消融，寒风凛冽，为这座城市增添了一抹肃杀的气氛。即便如此，刺骨的寒风也未能吹散孩子们的热情。何渝琦陪着他们走在北京的街道上，看着车水马龙的城市，到处都充满着新鲜感，孩子们劲头十足地讨论着这一切。

“老师，北京真的和您说的一样哎！”一个孩子兴奋地扭头冲何渝琦

| “格桑花”赴藏支教团队代表登上中央广播电视总台跨年盛典《启航 2020》

讲道。

“老师，这是真的天安门哎，和书上的一样！”

“老师，我是我们家第一个来北京的！”

“老师，我回去了一定要把我看到的和同学们好好说说！”

“老师，我们家里贴有毛主席的画像！我奶奶一直想到北京来看毛主席，她总是念叨着，是毛主席、共产党让西藏农奴翻了身！”

“老师，我真的太激动了！”

“老师……我想哭，这儿太美了！”

看着脸上是笑，眼里是泪的孩子们，听着她们叽叽喳喳的声音，何渝琦内心的激动一点也不比孩子们少，这一刻，他仿佛更加感受到了支教的意义，更加坚定了要让孩子好好读书走出大山的决心。

第二天一早，中巴车将师生一行接往中央电视台晚会录制现场，一路上孩子们变得严肃而紧张，小脸都紧绷着，不再是以往的有说有笑。看到这种情况，何渝琦和其他几个队员开始缓解气氛，唱起了《幸福藏家人》，熟悉的藏语让孩子们对陌生的环境放松了戒备，也跟着唱了起来，再次变回了能歌善舞的他们。

录制现场，孩子们换上自己的藏装，化妆师为孩子们精心打扮着，青春的活力和民族特色交织在一起，是一种别样的青春滋味。“那是他们最最好看的样子!”在央视舞台上，师生一起高歌，又一次紧紧相拥。

北京之行结束，支教队员们又把孩子们一同接回了湖北襄阳，与他们一同走进湖北文理学院——那个让学生一直充满好奇的地方，那个会让他们醉氧的地方。在湖北文理学院 2020 年新年晚会的现场，孩子们开心地笑着说:“老师，我喜欢这里，长大后，我也要到诸葛亮读书的地方上大学!”

汉藏情深，我们站立的地方是中国

“汉藏一家亲”是何渝琦来到西藏后说得最多的一句话，但只有真正体会过，才能明白其中的真正内涵。对“格桑花”赴藏支教团队来说这并非口号，而是实实在在的生活写照。当地居民对“格桑花”队服再熟悉不过了，每次见到穿这身衣服的人，都是面带笑容，照顾有加。

何渝琦和队员们常在一位藏族阿佳（藏语：大姐）的餐馆吃饭，初来乍到，饮食上的不适应在所难免，阿佳也极力照顾队员们的口味。在一次吃饭闲聊中，大家提到还没有尝过正宗的酥油茶，不知去哪儿才能喝到，不经意的闲聊却被这位藏族阿佳记在心里。

第二天，何渝琦再去吃饭时，阿佳让他稍等，不一会儿便从后厨拿来一个暖水瓶。“自己家做的”，阿佳有些不好意思，但却十分坚决地要把酥油茶送给队员们，并表示不收钱:“你们来已经很辛苦了，这是一点心意。”真心换来的永远是真心，从那以后，何渝琦更加坚定要认认真真教好每一个学生，不辜负这里群众们的期望。

一次饭后散步，何渝琦和队员们走在琼结的马路上，正聊着第二天的课程准备，突然从路边茶馆里钻出一个康巴汉子，拦住了大家的去路。人生地不熟，何渝琦和队员们都十分紧张，不知他要做什么。本着队长的职责，何渝琦上前询问，可是大叔不停地重复着藏语，大家都听不懂。

大叔越说越着急，看着云里雾里的队员们，情绪越发激动。突然他开始唱起一首歌，“五星红旗你是我的骄傲”，大叔边唱边指着店铺上飘扬的红旗，何渝琦试探性地问了一句：“你是想说我们都是中国人吗?”大叔激动地点点头，一把将何渝琦抱进怀里，随后队员们都和大叔拥抱并合影告别，然后大叔看着队员们的背影，恋恋不舍地回到茶馆。

汉藏一家，民族和睦，让队员们深切感受到琼结不再是异乡。在这里，大家和藏族同胞们有着不同的习惯、不同的民俗、不同的穿着，但流的是同样的血脉，有着亲如兄弟的情谊。“只有踏上这片土地，才能感受到藏民对祖国的爱，对援藏兄弟情的感激，家是西藏、国是中国，我们站立的地方叫中国!”何渝琦在支教日记中记录着在西藏的见闻，他更加确信，自己的选择是正确的，是无上光荣的。

习近平总书记指出：“一部中国史，就是一部各民族交融汇聚成多元一体中华民族的历史，就是各民族共同缔造、发展、巩固统一的伟大祖国的历史。各民族之所以团结融合，多元之所以聚为一体，源自各民族文化上的兼收并蓄、经济上的相互依存、情感上的相互亲近，源自中华民族追求团结统一的内生动力。”而“格桑花”支教队员们，正是汉藏文化交流的使者，更是汉藏情深的生动践行者。

老师，我终于和您一样去支教了

张兰是第九批“格桑花”支教队员，在前往支教之前，她曾无数次想象过踏上西藏的场景。

时光倒流，记忆拉回高一的那个9月，炙热的阳光照射在教室的宽大玻璃上，张兰正在聚精会神聆听高中的第一堂数学课。与以往不同的是，这节课的王老师没有翻开书本，而是讲她在新疆支教的故事。

“支教到底是一种怎样的生活呀？我也好想看看孩子们甜甜的笑容，如果我能带他们一起学习知识该多好呀……”之后几乎每一节数学课后，张兰都会去找王老师讲解数学题，因为这样就能听到更多王老师在新疆支教的一些故事……

“老师，以后有机会我也要像您一样，去祖国边疆，去看看那边的学生，去体验一下边疆的生活！”一次，张兰终于说出了内心的想法。老师笑着看着张兰，然后拍了拍张兰的肩膀，光影下，张兰看到老师眼中闪烁的泪光和满脸的欣慰。

老师的目光仿佛给了张兰一种力量，张兰好像也看到了老师对那里的孩子们、对那片土地仍有牵挂……2018年8月，张兰终于踏上了前往西藏琼结支教的道路，她给老师发去微信，“老师，我终于和您一样去支教了……”

张兰课余为学生辅导

这是师生间的对话，是希望的种子破土发芽，是传承更是共鸣，一代代支边人的赓续与传承，她们只为那清澈的眼睛和纯粹的心灵……

大声点！再大声点！

像他的名字一样，彭闯总是喜欢去挑战和拼闯，2018年8月，他“闯”进西藏，成了第九批“格桑花”支教团队的一员。

在琼结中学，彭闯带的是七年级生物课，刚开始的时候孩子们上课不是很活跃，几次课之后课堂氛围逐渐活跃起来了，孩子们回答问题更加积极，课下经常围着自己问各种问题。但有个男孩却自始至终少言寡语，不论是课上还是课下都很少说话。

一次课间彭闯主动找这个孩子聊天，“旦增，今天这节课比较难，你都听懂了吗，有不会的吗?”他低着头用手挡着脸，小声地“嗯，嗯!”两声。彭闯又和他聊其他的内容，他还是说“嗯，是的，对”，基本没有其他多的话。这个小孩走进了彭闯的视线，他想了解这个男孩。

彭闯最初的想法就是先和他熟悉起来。一次课上彭闯发现他的手划破了，便小声地跟他说，下课一起去办公室拿创可贴，下课后彭闯拿了创可贴给他贴上，对他说下次小心点，他害羞地笑了笑，一言不发转身就跑出了办公室。

此后每次课后，只要有时间彭闯都去找小旦增聊天，和他聊“家中琐事”“大学生活”“自己第一次走上讲台的紧张”“理想”等等，慢慢地小旦增和彭闯亲近了，愿意讲一些自己的事情。原来旦增是单亲家庭，跟着妈妈、奶奶一起生活，平日里妈妈、奶奶下地干活，只有他一个人在家，比较害羞，不敢表达。

于是彭闯经常在生物课上有意无意地让旦增回答问题，并让同学们一起为他鼓掌，鼓励旦增要敢于在同学们面前讲话。课外活动时，彭闯把他安排在没有他熟悉的同学的附近，并要求同学们与每一个没有接触过的同学交流。慢慢地，他与其他同学的接触多了，也变得越来越自信了。

支教期满的最后一节课，彭闯至今难忘。那节课上，彭闯与同学们合影告别，快走到学校门口时，他听见一声“老师!”这声音熟悉又陌生，这是旦增第一次用这么大的声音喊住了彭闯，他终于敢大声说话了，这对于彭闯来说是一个意外的惊喜，他为旦增的进步欣喜。

彭闯在课余指导学生

彭闯转身微笑着对他说：“大声点！再大声点！你能行的!”

“老师！老师!”一声声的呐喊在琼结中学回荡，彭闯奔向旦增将他高高举了起来……

送不完的山路

“老师我们什么时候出发啊，我家挺远的，我们要早点走，不然就赶不上午饭了。”

“走，这就出发。”

那天清晨下了点小雨，太阳一出来，达珍便迫不及待地找到彭闯。翻山越岭，雨后的山路有些湿滑，崎岖小道只能容两个人并排行走，每到不好走的地方达珍都会回过头来说：“老师注意安全，这边有点滑，别摔跤了。”一路上，彭闯感觉自己倒像个需要照顾的“小学生”，达珍反而成了“小老师”。

历经 2 个小时，彭闯终于到了达珍家中。酥油茶、小土豆、窝窝头、藏鸡蛋、藏辣椒，妈妈端来了家中的小吃，简单聊了一会后，就又走进厨房忙碌着为彭闯准备午餐。“她平时比较爱玩，还得麻烦老师们多督促管教她，我们都是农民，希望她能够努力考一个好的高中，将来考个大学去外面看看。”午餐时，妈妈对彭闯说道。

从家庭生活聊到工作学习，临走时达珍一家不舍地把彭闯送到路口。“达珍，阿姨，你们快回去吧，不用再送了。”“没事，老师，我再送送你。”“达珍，你快回去吧，等会天黑了路上不安全。”“没事，我还想和你走走。”一个说着回去，一个说着再送会，就这样，藏着最真挚的不舍，走了一段又一段的山路。

达珍的数学一直不是很好，每天放学彭闯都让达珍去办公室做作业，给她辅导数学，有时他们也会聊聊未来，彭闯给她讲大学的故事。在当年的中考中，她以优异的成绩考取山南三中，成绩出来的当天，她兴奋地告诉彭闯，“老师，我考上了我考上了！”

内地来的体育老师

“从学生变成老师，是少年时梦想的达成，是一场背着沉甸甸的责任的谨慎冒险。”第九批“格桑花”支教队员张城的第一节体育课，就被这场“冒险”考住了。

“同学们好，我是大家这学期的体育老师，我叫张城。”“张老师好，欢迎老师”，孩子们咧着笑开了花的嘴大声地喊道。“大家围坐成一个圈，我们依次站起来介绍自己。”张城没想到，就是这样一个简单的自我介绍，却成了自己支教工作中的第一个“拦路虎”。

“扎西尼玛，尼玛扎西，大达珍，小达珍，大次仁多吉，小次仁多吉……”一个个近乎相同的名字和一张张阳光下同样黝黑的笑脸，让张城常常把名与人对错。“以后啊，你们再遇见老师打招呼的时候，就大声把自己的名字说出来，就说我是几班的谁谁谁。”从那之后，张城时常都能听见孩子们拍着胸脯扯着嗓子说，老师，我是几班的谁谁，您记住我了吗？

火辣辣的阳光和强烈的紫外线造就了美丽的蓝天白云，雨水是这里的稀客，“高反、头痛、呼吸困难、紫外线”却都是体育课上的常客。

那天的太阳特别大，阳光炙烤着大地，让一走进操场的张城开始有些说不清的害怕。孩子们叫嚷着教他们打篮球，他们像一群精灵一样，有着永远都用不完的精力，而张城的脚步好像永远都跟不上那些欢快跳动的孩子。

10 分钟以后，张城发现天上的太阳好像越来越刺眼，炙热的阳光让他的呼吸都变得困难起来，此时的地面也开始变得模糊，再模糊……终于，张城眼前一黑，眼看就要倒下的瞬间，身旁的孩子飞快地接住了

张城与学生在体育课上

张城，而这样的事情重复发生了很多次。

对不上号的人和名、交流时语言困难、剧烈的头痛、运动时的呼吸困难和越来越黑的皮肤这是所有赴藏支教老师在支教生活中不可避免的困难。"困难之所以存在，是因为需要被考验，所有困难都会在努力中得到解决。支教可能是很酷，但它也很苦，苦中变酷，苦的是身体，酷的却是精神，就像习近平总书记说的那样，在高原上工作，最稀缺的是氧气，最宝贵的是精神。"张城认为，这也正是支教给予他的成长。

骄傲，我们的历史是体育老师教的

"由于原八年级历史老师外出培训，所以请张城老师担任三班历史课教师。"一收到代课通知，张城便在日常的体育教学之余，加班加点地温习教材、学网课、看教学视频，紧锣密鼓地为代课做起了准备，有的时候连饭都顾不上吃，深更半夜睡觉更是家常便饭。

第一堂课上，那些在其他课堂调皮捣蛋的男孩子，竟然主动把凳子搬到讲台旁，挨着张城听课，他们会高举着双手含糊不清地回答着问题，就连天天翘课去打球的米玛次仁都认真了起来，他歪歪扭扭的笔记写满了整个课本。

可是好景不长。孩子们的热情固然是有的，可由于藏区孩子从小学就开始学习藏语，他们对于汉字的拼写读记和理解还存在着很大的困难，甚至还有极个别的八年级学生只会用汉语写自己的名字。于是在上课的时候给他们解释一些搞不懂的字词，成了张城的第二个挑战。

一次讲到《抗日战争的三个阶段》，很多孩子搞不懂"防御和反击"的意思。于是张城在讲课时，出其不意地拿起书假装打向班里的小罗布，吓得小罗布下意识用他的双手来挡，只见小罗布颤巍巍地用手挠了挠头，一脸呆滞地看着张城。

“老师想用书打罗布，他干嘛了啊?”张城抓住机会，向孩子们发问。“他挡住了!”米玛次仁站起来大声说。“那罗布用手挡是不是就是老师说的防御呢?”张城接着问。“是!”小罗布挠着头笑呵呵地说道。

“那反击有没有同学起来解释一下呢?”张城试着引导他们说下去。“老师我来!”旦增次列高高地举起小手，“反击就是老师您打了罗布以后，他又来打你!”“对，那大家现在懂了没有呢?”对于小次列的回答，张城感到非常满意。“懂了!”全班孩子们异口同声地喊道。

一天，两天，三天……代课的日子快要结束，“其实接手伊始我便很有压力，我很怕因为自己是体育老师的原因，而没能让孩子们的历史科目取得应有的成绩”。张城说，孩子们的安慰和努力让他安心不少：“老师，您放心，我们一定认真学习，不给您丢脸。”

期末考试前，张城跟班上的小淘气们做了约定：如果成绩有进步，不管自己在哪，一定满足他们拥有自己的羽毛球拍这个小小的愿望。“老师，我们现在都很自豪地告诉别人，我们的历史是体育老师教的，比谁教的都好!”就在返回湖北后的一周，张城得知孩子们取得了优异成绩，学生发来的短信，他既欣慰又骄傲。

“希望你们收到球拍的时候能够记得，老师永远以你们为骄傲。”张城在购买羽毛球拍发往琼结中学当晚，在自己的朋友圈留下这两句话。

擦了 2 个小时的黑板

在琼结中学，黑板报每月更新一次，十月的主题是“学习宪法”，各个班都在积极准备，除了八（5）班，黑板还是上个月排名倒数的内容……

“黑板擦不干净，上面是以前学生留的油漆印子，画不了，前面的黑板报我们班都是倒数，我们班人都讨厌搞这个了！”想到扎西次旺专程围过来向他打“小报告”的样子，第九批“格桑花”支教队员宋范坤不禁嘴角上扬，心想关键在于脏了的黑板，他们应该有一块干净的黑板来办黑板报。

那天课后，宋范坤简单收拾了随身的包，轻轻走出宿舍，趁着午休时间到镇上的五金店，买到去除油漆的松香水。中午的太阳正烈，赶到五金店已经下午1点多了。老板特别交代，“松香水有毒，属于易燃物品，要避免皮肤接触过久，一定要小心使用”。

五金店的松香水是一大桶，宋范坤用喝完水的矿泉水瓶，装了满满一瓶，顺便买了一双手套，回去路上心情有些雀跃，心想等自己把黑板擦得锃亮，那群孩子一定会很惊喜。

下午，等孩子们都下课了宋范坤才提着“装备”去到教室，担心他们不了解松香水的危险而误伤，宋范坤把他们都支出教室，带上手套开始擦拭“有史以来”最难擦的黑板。

松香水味道刺鼻，过一会便是辣眼。整整两个小时，松香水难以避免地透过手套沾染到手指，刺激的气味让宋范坤不停地流眼泪。“手也不能擦，可以想象一个大老爷们，边擦着黑板边泪流满面的场景，还是有些滑稽的。”宋范坤说，自己也顾不得那么多了，擦完还得用清水再洗一遍，防

宋范坤教学生弹钢琴

止残留。

“宋老师，我们来帮你擦吧！”“宋老师让我们来吧……”“宋老师……”擦着擦着，嘎珍、次旺、布赤……孩子们都围了过来。宋范坤看着他们透露出担心的眼神，藏起已经红肿发烫的双手笑着说：“要不你们帮老师接一桶水吧！”

这一期的黑板报，全班的孩子都参与其中，调皮的孩子们调侃宋范坤，“宋老师为我们擦了两个多小时黑板，都把自己擦哭了！”或许，孩子们的生活环境、成长经历都不是宋范坤能改变的，但擦亮这块黑板，他可以。

我们都收获了自己的彩虹

卜彩虹是第九批“格桑花”支教队员，支教之前她常常情不自禁地在网上搜索“琼结”二字，那近4000米的平均海拔和不到20000的人口意味着什么，她并不知道，直到真正踏上这片土地……

跑不动、大喘气、头疼、流鼻血，除了这些常见的高原反应，卜彩虹还多了一个反应：一节课没讲到一半，就开始耳鸣，说话根本开不了口，耳朵里像是爆发了一场“战争”，严重时连牙齿闭合、吞咽这些动作都做不了。

半个月后，这些反应在逐渐消失，卜彩虹也更加适应了教师的角色，可一次期中考试打破了班级原有的宁静：卜彩虹教授地理的那个班级，期中考试几乎所有学科都考了倒数第一。

卜彩虹反复研究他们班的地理卷子，想找出问题在哪里，认真统计每道题错误率，发现书上原有的知识点基本都没问题，可稍微变动一下他们就理解不了题意。考试后的第一节课，卜彩虹想着为学生再次讲解知识点，可不曾想，这节课却让卜彩虹更加“恼火”。

课堂最后半小时的时候，学生们越来越闹，讲话甚至打闹，卜彩虹第一次感到失落，不是因为成绩不好，而是因为他们不上进的态度。“一次考不好不重要，重要的是你今后怎么去对待学习，你们才上初中，翻盘的机会还多，你如果放弃自己了，谁还能教好你们？”卜彩虹没有继续讲课，而是和学生讲述自己高中“逆袭”的故事。

下课后，几个学生追出来向卜彩虹道歉。后来，学生上课的态度端正很多，临近别离时在学生的信中，卜彩虹才知道了他们何以改变，“期中考试我们考得很差，所有的老师都批评我们，只有您鼓励我们，谢谢您！”

支教期的最后一节课，卜彩虹让学生们背书，她就在教室里不停地走动，她想再好好记住每个孩子的脸庞。卜彩虹走着走着，发现名叫阿尼卓玛的短发女孩开始默默擦眼泪，她旁边的几个同学安慰她，不但没安慰好，反倒几个小女孩抱一块哭了。

卜彩虹把阿尼卓玛拉出教室，“虽然老师快要走了，但是最后一节课，想和你们开开心心地告别，别哭啦！”卜彩虹强忍着泪水安慰着卓玛，可卓玛眼泪依旧止不住地往下掉，突然她抱住了卜彩虹，渐渐地越抱越紧……卜彩虹再也忍不住，师生在外面哭成一团。

第二课堂上卜彩虹正在教学生画画

“明天她要离开，熟悉的地方和你，要分离，她眼泪就掉下去。”好不容易整理好情绪进教室，学生们悄悄学唱给卜彩虹的这首歌，让卜彩虹不禁再次泪目。

那天下课后，学生们手拉着手围着她要拍照合影，无论怎么劝说，她们一个个都挽着她的胳膊不放手，卜彩虹把她们送到了寝室，在寝室分别拥抱以后，一边说着再见，一边又把卜彩虹送下了楼，说是要再给她送回去。

从下楼到把卜彩虹送出校门只有两栋教学楼的距离，这段路程，当晚竟花了半个多小时。“你们给了老师太多的能量和感动，支教半年，我们都收获了自己彩虹!”卜彩虹的支教日记最后一页，诉说着半年支教的收获。

从哭鼻子的学生到“小鱼妈妈”

第九批“格桑花”支教队员吕晓妍的服务地是琼结县双语幼儿园，在这里，她多了一个名字“小鱼”。

刚到达西藏的头几天，流鼻血、睡不着、饮食不习惯、想家以及身体上的不适，让吕晓妍常常在队友面前哭鼻子。一开始，记不住学生的名字，无法用藏语与小朋友沟通，不禁让她担忧日后的教学工作。可后来她发现，比起言语，半年的朝夕相处可抵万般难。

吕晓妍在哄学生入睡

吕晓妍所在的班里有个藏族小姑娘雍珍，不管对她说什么她都会笑着看着你，可在学校从不睡午觉。后来，吕晓妍了解到，因为在家都是妈妈背着睡，别人哄她睡不着。吕晓妍便每天为雍珍讲故事，直到入睡她才离开，日日如此，吕晓妍成了雍珍的“小鱼妈妈”。

支教结束返回湖北，雍珍妈妈给吕晓妍发来一段话，说雍珍今天放学回家说：“老师小鱼，没有。”雍珍妈妈告诉她吕晓妍回家了、不会再来了，听到这句话她开始大哭，和妈妈争执说，“老师小鱼在，她在学校。”

吕晓妍收到信息后给雍珍妈妈发去语音，当听到吕晓妍声音的那一刻，雍珍又哭了起来，抽噎着断断续续地说，“老师小鱼，想你，老师小鱼，回来，老师妈妈，不要走！”

纵相隔千里，但从未拉开过彼此的距离。那一刻，吕晓妍的鼻子酸酸的，望着窗外的夕阳，眼泪就像断线的珠子般撒落……

我们都是一家人

西藏的冬天很冷，好在人心够暖，情谊够深。

第九批“格桑花”支教队员李婷婷和吕晓妍一样，根据安排在琼结县双语幼儿园支教，远离家乡来到雪域高原，身心的孤独在所难免，但这里的人朴素纯真，他们总在用行动感谢这群远方的“孩子”。

李婷婷住的那条街有好几户是学生的家，每次经过时都会有学生跑出来，带着李婷婷到他们家去吃饭、玩耍，久而久之便与家长熟络起来，有家长知道李婷婷房间没有取暖设备，还特意送来了暖气片。

一天，温度已经到了零下。晚上 9 点，李婷婷和室友吕晓妍在外吃完饭散步回到房间，看见客厅里全是水，走到厨房才发现，是水龙头坏了导致水从厨房溢出。李婷婷想着问题不大，只要找到房间的水闸将它关掉就好了，可是找到水闸的时候，却发现房子年久失修，水闸已经生锈无法关闭。

李婷婷和孩子们在一起

她们着急地在院子里四处寻找工具，尝试了很多办法想要堵住水龙头，可是水溅了一身也于事无补，房间里的积水已经漫过双脚，不仅鞋子湿透了，衣服也在滴着水。“如果今晚不止住水，明天醒来可能就身处汪洋了”，正当她们手足无措时，门外传来了一声呼喊。

“孩子们，这么晚了你们怎么还在外面跑来跑去，是发生什么事情了吗?”院子里的藏族叔叔群久问。“叔叔，我们的水龙头坏了，水闸也关不上，水都漫出来了。”给群久开门后，他立刻让李婷婷带着他去厨房查看情况，李婷婷看着群久穿着棉鞋便婉拒了。

“没事，要进去看看什么情况才能帮你们修好，不然你们生活太不方便了。”群久直接就走到了厨房里，冰冷的水立马浸湿了他的鞋。他查看完厨房的情况回到家拿了些工具，随后他用绑带将水龙头固定了，水势得到了一定的控制。“今天晚上只能先将就一下，明天我去把院子的水闸关掉，才能修好。”群久一边交代一边朝屋外走去，李婷婷和吕晓妍连声道谢。

第二天一大早，群久、幼儿园保安达瓦和旁边理发店的老板都前来帮忙，她们五个人分工合作抬井盖、关水闸、除积水、检查房间线路……零下的温度，每个人脸上都挂着汗珠，太阳慷慨地将温暖照进了李婷婷的心田，只能一遍一遍地说着谢谢。

群久擦着额头的汗水笑了笑说:“不客气，你们两个小姑娘离开家乡来到这么远的地方，以后有什么困难就跟我们说，我们都是一家人！”

诚如2014年中央民族工作会议指出那般，“做好民族工作，最关键的是搞好民族团结，最管用的是争取人心”。我们要高举各民族大团结的旗帜，坚持绵绵用力、久久为功，把加强民族团结作为战略性、基础性、长远性工作来做。

类似的情况在“格桑花”与藏民之间还有很多，“格桑花”支教团队带去了知识，更带去了民族团结一家亲的汉藏情深。当地藏族同胞尽管语言交流会有些许障碍，但他们却乐意表达他们的善意和感激，正是这些生活的琐碎，汉藏情深才愈显真实、可贵，这便是习近平总书记反复提及的“绵绵用力、久久为功”。

第十二章 “格桑花”的青春集结

从第一批到第十批，坚守的是责任，赓续的是情怀，追逐的是梦想，共享的是大爱。无比庆幸，我的青春有支教的影子，我的人生有西藏的痕迹，在这片充满可能的土地，放飞梦想，格桑花开！

——第十批“格桑花”赴藏支教团队队员 陈泊风

成立山南首个公益性学生安全教育基地

“你们一直都在喝这里的自来水吗?”

“是的老师，我们都习惯了。”

陈泊风是第十批“格桑花”支教团队队长，一次课间，他偶然发现这里的孩子喝的是厕所的自来水，这让陈泊风感到惊讶与心疼，如果自来水清洁程度达不到标准，直饮会影响孩子的健康。“以后喝水，你们就到老师的办公室来，不能再喝这些水了”，陈泊风叮嘱道。

这件事情一直牵挂在陈泊风的心头，他当天就向母校湖北文理学院汇报，和队员一起商量寻求资源，争取为孩子们安装直饮水系统。

经过不懈努力，陈泊风与武汉市蓝天救援队取得联系，他对藏区孩子和藏区教育的一片赤诚之心，打动了救援队的每一个人。经过多方磋商，当年 10 月上旬，武汉市蓝天救援队受邀到琼结县考察调研，并达成合作意向，由琼结县教育局、襄阳市援藏工作队、武汉市蓝天救援队、湖北文理学院“格桑花”赴藏支教团队共同签订了四方协议，共建“武汉市蓝天救援队中小学学生安全教育培训基地西藏琼结基地”，并正式挂牌成立。

更让陈泊风惊喜的是，在他的积极争取下，武汉市蓝天救援队不仅向当地学校捐赠了20台直饮水设备，还为加麻乡完全小学捐赠了一套校园广播系统，累计价值近十万元。

这样一来，孩子们便不用喝厕所的自来水，安全教育也有了“大后方”，琼结中学的办学条件进一步改善。“只有更多的人关注到这群求知若渴的孩子，他们才得以更好地享有更加公平的教育，正是有了社会的关爱，我们支教志愿者才得以更加心无旁骛，得以更加关注教育本身”，陈泊风在支教日记中颇有感触，他觉得自己和队友，促成了一件“了不起的事情”。

基地成立签约仪式上，陈泊风代表支教团队签字

或许，支教的本质便在于共享。共享资源、共享知识、共享关爱，最终共情、共进，这便是民族团结的“华夏一家”情，人们终将共享民族复兴的伟大荣光！

琼结首届中小学生科技节

临近期末，意味着支教队员们的服务期将满，即将离开琼结返鄂，队员们心中也溢满了离别的愁绪，大家都在想着还能再为琼结的孩子们、再为琼结留下点什么呢？这时襄阳市援藏工作队的一位老师提出希望给琼结县办一个科技节。“这个建议很不错，但是咱们也没有举办过，该从何做起?”队员们一拍即合，可随之而来的系列问题该如何解决?

这是一个没有接触过的领域，面对的是许多新的挑战，资金、场地、申办时间、到场领导等，很多事情都被“摆上台面”。在琼结县人民政府、襄阳市援藏工作队、琼结县教育局、琼结县科学技术局等领导的指导支持下，陈泊风随即召开临时党小组会议，明确工作重心和各自任务，“万事开头难，这是琼结县首届科技节，我们应该有信心协办好，填补这块空白!”

陈泊风负责和领导交接以及组委会事务，张天月负责航模，刘银龙负责七巧板，李哲昊负责四驱车，从策划活动到研究有关材料，从赛事宣传到组队培训，从寻求赞助到现场调度，从到场嘉宾到赛事评委……陈泊风带领队员们奔波半月，终于准备妥当，“我几乎一个星期晚上都是凌晨 3 点多才睡觉，第二天一早又起来早自习，我的队友们也都一样陪着我工作”。

12 月 12 日，科技节如约而至，当天早上支教队员们起了个大早，赶去科技节会场。开幕仪式上，琼结县的六所学校都准备了节目，藏族特色的歌舞、孩子们的朗诵，让支教队员们饱尝了一顿藏族文化大餐。

随着琼结县 2020 年“美团杯”首届中小学生科技节拉开大幕，支教队员们也开始忙碌起来，计时、统分、后勤、礼仪、

| 支教队员陈泊风、张天月担任科技节主持人

主持……零下的温度也抵不住队员们的热情，因为此刻他们期待已久。

航模和四驱车在操场、七巧板在风雨操场室内进行，赛场上满是孩子们的笑声、惊呼声和赛车的轰鸣声，一上午时间，各项比赛均圆满收官、角出桂冠，学生们在娱乐竞技之间体验到了科技的魅力，支教团队也被琼结县人民政府授予“优秀组织奖”。

坐在最后一排的“科代表”

第十批“格桑花”支教队员张随阳在琼结中学负责生物教学。在头两个星期的教学过程中，一位叫旦增贡嘎的学生吸引了张随阳的注意。他总是坐在教室的最后一排，每当张随阳抬头环视学生的时候，总能发现旦增贡嘎带着一双思考的眼睛望着张随阳，回答问题的时候，旦增贡嘎总是第一个举手，可在课下他也不离开座位活动，也不太主动和同学交流。

后来，张随阳发现旦增贡嘎是一个身患残疾的小孩。张随阳心里很是难过，也为旦增贡嘎身上的坚强和对学习的热爱感到骄傲和钦佩。于是，张随阳课上课后便常常和旦增贡嘎谈心谈话，关于理想、关于生活，张随阳鼓励旦增贡嘎放眼未来，更多关注外在的世界，但事实似乎不尽如人意，张随阳并没有很快看到旦增贡嘎的变化。

张随阳指导学生手工作业

直至一次生物早自习，张随阳让学生背知识点，在同学们的朗朗读书声中，旦增贡嘎突然举手，张随阳走到他身边时，他小声地对张随阳说：“老师，我会背了，我能给您背一遍吗?”“可以呀!”张随阳很是惊讶，旦增贡嘎流利地把第一章的知识点背了一遍，张随阳对着他竖起大拇称赞道，“背得很好!”旦增贡嘎害羞地低了头。

此后，旦增贡嘎和同学的交流也多了起来，为同学解答习题，与同学一起活动，他的悄然改变让张随阳倍感欣喜。在一次课堂上，张随阳准备选生物科代表，当问到谁有意愿当生物科代表的时候，只见旦增贡嘎把手高高举起。

“我们选旦增贡嘎同学当生物科代表，大家有没有意见?”同学们都大声答道：“没有!”于是，旦增贡嘎当选为生物科代表。

旦增贡嘎还是坐在最后一排，不同的是，他有了更多的朋友和可能，他的表现更加积极，他的笑容更加舒展……

孩子，妈妈等你回来

“如果回忆有颜色，那就是孩子们的高原红。”第十批“格桑花”支教队员李哲昊支教日记尾页的这句话，倾诉着对琼结中学学生的怀念，在支教之前，他自己也一直是父母眼中的孩子。

2020 年 8 月，肆虐全国的新冠疫情得到有效控制，这支孕育于湖北襄阳的队伍，从襄阳再度“出征”，他们的心中更多添了几分大义与担当。在学校领导老师和家人的注视下，李哲昊和队员们走进机场，那一瞬间，李哲昊才感觉到，原来真的要出远门了。身后的妈妈哭了，李哲昊不敢回头，生怕那好不容易收住的泪水，又一发不可收拾。

出发前一晚，母亲和孩子谈了很久，照顾好自己、天冷添衣、没事早睡、要常和家里视频……一大堆“啰嗦”的交代，李哲昊听着，也附

| 疫情挡不住脚步，“格桑花”再赴西藏

和着，他知道母亲只是想和自己再多聊一会儿。“孩子，咱们都是受到帮助的，如果不是国家的政策好，这次疫情也不知道要持续多久，你这次去西藏啊，妈妈特别高兴、特别骄傲，妈妈等你回来再给你做你爱吃的饭菜。”说着说着，母子二人哽咽了，那天晚上李哲昊一直回忆母亲的这番话，他明白这是母亲对自己的期望。

透过飞机的窗户，看着家乡襄阳慢慢变成一个小点，直到一点儿都看不见。在西藏，氧气不足、气压低，睡眠成了当时的头等难题，就算是睡着了，半夜也会因为缺氧憋醒，持续性的高原反应，如头痛、头晕、流鼻血、缺氧等，更是将李哲昊折磨得“体无完肤”。

状态好的时候，李哲昊便与家里人视频通话，告诉他们，“放心，我们人多相互照顾，在这里都挺好的”。可孩子是自己养的，又怎会不了解呢？手机屏幕前的父母点了点头，笑着给李哲昊竖起了大拇指。

第二课堂素质拓展，每个孩子都有无限的可能

在琼结中学，为了激发孩子们对绘画的兴趣，李哲昊在批改作业的时候总是加上一点小漫画，希望孩子们也能喜欢上画画。“我还是低估了这些小漫画的工作量，一个班 35 张，一个年级就是 140 张，可把我给累坏了。”可是一想到孩子们看见小漫画的惊喜，李哲昊还是坚持了下来。

根据教学安排，支教队员们还有一个重大的任务，那就是负责指导学生社团，提升学生综合素质。张天月负责美术社，张随阳负责手工社，陈泊风负责演讲社，朱慧负责广播社，李哲昊则又干起了老本行，负责散打社。一开始，孩子们并不知道散打是什么，不一会就报了五六十人，可两节示范课后，陆陆续续转走了近一半学生。

尽管人少了，可学生在操场上训练，依然是施展不开的样子。下课后，李哲昊喊住几名学生，“为什么大家都不好好练呢，是不是大家都不喜欢练散打啊?”“不是！不是！老师，在操场人多！我们不好意思！”李哲昊恍然大悟，这边的孩子性格都偏内向，在人前有些不好意思。“好的，明白了，我想办法让你们到室内训练。”

回到办公室，李哲昊赶紧找到学校团少部书记索朗旺堆，他面露苦色地说现在没有空余房间，不太好腾。可最终还是招架不住李哲昊的苦苦哀求，腾出了一间房。果然，进入到室内训练后，孩子们的动作舒展了很多，动作也不僵硬了。

“藏族孩子们的身体协调性确实很棒，我之前做教练的时候，基本上都是一个动作三节课，孩子们还不一定能掌握，但在这边，基本上一节课一个动作，有时候半节课孩子们都学会了，就起哄着喊我赶紧教下一个动作。”李哲昊说，七（3）班有个叫小拉巴卓玛的孩子，动

作堪比训练几年的孩子，如果能进入专业体校的话，她将会有更多的可能。

我以后一点不会再犯了

那个下午，她低着头不敢与李哲昊对视，一封用歪歪扭扭的字迹写成的信，让李哲昊更加懂得教书育人的实质。

不知不觉学期已经过半，学校迎来了期中考试，这是李哲昊第一次当监考老师。“走进考场，视野一览无遗，考生在下面每个细微的动作，我都能看得清清楚楚。”前面几场考试就这样安然度过，直到最后一场的历史考试，第三排第二个女同学，前面一直不动笔，在最后的二十分钟突然开始奋笔疾书。

李哲昊看出端倪，给了她眼神警告，可她好像没看见一样，还在不停地写着。直到李哲昊走到身边，她才慌乱地把写满蓝色字迹笔记的草稿纸收起，而自己卷子上却是黑色字迹，再看旁边的女生，用的果然是蓝色签字笔。

李哲昊与学生在课间交流互动

李哲昊并没有终止她的考试，更没有责骂，而是给她换了一张新的草稿纸并留言：“你在操场玩耍的时候别人在教室里埋头苦读，到考试时你用你的‘聪明才智’窃取了别人的努力成果，这样公平吗？”她拿到草稿纸后，低着头，不敢再和李哲昊对视。

考试结束的第二天，李哲昊

的办公桌上多了一封信，打开一看，原来是考场上被他提醒的那个女生写的。“李老师，谢谢您提醒我，我也认识到了自己的错误，我以后一点不会再犯了。”看着信上稚嫩的笔迹，李哲昊欣慰地笑了。

或许，教育的本质就是要在与“教”和“育”之间取得平衡，在恰到好处之间，引导学生扣好人生的每一粒扣子。

共同的“北斗领航梦想”

“这里的孩子天真可爱，眼神中时刻都绽放着对知识渴望的那种‘亮光’。”第十批“格桑花”支教队员刘银龙常说，自己是足够地幸运才得以加入“格桑花”支教团队，而他也在用百倍的努力去响应这份幸运。

在西藏支教期间，刘银龙在琼结中学主要负责生物、道德与法治的教学工作和第二课堂科创社的建设，在带领科创社学生们参加比赛过程中，他和学生们都面临着前所未有的挑战。

刘银龙正在指导学生

“银龙呀，你要带的科创社任务还是比较重的，因为要参加‘北斗领航梦想’全国青少年航天科普活动。这个活动竞争压力比较大，你有任何问题和需要提供帮助的都可以和我反映，我会永远支持你的。”刚接触第二课堂教学时，学校团少部书记、社团负责人索朗旺堆便给刘银龙吃了“定心丸”，刘银龙感受到了挑战，可心里也更有了底气。

"在参加这个比赛过程中，校园地图测绘是令我最头疼的，因为涉及我的知识盲区，只能在网上看一些视频学习，不时地向大学里的老师请教。"可尽管如此，刘银龙在实地测量数据时还是遇到了阻碍。加之一些数据需要学生自己去测量，可学生课比较多，时间便成了最大的问题。

"老师，晚饭后的休息时间，你能带我们一起测量数据吗?"学生的这个请求让刘银龙备受感动，随即一口答应。可因为每天晚上都有晚自习，时间有限，有时候刘银龙和学生们饭都没吃完就开始碰头讨论。

由于数据庞杂，考虑到数据的严谨性，刘银龙便和学生把所有数据分别一一测量，再根据每个人测量的数据取平均值，把误差降到最低。念念不忘、必有回响，最终刘银龙带领学生获得了第二届"北斗领航梦想"全国青少年航天科普活动校园地图测绘"优秀奖"和"优秀组织奖"。

"这是孩子们的梦想，也是我的梦想，我希望他们增长见识，勇于去探索未知，善于去创造可能。"刘银龙说，自己愿做一滴水，虽然很微小，但当爱的阳光照射到他身上的时候，他会毫无保留地反射给别人。

学生制作的航天车模型

送教下乡，“每个学生都不能落下”

朱慧是第十批“格桑花”支教团队队员，在西藏支教的两个月里，从初见面时的小朱老师，变成了无话不谈的小朱姐姐。一次和学生的闲聊，朱慧了解到八（2）班有一个“特殊”的孩子，因为残疾从初一休学至今，只能在家中休养，没法和同学们一起学习生活。“我当时第一感觉是担忧和遗憾，在想我能不能做点什么”，好在学校有“送教下乡”工程，朱慧便主动报名前往这名特殊的学生次仁群宗家中。

十几公里的路程且海拔上升极度缺氧，一路上走走停停，藏族老师平时只需走一个小时的路程，朱慧足足花了两个多小时。初次见面时，朱慧发现次仁群宗十分内向，普通话也没有其他同学流畅，朱慧放下带来的蔬菜和大米，简单介绍来意后，躲在爷爷身后的她才怯怯地和朱慧打招呼。

在次仁群宗家中，朱慧拿出书本，讲起学校同学们的学习进度。次仁群宗摇摇头，拿出初一的语文课本，原来她的课本还停留在初一休学的那一年。看着课本上密密麻麻的笔记，歪歪扭扭的汉字中还有几句藏文标注，“我知道她是一个极度渴望知识、渴望友情的藏族小女孩，每个学生都不能落下，她也一样”，朱慧留下了自己的联系方式并下定决心，一定还要再来。

朱慧坚持送教，到了期末时，朱慧的支教服务期将满，可她却依旧牵挂着次仁群宗的情况，于是决定临走前再去一趟次仁群宗家。当朱慧再次带着课本和一些食品来到次仁群宗家时，次仁群宗在门口就开始大声喊：“小朱老师来了！爷爷奶奶！是小朱老师来了！”翻出作业本，满满几页都是朱慧教她的课文字词，工工整整地誊写在上面，结尾处还写着“朱慧老师，谢谢您！”

朱慧返鄂前的送教下乡

“我依然记得，那天她穿着棕黄色的卫衣，阳光洒落在院子里，也照在她的脸庞，脸上高原红和暖意的笑容，是我认识她以来从未见过的”，这一次朱慧并没有讲太多书本的知识，而是跟她讲自己的故事，鼓励她认真学习、加强锻炼，祝愿她早日回到校园。

当朱慧告诉次仁群宗自己要回湖北时，次仁群宗紧紧抱住了朱慧，她信誓旦旦地告诉朱慧：“我一定会好好学习，早日回到学校，考一个好成绩”，朱慧相信会有那么一天，次仁群宗同学能回到学校，看到操场上绽放的格桑花。

美术在于帮助他们发现“美”

第十批“格桑花”支教队员张天月，在琼结中学负责八年级四个班的美术教学。初为人师的张天月看了教材后心里踏实不少，觉得自己能够胜任教学，但也有些许棘手。八年级的课程需要许多工具，比如可雕刻的印章、毛笔、墨水、宣纸等等，可这些教具学校里都没有。

于是，张天月决定教授内容不变，而是改变授课形式。“美术的主要表现手法，有造型的表现力、色彩的感染力和构图作用”，张天月通过实物为学生分析美术的基础理论，再通过实操检验学生的学习成效。

雕刻印章和 logo 设计有异曲同工之妙，学校缺乏教学工具，张天月便开始搜集大量的资料，并将一些 logo 元素等打印出来给同学们展示，讲解 logo 的设计形式和设计理念等，并让学生自定主题进行 logo

身着藏袍的张天月与孩子们

设计，制作“三折页”。

学生的创作设计，让张天月大吃一惊。八（3）班的大达珍同学，设计的是一款游戏的宣传广告，她将游戏开始时的玩家第一视角画在上面，打开“三折页”时代入感极强；同是八（3）班的嘎玛顿珠设计的是景区宣传，推介西藏一年四季的不同风景，“一年四季都可以来西藏旅游”的想法和创意，让张天月印象深刻；八（4）班西若拉姆设计 logo 的主题是“中国”，将国字画成双线圆形，将双线之间涂上国旗的红色，把玉字写在圆圈中间，玉字的那一点用五角星代替，简约端庄而大气。

张天月还用自己的支教补助为表现出色的学生购买奖品。“美术教学，更多的是引导他们去发现‘美’，培养他们对于‘美’的认同。在他们的作品中，对于家乡、对于祖国的认同，是最难能可贵的东西。”张天月用自己的办法克服教学工具紧缺的难题，用自己的方法让学生去发现“美”。

嘿！“旦增罗布”们！

第十批“格桑花”支教队员贾如玥的服务地是琼结双语幼儿园，小班孩子们入园不到三个月，有的甚至还不会说藏语。

在她班上，一位名叫旦增罗布的小朋友一直很调皮，不管上什么课他都会在班上捣乱，老师在教室前面讲课，他就在教室里乱跑；老师拿东西的时候，他就在教室里和其他小朋友疯闹；看电视的时候拖着椅子在教室里绕着圈走，似乎精力充沛，一刻不停。

贾如玥制止了他很多次，也试过很多种方法，轻声安抚或严厉训斥都不管用，其他孩子在他的影响下，也开始聊天说话、做小动作，主班老师也拿他没有办法。

一天下午，小朋友们都午睡起来后，罗布也安安静静地起了床，没有闹腾，而是自己一个人穿衣服。贾如玥感到吃惊，可到了下午照顾小朋友们吃点心的时候，罗布又开始在教室里乱跑，直到他坐在了位置上，贾如玥才把点心发给了他。

他动手能力还不是特别好，撕点心袋时，费了很大的劲都没打开，贾如玥刚想过去，他就主动地走过来说，“老师帮我打开”，让贾如玥震惊的是打开后他说的那句“谢谢老师!”

那天放学，小朋友们都被家长接走，罗布的家长还没到，贾如玥就把他带到教室前的草地上玩，和他一起吹蒲公英。这时候他表现特别好，安安静静地吹蒲公英，还主动去找别的蒲公英给贾如玥吹，“那时候我想到了家里的表弟，眼眶瞬间就红了，和之前相比他就像变了个孩子一样，让人怜爱”。贾如玥说，温柔的教育方式或许是小朋友们最喜欢的。

贾如玥与天真可爱的孩子

像罗布一样的孩子很多，每次一进教室他们就会扑上来抱住贾如玥，一直甜甜地笑；在贾如玥摆教具时争着抢着过来帮忙；吃喜欢的零食时会把最完整的一块留给贾如玥；打喷嚏的时候会跑去帮贾如玥拿纸……从最初入园的时候每天哭个不停，到现在看到贾如玥会扑倒在自己身上咯咯笑；旦增罗布也从刚入园的小捣蛋，变成现在可以帮贾如玥一起拿饭的小助手。

半年支教期满，孩子们的成长与改变是贾如玥最大的收获。

爱国主义教育从娃娃抓起

“要重视加强学校思想政治教育，把爱国主义精神贯穿各级各类学校教育全过程，把爱我中华的种子埋入每个青少年的心灵深处。”2020年8月28日至29日，中央第七次西藏工作座谈会在京召开，习近平总书记的这番论述，给同为第十批“格桑花”支教队员的李佳苗带来了新的方向。

“小朋友，我们的国旗是什么？”“五星红旗！”“我们国家的全称是什么？”“中国，中华民族……”李佳苗在琼结双语幼儿园负责大班教学，很多小朋友还无法完整说出祖国的全称。

第二周，李佳苗便策划开展了语言领域活动——“我和我的祖国”，让小朋友了解到了祖国的名称、国旗、国徽、国歌，祖国有多少个民族以及祖国的生日，通过语言领域的基本认知，让幼儿能够清楚地了解关于祖国的基本常识。第三周，李佳苗又策划开展了美术领域的活动——“美丽的五星红旗”，让幼儿了解升旗仪式的流程，以及升旗礼时的注意

将爱我中华的种子播撒心间

事项，再通过美术活动，让幼儿自己画五星红旗。第四周，李佳苗策划开展的是声乐领域活动——“歌唱祖国”，通过唱国歌和其他主旋律的歌曲，让小朋友在艺术熏陶中加强对祖国的认识、认知和认同。

“习近平总书记的话高瞻远瞩，我要尽我所能将爱国主义教育从娃娃抓起，让他们了解祖国的历史和西藏发展史，在事实和比对之间，这种家国情怀便会深深扎根，爱我中华的种子才会在他们幼小的心灵中生根发芽”，李佳苗说。

我想当老师的孩子，老师就是我的妈妈

“老师，你的孩子在哪里？我可以和他做朋友吗？”李佳苗班上的益西央珍向她提问，保育老师德庆听到后马上说道，“哎呀，老师还是一个小姑娘呢！”在李佳苗羞涩的微笑下，央珍眨巴着清澈的眼睛天真烂漫地说，“我想当老师的孩子，老师就是我的妈妈”。

孩子们为李佳苗编头发

冬天来了，每当李佳苗走进教室，孩子们都会抢着伸出小手，让李佳苗来摸一摸他们的手暖不暖和。在李佳苗备课的时候，他们也会悄悄地走到李佳苗背后一把抱住她，其他小朋友看到了，就会一拥而上。

每次晒太阳时，师生们都会坐在草地上，每次总有几个孩子跑过来，一会儿在李佳苗怀里腻歪，一会儿又摆弄起了她的头发。“老师，你的头发不漂亮的，我可以让你的头发变得最漂亮。”益珍说完喊

来了德钦旺姆和嘎玛曲宗，先是给李佳苗头发分了层，其中一个捏住，另一个就开始编发……每次编发结束，他们都会重复“妈妈真好看!”每每这个时候，李佳苗就觉得自己真的是个幸福的妈妈，身边围绕着的是她最心爱的孩子们。

期末快结束的时候，角落里的达娃玉珍总爱坐到李佳苗的旁边，一直笑但很少说话，直到离开的前三天，她神神秘秘地对李佳苗说，“老师，我给你写了一封信，这是我们两个人的秘密，一定要回家了之后再看”。

李佳苗回到宿舍打开这张皱巴巴的纸条，上面写着两句话:“老师，我爱您，您能不能别回去?”看到这句话李佳苗几乎泪目，突然想起了前天在足球场，达娃玉珍问自己什么时候回去？这肯定是孩子回家后请求家人帮助写出来的心声吧，李佳苗欣慰地笑了，脸上还挂着两行泪……

“我是爸妈的姑娘，也是孩子们的‘老师妈妈’，或许他们很快会忘了我，但我却终生铭记，他们是我的第一届学生，是我可亲可爱的‘孩子’。”李佳苗在支教日记中这样写道。

第十三章　建党百年正青春　“格桑花”开正当时

支教时光很长，一次次的酸甜苦辣让我不断成长；但支教时光又很短，短得宛如看了一部时长为两小时的影片，当我还沉浸于剧情无法自拔时，它却结束了。

——第十一批“格桑花”赴藏支教团队队员　明淦生

我在琼结当“社工”

2019 年，湖北文理学院迎来首批自主培养的硕士研究生，李竹颖便是其中之一。2021 年 3 月，李竹颖入选第十一批“格桑花”支教团队，成了团队成立以来的首位硕士研究生队员并担任队长。

李竹颖正在为学生辅导功课

在琼结，李竹颖的服务地是琼结县教育局，同时也结对帮扶琼结中学的学生，旺姆便是其中的一个。藏族学生的英语水平普遍较低，李竹颖的首要任务便是帮助她补习英语，可补习过程中，李竹颖发现旺姆性格内向，不爱与人交流，没有什么朋友，经常通过写日记来表达自己的情感，补习时经常低着头、思绪飘忽，对英语的学习兴趣薄弱。

发现这种情况后，李竹颖决定运用优势视角理论帮助旺姆建立自信。在建立关系过程中，旺姆不爱说话，很多时候都是李竹颖说着话，她轻轻点头。英语成绩不好导致她有些自卑，李竹颖则利用每天中午的时间为她补习，鼓励她大声读记单词，充分发挥她爱写日记的优势，要求她将每日的改变悉数记录下来。

就这样持续了半个月，旺姆在小考中第一次英语及格，她跑到李竹颖办公室，兴高采烈地告诉了她这个好消息，黑红的小脸蛋上洋溢着幸福的笑容。李竹颖轻轻拿起旺姆的日记，让她仔细阅读自己这半个月的改变，告诉她真的很棒，旺姆认真地看着李竹颖，郑重其事地点了点头。

在琼结县中学举办 100 天誓师大会的时候，李竹颖代表教育局参加了学生宣誓环节，旺姆作为学生代表发言。发言结束后，旺姆突然冲向李竹颖将其抱住。“这是我第一次与藏族学生如此亲密，心中特别激动。作为一名社工专业的学生，也许我只是做了一件很小的事情，及时发现和介入了她的心理、教育层面问题。但是对一名青春期的孩子而言，社工是点燃她自信的火炬，让她发现了自身优势，能够重拾信心，更好地自我发展。”李竹颖说，这是她的专业优势，更是她的专业担当。

听“格桑花”书记讲党课

2021 年 5 月 13 日，第二、三批“格桑花”支教队员、琼结镇仲堆社区党委第一书记吴顺喜来到琼结中学，与母校湖北文理学院和琼结中学的师生线上共上一堂党史思政课。

“在中国共产党建党 100 周年即将来临之际，我们成功和母校湖北文理学院联动，开展了‘两地共上一堂党史思政课’的活动。”李竹颖说。这堂党史思政课上，吴顺喜这位“格桑花”书记用自己的亲身经历给师生上了一堂生动的党课，鼓励“格桑花”队员们和湖北文理学院的学弟学妹毕业后到西藏工作，为西藏振兴发展贡献青春力量。

两地共上一堂党史思政课

课堂上，琼结县中学的孩子们第一次“走进”了湖北文理学院大学生的课堂，与这些大哥哥、大姐姐们一同回顾中国共产党的百年征程，共同用歌声唱响对党的赞颂与感恩。在网络另一端的尹明慧同学深情地为琼结县中学的孩子们讲述了湖北籍革命烈士萧楚女的故事，鼓励孩子们多读党史，知党爱党。第十批“格桑花”队员刘银龙也来到课堂通过视频和学生们交流，并且叮嘱孩子们要加倍努力学习，立志报效祖国。

一堂小小的党史思政课，承载了鄂藏两地无限的情谊，诉说着“格桑花”常开不败的故事，坚定了听党话感党恩跟党走的信念和信心。

飘扬在西藏的“旗帜”

2021 年 5 月 9 日，湖北广播电视台、襄阳市委宣传部、襄阳广播电视台 6 位记者同行前往西藏琼结，以“格桑花”赴藏支教团队为原型拍摄广播剧《旗帜》第四部《启程——理想青春照未来》。“我们也能当主角了?”闻讯的“格桑花”队员们既欣喜又激动，他们深知这不仅是

以“格桑花”赴藏支教团队为原型的广播剧《旗帜》第四部《启程——理想青春照未来》在西藏琼结正式开机拍摄

荣耀与鼓励，更意味着担当与责任。

“你们作为首批前往琼结县教育局开展工作的‘格桑花’支教队员，感受如何呢?”远道而来的六位记者在琼结县教育局对第十一批“格桑花”赴藏支教团队成员李竹颖、严豫康进行采访，了解到他们主要承担当地教育局的行政工作，但关注学生成长、与学生加强沟通，也是他们一项重要的工作内容。记者们也就广播剧《旗帜》第四部《启程——理想青春照未来》的剧本与内容梗概和队员们进行讨论。

在琼结县中学，记者们看到“格桑花”支教队员们植下的格桑林，在阳光下茁壮成长，充满生机。记者对“格桑花”队员们现场进行记录拍摄，感受支教队员们的日常工作和生活。

6 位记者还跟随支教队员走进琼结中学学生益西旺姆、旦增朗杰家中进行家访，这两个孩子学习成绩优秀，非常有希望考上内地西藏班，支教队员希望能了解这两位同学的家庭状况，同时和家长沟通如何在临近中考的冲刺阶段，为孩子们做好心理和生活上的支持。

经过为期一周的拍摄与沟通，5 月 14 日，李竹颖、严豫康与 6 位记者一同前往西藏广播电视台继续进行广播剧的录制。“感谢各位记者老师们一直以来对‘格桑花’赴藏支教团队的关注、支持与鼓励，希望我们支教团队越来越好，也祝愿广播剧《旗帜》第四部《启程——理想青春照未来》完美录播”，李竹颖说。

“格桑花”的故事还在继续。犹如一面旗帜，在琼结的热土上、在西藏的蓝天下、在祖国的疆域里，高高飘扬；更犹如一座矗立在雪域高原的灯塔，万千青年将用他们的理想和青春，照亮未来！

扑下身子摸底琼结教育

根据琼结县委的统一部署和教育局工作安排，2021 年 6 月，由李竹颖与严豫康牵头，“格桑花”支教团队成员通过实地考察、走访、案例分析等多种渠道，就全县的教育现状开展调研。

期间，支教队员们从教师队伍、学校管理、教研教学、思政教育、平安校园、疫情防控、送教上门等多方面进行综合调研，对全县各中小学及幼儿园的领导班子、科任教师、在校学生进行抽样调研，采用实地访谈方式，深入了解琼结各中小学、幼儿园各项工作的开展情况。

严豫康采访当地教师格桑旦增

“思政课及思政课教师的评价机制不完善，教师队伍学科结构不均衡，幼儿园的爱国主义教育明显不足，英语教学是本县教育一个短板，素质教育的层次亟待提高……”由“格桑花”支教团队共同完成的调研报告和对策建议，为县委县政府下一步关于教育的决策部署提供了很好的参考。

李竹颖和严豫康了解到当地学生英语成绩普遍较差的情况后，制定调研问卷和访谈提纲，克服严重的高原反应，前往海拔 4100 米的加麻乡小学进行实地调研，随后又前往琼结中学及镇完全小学、拉玉小学、强吉小学，重点对校内英语教学模式、教学资源需求、学校师资力量等重点问题进行综合调研，深入挖掘藏区英语教育面临的问题，提出改进英语教育的对策和建议，为琼结的英语教育助力献策。最终形成《偏远地区中学生英语教育问题的研究与思考——以山南市 X 中学为例》的调研论文，被《校园英语》2021 年第 31 期予以录用。

同时，李竹颖与严豫康积极总结经验，汇总 5 年来琼结县教育发展的相关材料，参与编写《“十三五”时期琼结县教育强县建设进程史》，最终定稿成册。

红色的“琼结之声”

来到琼结中学后，第十一批“格桑花”支教队员姜永翔便发现学校的广播设备长期处于闲置状态，想到自己曾经担任主持人的经历，便萌生了组建广播站的想法。“一来可以锻炼学生的语言表达能力，提高普通话的水平；二来可以以此为窗口帮助他们增长见识，丰富课余生活。”姜永翔将想法向校领导汇报后很快得到肯定，于是成功开设了琼结县中学首个校园广播站——“琼结之声”。

如果广播站有颜色，姜永翔一定会答：“是红色！”恰逢建党 100 周年，姜永翔特色性地开设了《魅力中华》《党史周周读》《红色人物传》《中国特色社会主义为什么行》等栏目，以广播站为媒介，讲述红色故事，传承红色基因。

“推动各民族坚定对伟大祖国、中华民族、中华文化、中国共产党、中国特色社会主义的高度认同，不断推进中华民族共同体建设。”在2021年8月召开的中央民族工作会议上，习近平总书记强调要把铸牢中华民族共同体意识作为党的民族工作的主线。“格桑花”支教团队以高度的思想自觉，将习近平总书记的这一要求融入教学实践，润物无声地夯实中华民族共同体意识的思想基础。

红色的广播站还是孩子脸上的高原红。校园广播站成立初期，姜永翔在全校范围内开展招新面试，学生次仁旺堆每次都会来围观，但却从来没有上台面试。这个害羞的小男孩引起了姜永翔的注意，后来一次面试结束后，姜永翔让他留了下来。“每次都来但为什么不试试呢?”他有些害羞地低着头，小声地说：“有点不敢。”在姜永翔的鼓励下，他开口朗读了一篇朗诵词，姜永翔发现他的汉语水平远超同年级的孩子，就这样，这个脸上挂着高原红的男生成功加入了广播站。

“姜老师，我可以叫你一声哥哥吗?”“当然可以啊，走，哥送你回家。”临近期末，次仁旺堆的这句话，让姜永翔走了3个小时的山路把他送回家，又一个人走了3个小时的山路回到县城。

姜永翔送次仁旺堆回家

“这里的孩子们就是这么简单纯粹，你对他好，他就把你当作亲人。虽然那天山路很远，但我心里却很甜。”姜永翔笑着说道。

除了言语，还有心与心的交流

第十一批“格桑花”支教队员明淦生清楚记得，刚下飞机时的那股寒意扑面，让她恨不得脖子上的哈达能多来几条，给身体加加温。一路的颠簸、严重的高反、陌生的环境，让这几个刚走出校门的学生不免有些难受，可也正是在这里，援藏教师的照顾、领导的关心以及藏族同胞的温暖，让明淦生一行对西藏有了不一样的眷恋。

一天，支教队员们走进食堂刚坐下来，一位藏族的门卫爷爷给他们送来了满满一袋子的坚果。当支教队员们想让爷爷坐下来一起吃点儿东西时，爷爷却似乎听不懂队员们说的话，只是一直点头，然后对他们微笑，放下坚果便走出了食堂。

从那以后，队员们每次经过值班室，他们都会互相点头微笑。“爷爷听不懂我们说的话，我们也不明白爷爷讲的藏文，但就是这种心与心的交流，让我倍感温暖。”明淦生说，后来听附近的一个阿佳说，爷爷知道他们是来这边支教的孩子，离家那么远，心疼他们，就拿了一些藏族的特产给他们吃。

举办庆祝建党百年书画展，明淦生认真为学生讲解

每一次走在琼结的街道上，虽素不相识却总能感受到藏族同胞的质朴和善良。他们或许只有一面之缘，也存在语言交流障碍，但是只要眼神交流，藏族同胞们必微笑回应，一张张质朴的笑脸，是对“格桑花”的肯定，更是汉藏情深、休戚与共的生动写照。

在西藏做最平常的事

邹材广是体育学院2018级学生，2021年入选第十一批“格桑花”支教团队，前往西藏琼结县中学支教并担任体育教师。“一路上心里还是紧张，不知道下了飞机之后会怎样。”邹材广说，初到西藏的时候需要吸氧，强烈的高原反应让自己“动也不想动，走路、上下楼梯等都是慢悠悠地”。

“妈妈比较担心，甚至希望我入选不了支教团，因为她只希望我平安长大，但我爸爸一直都比较支持。”可就在邹材广向家里父母倾诉初到琼结的不适与苦闷时，父母的一句“选择了就要坚守”，让邹材广在这个平凡的岗位上，更加坚守着自己入藏的初心。

毕业季学生为邹材广献上哈达

旦增朗杰是邹材广的学生，总爱拉着邹材广和他分享自己的小小篮球梦。“他酷爱篮球，桌子上、书上都是科比的贴画，他说科比的曼巴精神影响着他，他要好好学习，将来可以去内地读高中，参加耐克高中联赛。”邹材广说，自己做的都是最平常的事，但有幸参与学生的青春、见证学生逐梦，就是他支教最大的收获。

后来，旦增朗杰背着家人报名了东莞篮球学校的训练营，报名表填好了放在座位抽屉里，但一直没有投出去。邹材广知道这是学生的梦想，所以他们课余相约“过招”，教授他更多的篮球技巧，邹材广告诉旦增朗杰，“梦想从学习开始，要努力学习，才能看见更广阔的天地”。

第三编

传承：格桑花开别样红

“五年弘文励教，8 批 35 名格桑花队员，用自己的初心和信仰，书写了一份汉藏情深的青春答卷，因为我们，那里的学生高喊，我们也要到诸葛亮读书的地方上大学。我们欢笑的眼泪都流出来了，我们成了彼此最深的牵挂。如今，6 名支教队员返藏工作，还有 28 名非支教毕业生扎根西藏，只因那里有最美的蓝天白云，有广阔的建功舞台，且看那海拔 3900 米的雪域高原，春风吹度，格桑花开。”

——支教队员黄灯靡代表团队在中央电视台总台《闪亮的名字——2019 最美支边人发布仪式》上的获奖感言

第十四章　他们钟情西藏这片热土

他们或有在藏支教经历，或从未踏足西藏，但他们却都有共同的抱负和信仰，他们一路向西，一路追寻属于自己的那朵八瓣格桑花。选择扎根西藏、钟情这片热土，在那里，他们用自己的方式续写“格桑花”的故事。

三进高原的“第一书记”

2016 年 3 月，为了兑现他对孩子们的那句“我会回来看你们的”承诺，在其他同学都在为找工作而忙碌时，吴顺喜却选择再次赴琼结支教。那一年，支教结束返鄂的吴顺喜得知西藏在全国招聘公务员，他再次报名并通过考核，留在了琼结县委组织部工作。

吴顺喜毕业后扎根西藏

2018 年 12 月，趁着各村第一书记轮换的机会，一心想为基层群众办实事，为村民服务的吴顺喜主动报名担任琼结镇仲堆社区党委第一书记。虽然是别人眼中的“外来户”和“过路客”，但他为了融入群众，拉近与群众的距离，努力学习藏语，与村民同吃、同住、同劳动，走遍全社区176户人家。面对群众他从不嫌贫爱富，只要村民找到吴顺喜，他从不推脱，想尽办法为村民排忧解难。藏历新年时，吴顺喜还借穿藏族服装，把自己当成仲堆社区的一员，始终用实际行动切实践行着“藏汉一家亲”的理念。

在这里，他时刻把群众冷暖放在心中，除了日常工作，经常帮助社区群众。大到解决饮水问题，小到看望慰问困难群众、给孩子辅导作业、开办寒假补习班等，积极争取各类经费3万余元，为群众办实事40余件。农忙时，他主动下田，帮乡亲们收青稞、小麦，挖土地，话收成，一来二去就和乡亲们都熟络起来。当听到一声声“书记啦，突及其”（“谢谢书记”的意思），他便十分满足，也正因如此，群众把他当作了最贴心的汉族“亲戚”。

吴顺喜曾于2017年、2019年两次被评为琼结县“优秀公务员”，2017年被评为琼结县“优秀党务工作者”，2019年被评为县级民族团结进步模范个人，2020年获评第二届新时代最美琼结人物。

“我曾想过，儿子长大后会到远方去奋斗，但我没想到会这么远，远到我都没办法去到。”在2018年度“荆楚楷模”发布仪式现场，吴顺喜的母亲见到了一年多未见的儿子，诉说着心中的想念和不舍。

“我喜欢那里，在那里我也被需要着，我想承担更多的责任，援藏于我而言，不只是一份工作。”吴顺喜热爱这片土地，急藏胞之所急、援藏胞之所需，从支教志愿者到基层“村官”，吴顺喜感召着更多湖文人在这片热土上发光发热。

深圳与西藏之间，他选择后者

2016年6月，当所有的同学都来不及好好告别就离开校园，各自奔赴自己的工作岗位时，和吴顺喜同为第二批“格桑花”支教队员的涂波，放弃了自己在深圳实习的外贸公司转正机会。他说服家人，报名参加大学生志愿服务西部计划，继续来到西藏，服务于山南市外事侨务办公室。

再次踏上前往拉萨的列车，涂波心情还是一样的激动。头顶着灿烂的阳光、洁白的云朵，呼吸着稀薄的空气，看着连绵的雪山、安静的湖泊和壮观的布达拉宫，曾经支教的日子仿佛就在昨天。一路上，涂波给同行小伙伴当起了“小导游”，得知他曾来过西藏支教后都羡慕不已，当他们知道湖北文理学院现在每年都派支教队员到西藏琼结支教时，都纷纷竖起了大拇指。

| 涂波服务于山南市外事侨务办公室

在山南市外事侨务办公室服务的两年中，涂波主要从事办公室工作，工作虽然琐碎，但他任劳任怨，兢兢业业，以高效率完成各项工作任务，并且还完成了《西藏自治区志·外事志（2001—2015）》的山南篇初稿和《山南地方志（2001—2015）》的外事篇初稿。

虽然服务的是行政单位，但涂波从来没有忘记“格桑花”支教精神，除了完成单位的本职工作以外，他还积极参加团委组织的各种志愿服务活动。到儿童福利院和孩子们一起过中秋，在“雅砻文化节”开展志愿服务，在高考前到学校为即将参加高考的学生进行考前心理辅导，在世界环境日参加护河清河活动，在端午节去看守所开展关爱服刑青年活动等等。他以另一种方式让“格桑花”支教精神继续传承，讲述“格桑花”的故事，让更多的人知道“格桑花”，关注藏区的基础教育。

“人的一生是有限的，能够在自己选择的道路上勤勤恳恳，终其一生，将是最可贵的、最幸福的、最值得珍惜的一件事。”每个人只有一次的青春，涂波将它印记在了雪域高原的山河大地，若有人问起关于他青春的回忆，或许他会毫不犹豫地说出——西藏山南，因为那里有他青春的热血，勇敢的执着，成长的蜕变和真情的付出。

西藏是我从一而终的坚定选择

第二批“格桑花”支教团队“回头率”很高：四名支教队员，毕业后有三名选择返藏工作。2016 年 7 月，和涂波同行的还有柯长松，他们都坚定地选择了重返西藏。

“老师，你一定要经常回来，回来看看我们。”支教期满，柯长松答应了孩子们的请求，在他们的身上，柯长松看到了自己年少的影子。儿时家境不好，柯长松未体验过同龄人的很多乐趣，没去过公园、没去过游乐场、没喝过牛奶，假期的生活只有割草、喂猪、洗衣、做饭，甚至他只能通过好的学习成绩，赢得去长江二桥公园游玩的机会，那是柯长松第一次真实看到公园的样子。

回西藏看望孩子，对柯长松来说不仅是一句承诺，更是一份责任，因为西藏孩子们那种“看外面世界”的渴望他感同身受。柯长松想扎根西藏，他知道在这片土地，有更多需要帮助的人和更多有待探索之处。

“大概从支教的那个时候开始，我就和西藏分不开了，心心念念想着要再回到西藏，回到学生们身边。”支教期满，柯长松备考公务员的方向就是西藏，2 个月里，他顿顿吃面条，为的就是攒够去西藏的车票钱，亲手将募捐的物资送给学生，他起早贪黑，不是在图书馆查阅资料就是在自习室刷题，遗憾的是，虽过了分数线但还是没能成功考上；于是柯长松又盯上了中国邮政山南分行的招聘，但就在柯长松带着募捐物资到西藏的时候，因丢失手机而错过了考试时间；无奈之下，他报考了中国移动十堰分公司，在柯长松认为自己无缘西藏，准备放弃的时候，大学生志愿服务西部计划报名的消息传来，柯长松便果断提交了报名表。

“过了！被录取了！”柯长松被分配至山南市隆子县隆子镇人民政府工作，他辞去了中国移动十堰分公司的职位，再次踏上前往西藏的旅途，这一次，他成了学生的朋友和兄长。

| 柯长松毕业后扎根西藏

如今，柯长松已在藏工作五年，五年来他未曾忘记当初选择西藏时的那份坚定。他先后在党建、脱贫攻坚、宣传、强基惠民、综治、民族团结等岗位上锻炼、成长，帮助群众寻找就业渠道，致富增收。他动员群众加入党组织，加强基层党组织建设，宣传党的好政策，树立脱贫信心，落实综治建设，维护民族团结。他不忘“格桑花”身份，积极参加志愿服务活动，帮助困难群众抢收农作物、雨季疏导群众安全转移、慰问困难群众、参加治安巡逻等。

工作以来，柯长松多次受到隆子县和隆子镇表彰，获评“先进工作者”“优秀共产党员”“优秀公务员”等荣誉称号，并获得“三等功”嘉奖一次，这是对柯长松的肯定，更是他初心不改、本色不移的映照。

如今，柯长松依旧和自己的学生保持联系，学生经常会来探望他，他也经常去学生家里拜访。西藏山南，二度前往，“一次支教改变了我的人生观、价值观，支教虽然结束，但是责任和使命依然扛在肩上、铭记在心中，我一天是支教团队成员，这一辈子便都是支教团队成员，虽然不在课堂，但是人在西藏，我便无怨无悔拼尽全力发光发热。”柯长松说。

第一个“格桑宝宝”的到来

“亲爱的老师，队友们，向大家报喜啦！”2019 年 1 月 23 日，“格桑花”支教群里“炸开了锅”，第一个“格桑宝宝”诞生了，这是第三批“格桑花”支教队员胡晓翔的孩子。

胡晓翔夫妇和他们的“格桑宝宝”巴桑罗布

2017 年 7 月从湖北文理学院毕业后，胡晓翔毅然参加西藏阿里地区专招计划，分配至阿里地区革吉县亚热乡人民政府，并被借调到革吉县脱贫攻坚指挥部办公室工作。早在琼结支教时，胡晓翔便关注当地的贫困现象，教学之余通过家访、座谈等方式实地调研，参与琼结中学的精准扶贫工作。对于扶贫，胡晓翔有着自己的执着。

革吉县属于纯牧业的贫困县，脱贫攻坚工作任务十分艰巨。胡晓翔常常深入农牧家庭，到田间地头为牧民解读国家政策，帮助他们用好用足国家政策。可当地农牧民的文化水平低，甚至有的不认字，连填个表都成问题，胡晓翔便充当起了“勤务员”，加班加点也便成了常态。

扶贫路上，胡晓翔结识了爱人并成家，对于家庭，胡晓翔始终觉得愧疚。“经常我回家的时候，爱人都睡着了，觉得自己给她的陪伴太少了，特别是孩子出生以后，她更辛苦，因为工作忙也没回内地，父母都还没亲眼见过儿媳妇和孙子。”胡晓翔说，但也正是因为爱人的支持，自己才得以更加心无旁骛地投入到工作中。

2019 年，革吉实现全县摘帽，胡晓翔参与完成了全县 510 户 1827 人的易地扶贫搬迁工作。在西藏安家立业，便是胡晓翔对西藏执着的钟情，“支教半年，却足以影响我一生的轨迹”。胡晓翔自己所理解的“格桑花”精神，便是用心用情扎根西藏，尽自己最大的能力，为藏族同胞做点好事和实事。

我是外地人，但我不是外人

在“格桑花”生动支教事迹和支教精神的感召下，越来越多的非支教队员的湖北文理学院毕业生，纷纷选择到西藏就业创业。任宇鑫 2012 年入读湖北文理学院，毕业前夕，她放弃北京的工作来到西藏，把最美的青春献给边疆，成为一名基层公务员，现就职于贡嘎县吉雄镇人民政府。

“宇鑫，你真的想好了吗?”“我会照顾好自己的。”作为家里的掌上明珠单独进藏工作，家人有着十二分的担忧，可任宇鑫的坚持终究换来了家人的理解和支持。2016 年毕业后，任宇鑫毅然踏上了前往西藏的道路。

由于本科专业是音乐学，在适应西藏环境和熟悉基层的基本业务的同时，任宇鑫本能地关注当地孩子的艺术教育。“学校有一支‘格桑花’支教团队，就是关注藏区学生的教育问题，我也是母校的一份子，既然选择了这里，我还是想多做点事情。”任宇鑫通过走访调研发现，西藏

| 身着藏服的任宇鑫

的确和内地不一样，这里的孩子很缺乏专业的艺术教育，她因此萌生了在单位附近开义务培训班的想法。

任宇鑫为此多方寻求支持。2017年3月，在镇党委和政府的支持下任宇鑫创办了“吉雄镇藏爱义务舞蹈培训班”。她利用下班的时间义务给藏族小朋友上课，起初报名人数126人，最后通过面试的正式学员63人，一共分为两个班，一周上4节专业课。

教学过程中，任宇鑫同样发现藏族儿童的内向与不善表达，特别需要别人的信任和赞美，需要温情和呵护。于是，任宇鑫在课堂上尽力教授，小朋友们的学习效果也非常显著，排练出多个优秀的成品节目，其中《劳动最光荣》《雷锋精神代代传》等，多次参加县里的文艺演出，得到了领导、家长的好评和认可，相关报道也频见报端。

2017年4月份，全区展开“四讲四爱”教育活动，任宇鑫原创了关于“四讲四爱”的儿童歌曲《祖国在我心窝里》。由培训班的学员演唱，并自编自创舞蹈，用活泼欢快的节奏，把“四讲四爱”精神深入童心，受到西藏区委区政府的关注，后来自治区级媒体到吉雄镇录制并宣传该歌曲。

“虽然我是外地人，但我不是外人，从进藏的那一刻起已经把这里当成了自己的故乡。”在这里，任宇鑫与群众心贴心，尽自己所能想群众之所想、急群众之所急、解群众之所需；把这里的孩子当成自己的娃，怀着一颗炽热之心认真教学，为小天使们插上梦想的翅膀。

在湖北文理学院，越来越多的学生选择和任宇鑫一样，毕业后选择到祖国边疆和西部基层就业创业。截至 2021 年，共有 11 批 58 人次赴藏支教，7 名支教队员返藏工作，40 名非支教团队毕业生扎根西藏。

第十五章　不止开在西藏的“格桑花”

“格桑花”的种子正播撒在更广阔的天地中，不止在西藏，“格桑花”的故事感动着越来越多的人。他们的坚守与执着、他们的精神与力量，都在谱写着属于“格桑花”的担当新篇。他们奔赴四方，与国家民族同心同行，奏响了“请党放心　强国有我”的时代强音。

“格桑花之家”欢迎您

围绕“格桑花”支教团队，湖北文理学院积极打造“格桑花”支教文化，并以此为载体大力开展民族团结等系列育人活动，特别是以“格桑花之家”展馆为阵地，积极打造育人空间与符号，惠及更多的校内外人士。

在通往湖北文理学院南区的主干道旁，师生们辟土开园，培育修葺了以“幸福花”“团结树”“家乡路”“励志石”为一隅的“格桑花海”，正对花海，映入眼帘的便是“格桑花文化墙”。红底黄字誊写着习近平总书记“中华民族一家亲，同心共筑中国梦；让青春之花绽放在祖国最需要的地方”之殷切嘱托和“理想坚定、不畏艰辛、勇于担当、团结奋斗、无私奉献、大爱无疆”的二十四字“格桑花”支教精神。

沿着“格桑花”的标识，进入“慧园”，一路来到“格桑花之家”展馆，300平方米的占地面积，由“含苞”“绽放”“流芳”“花语”四大部分组成，

| “格桑花之家”展馆

陈列着图片 566 张、实物 147 件，全面展示湖北文理学院“格桑花”赴藏支教团队“绽放高原支教路，格桑花开别样红”的奋斗历程。而展馆从构思设计到开馆迎宾仅历时 20 天的建设速度，本身就是对“格桑花”支教精神的生动践行。

“要克服重重困难，用心打造‘格桑花之家’育人阵地，确保 10 月份如期开馆。”2018 年 9 月，湖北文理学院党委要求充分挖掘“格桑花”育人内涵，用好用足各类资源开展民族团结进步教育，加快建设“格桑花之家”展馆育人阵地。

时间紧、任务重，自此，每天凌晨 1 点多，甚至 3 点多，湖北文理学院慧园依旧灯火通明，校团委工作人员、设计人员、施工人员白天黑夜两班倒，抢时赶工。

“十六次修改展馆设计，二十天加班加点，终于建成了！”2018 年

10 月 24 日，“格桑花之家”展馆迎来首批参观的学生。

“格桑花之家”展馆建成后，党史学习教育中央第四指导组组长于跃敏，教育部党组成员、副部长孙尧，辽宁省省长（时任湖北省委常委、襄阳市委书记）李乐成，湖北省委常委、政法委书记（时任湖北省副省长）肖菊华等 40 多位领导到访“格桑花之家”展馆，充分肯定了学校援藏支教，开展民族团结进步教育的重要时代意义。2019 年，展馆被批设为襄阳市青少年社会主义核心价值观教育基地。以支教行动为辐射点，湖北文理学院开展事迹报告分享、线上集体交流、“格桑花之家”展馆参观等团体活动 600 余场次，10 万余人次校内外人员受教育。

展馆参观日常

如今，湖北文理学院将“格桑花”支教团队的事迹融入教学实践，并作为生动素材推动理想信念教育和民族团结进步教育常态化，将“格桑花”纳入新生入学教育和毕业生教育计划，引导学生厚植家国情怀，号召学生学先进当先进，到祖国和人民需要的地方建功立业，做民族团结的拥护者和践行者。

“格桑花”的文化与理想

“我志愿做一名光荣的‘格桑花’赴藏支教队员，履行教书育人职责，引领学生健康成长，争做‘四有’好老师，甘于吃苦、乐于奉献、善于团结、勤于实践、敢于担当、勇于追梦，以实际行动践行志愿服务精

“格桑花”赴藏支教团队入队誓词

我志愿做一名光荣的“格桑花”赴藏支教队员，履行教书育人职责，引领学生健康成长，争做“四有”好老师，甘于吃苦、乐于奉献、善于团结、勤于实践、敢于担当、勇于追梦，以实际行动践行志愿服务精神、促进汉藏民族大团结、弘扬社会主义核心价值观。

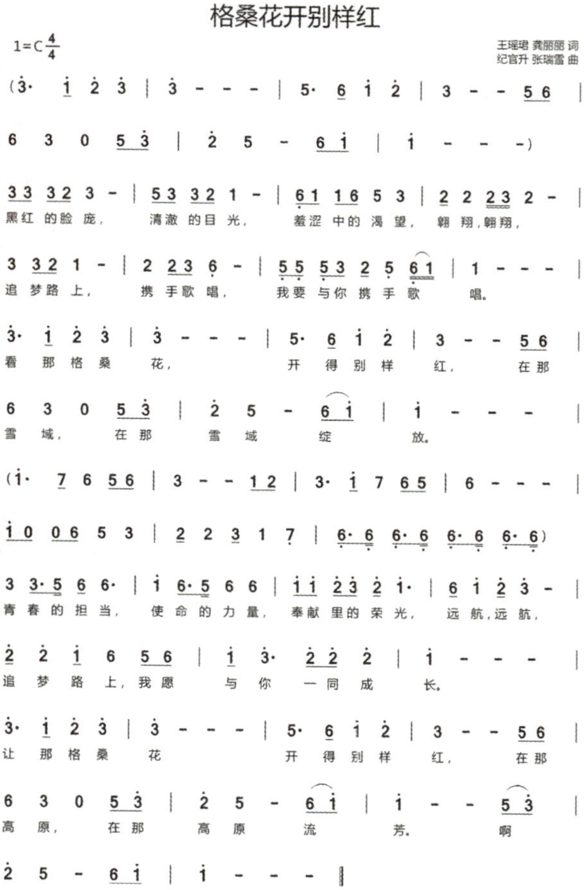

| “格桑花”支教团队的队旗、队歌与入队誓词

神、促进汉藏民族大团结、弘扬社会主义核心价值观。”随着制度和管理的完善，从 2018 年第七批“格桑花”支教团队开始，支教队员都会在出征仪式上庄严宣誓，这是他们的“仪式感”，更是他们的庄重承诺。

“黑红的脸庞，清澈的日光，羞湿中的渴望，翱翔，翱翔。追梦路上，携手歌唱，我要与你携手歌唱。看那格桑花，开得别样红，在那雪域，在那雪域绽放。青春的担当，使命的力量，奉献里的荣光，远航，远航。追梦路上，我愿与你一同成长。让那格桑花，开得别样红，在那高原，在那高原流芳。”同年，“格桑花”支教团队队歌《格桑花开别样红》正式发布，“格桑花”之歌自此传唱开来。当熟悉的旋律再次响起，无论身处何地，“格桑花”支教队员总能记起那段难忘的时光。

“格桑花”文化不仅凝聚了一批批队员，也感染着更多向往西藏的年轻人。每当有人问起黄灯麾，“你为什么选择了西藏”，总能听到他发自肺腑的回答：“那是我的青春誓言，那是我的理想。”

或许只有身处其中，才能感同身受，助力西藏基础教育、促进汉藏团结友好，同样是“格桑花”的青春誓言和理想。

把“格桑花”的故事讲给你听

“大山深处，处处有我们步行的身影；雪域高原，时时有我们的青春飞扬。”2020 年 1 月 9 日，“格桑花”支教团队作为高校唯一代表，参加“奋斗的我　最美的国”湖北省新时代先进人物进校园首场报告会，在全省巡回讲述他们在雪域高原爱心接力的青春故事，弘扬“理想坚定、不畏艰辛、勇于担当、团结奋斗、无私奉献、大爱无疆”的“格桑花”支教精神。

自 2014 年支教活动开展以来，湖北文理学院深入挖掘“格桑花”育人内涵，校内外媒体围绕支教的正面宣传报道达 1500 条次以上。《人民日报》《新闻联播》等纷纷宣传报道“格桑花”支教团队生动事迹，团队成员登上中央广播电视总台跨年盛典《启航 2020》，向全国观众讲述支教老师与西藏孩子们动人的支教故事，表达“格桑花”的“青春誓言”。

“格桑花”支教项目还入选全国教育扶贫典型案例，获教育部思政工作精品项目。湖北文理学院在全省交流民族团结进步创建经验，并作为湖北高校“五个思政”工作先进典型，在全省、全国高校党建工作会议上得到肯定。“格桑花”赴藏支教团队日益成为全国高校开展铸牢中华民族共同体意识教育、民族团结进步创建和弘扬社会主义核心价值观的典型范例和亮丽名片。

“格桑花”的故事正在传播，“格桑花”的能量正在传递，“格桑花”正怒放在祖国更加广阔的疆域，不止在西藏、不止在湖北。

我把哈达带到襄阳

平措多吉是湖北文理学院首批西藏生源学生之一，来自西藏山南。入学之前他便得知“格桑花”赴藏支教团队的事迹，从西藏来到襄阳，入读湖北文理学院医学院临床医学专业，想亲自看看这个“格桑花”故事开始的地方。

“扎西德勒!”2016 年 9 月湖北文理学院迎新工作现场，平措多吉、拉珍等西藏生源的学生向湖北文理学院院长丁世学献上哈达，“我听说过‘格桑花’支教团队，这是一个有爱的城市，一所有爱的大学”。平措多吉告诉院长，希望自己学有所成建设家乡。“谢谢你们选择湖文，以后这里就是我们共同的家园!”院长告诉他们，学校与西藏结下了深厚情谊，希望他们带来哈达、带回知识，做汉藏文化交流的使者，做汉藏团结的践行者。

“我对‘格桑花’支教队员都充满了敬佩和感谢，他们不远千里奔赴我的家乡，我更得努力学习，毕业后扎根在这片生我养我的土地。”平措多吉对母校湖北文理学院的喜爱溢于言表，5 年时间转瞬即逝，2021 年 6 月平措多吉从湖文毕业，阔别师友回到西藏山南，践行着自己当初“建设家乡”的承诺。

这是缘分更是传承。湖北襄阳与西藏山南，因为“格桑花”而有了更多奋斗的故事，3400 多公里的绵延，赓续了汉藏情深的民族故事，为华夏一家的民族交融写下生动注脚。

“格桑花”的青春剧场

2021 年 9 月，湖北省民宗委发布《关于 2021 年湖北省民族文化精品项目建设有关事宜的通知》，湖北文理学院报送的“格桑花”话剧通过公示正式入选。

湖北文理学院大型原创话剧《格桑花开》以全国“最美支边人物”——湖北文理学院“格桑花”赴藏支教团队事迹为原型创编，讲述了队员们情系高原，挥洒热血青春投身西藏教育事业、促进汉藏民族团结的生动故事。

该剧自 2021 年 6 月正式启动创编工作，共分 9 幕，累计修改剧本

| 话剧《格桑花开》海报

24 次。通过 2 次招募、6 次调整，第一代 42 名话剧演员，分别来自学校 13 个学院，涉及 20 个专业。剧情中队员的姓名包含了截至当时已结束支教任务的所有队员的姓或名，以此铭记感谢支教队员的辛勤付出。

2021 年 9 月 23 日在大学生活动中心启动首次排练，历经两个年头，从秋到春，从寒到暖，这些零基础的演员们风雨无阻，寒暑不惧，72 场次排练，磨砺了品格，培养了情怀。有骨折后拄拐坚持训练的坚韧、有课业繁重不放弃的执着、有跨越千里提供素材的支持、有攻坚克难中升华的师生情、有通过透支体力去体会高反的汗水、有达不到理想演技难过着急的泪水、有认真研究剧情的专注、有天真烂漫的青春俏皮，这是一场付出与收获的旅行，2022 年 4 月 30 日话剧在襄阳市剧院成功录制的喜悦、学校领导慰问鼓励的幸福、媒体平台纷纷报道的关爱成了朋友圈里最美丽的风景。

以美育人、以文化人。每一个参演和观看《格桑花开》话剧的人，都在美育过程中身临其境地“云”感受和“云”参与赴藏支教，一批批大学生在“理想坚定、不畏艰辛、勇于担当、团结奋斗、无私奉献、大爱无疆”的“格桑花”支教精神的感召下，与时代同行，扎根基层、服务西部，牢记“国之大者”，在奉献与奋斗中彰显责任担当，为强国建设、民族复兴贡献青春力量，在青春的赛道上跑出当代青年的最好成绩！

话剧《格桑花开》剧照

第十六章 “格桑花”的“花语”

从2014年到2021年，7年11批58人次的爱心接力，写就了“格桑花”的青春故事，他们的脸庞和青春誓言，是“格桑花”传承的见证。每名支教队员都有自己的花语，每个人都在散发着独特的芬芳，因为真诚所以动人。

第一批“格桑花”赴藏支教团队成员

和风帆：“一个二十平米的房间，是二十几个孩子梦想起航的地方；一块小小的黑板，承载了二十几个孩子的梦想；一句句话语，希望能够谨记在孩子们的心中。……选择赴藏支教，一生无悔！”

王松：“在西藏广袤的土地上，我所走过的家访路程已超过了八千里。我将继续行进在通往志愿服务和追逐梦想的道路上，这条路上还会有很多个不同的‘八千里路’，我将满怀欣喜地迎接未来的风雨阳光。”

戴昊奇：“我上的最后一节课是美术课，当时很多学生都哭了，下课时学生扯着我的衣服挽留，从三楼走到一楼我整整用了16分钟。”

沈盼：“在这里我有着太多难忘的第一次：上大学以来第一次开夜车只是为了备好一堂课，第一次有那么多学生热情地喊我‘沈老师’，第一次批作业批到手都酸了，第一次管理一个班级……太多的第一次对我来说都是一笔终身宝贵的财富。”

| 第一批 2014 年 5 月—2014 年 9 月

第二批“格桑花”赴藏支教团队成员

吴顺喜（第二、三批支教队员）：“孩子们的坚持和渴望感染着我、震撼着我、激励着我！到西部去，到基层去、到祖国最需要的地方去，将人生最宝贵的青春奉献在西藏这片热土上是我最无悔的选择。”

余阳：“那个叫旦增的小家伙突然一把抱住我，舍不得我走，硬要我给他电话号码，说以后想我了可以给我打电话。孩子眼神透露出的淳朴和热忱，是我迄今为止见过的最美的东西。”

柯长松：“土多热旦每次都会抱怨我给他们布置的作业多，但是每次都会按时完成，而且字迹非常工整；每次他都嫌我做的饭不好吃，但他每次都会吃得一点不剩；每次自习他都不让我站在他身边，抱怨这样让他没办法专心学习，但他又总是很亲近我。临走时，他悄悄拿着一盒藏鸡蛋哭着对我说：‘这是我的一片心意，老师你就收下吧，我好怕再也见

| 第二批 2015 年 3 月—2015 年 9 月

不到你了’，我的眼泪瞬间流了下来。”

李功黔：“我多想再送一次孩子们回家，与他们一同感受这段旅途的温馨；我多想再面对他们好好讲一次课，反复强调那道必考的知识点、选择题；我多想再跟在自己带的班后面跳锅庄舞，虽然我跳得很不正宗；我多想再跟篮球队的孩子们参加一次篮球比赛，我们一定会再多赢几场。嗯，再听听那时的上课铃下课铃也许会热泪盈眶吧。”

涂波：“那段时间队友就像个奶爸，随身带着卷纸，因为我随时都会流鼻血，高原反应对我来说确实有些痛苦，但只要心中常存对祖国、对人民、对这片土地的热爱，一切困难都是那么的渺小。”

第三批“格桑花”赴藏支教团队成员

| 第三批 2016 年 3 月—2016 年 8 月

郑仕洲：“当了老师之后，我的话好像变多了，嘴也变碎了，生怕哪个学生没有关心到，哪个知识点没有讲明白，用心做好每一件事情，用爱呵护每一个学生，花开文理，筑梦琼结。”

胡晓翔：“在感动中磨练，在感动中成长，在感动中收获，收获的是无比欢乐，是人生阅历，是人生财富。”

周建强：“青春不仅有诗和远方，还有奉献和拼搏！”

廖文茂：“当你走近，请你细听，那稚嫩的脸庞，是我等待的青春！”

吕邦贾：“永远年轻，永远热泪盈眶，这是支教路上收获的最珍贵的幸福。”

第四批“格桑花”赴藏支教团队成员

徐小浩：“我永远都不会忘记，当我把自己网购的书送给孩子们时，他们兴奋的神情；当支教队员与孩子们玩游戏时，他们灿烂的笑容……”

王许达：“孩子们都尽自己最大的声音向我喊出‘老师好’‘老师再见’‘老师辛苦了’，虽然我的耳朵经常被大家的高分贝喊声震得嗡嗡作响，但心里却幸福得要命。”

万倩怡：“‘我要好好学习，以后要当像万老师一样我们都喜欢的老师！’这句话将永远激励我前行！”

黄亚鹂（第四、五批支教队员）：“只有老师牵挂着学生，学生才会把老师记在心里。出院后，孩子的家长送给我需要采摘一天的、长在海拔5000米的高寒地带稀有的蘑菇让我补身体，我知道，我被他们认可了！”

第四批 2017年3月—2017年7月

第五批“格桑花”赴藏支教团队成员

| 第五批 2017 年 8 月—2017 年 12 月

杜雨潇：“一句‘老师好’，一句‘杜老师，我爱你’，足以让我忽略凛冽的寒风和肆虐的沙尘。”

李长存：“当我听到‘以前下午我喜欢踢足球，现在我更喜欢待在科技馆里面跟着老师发明东西’时，我知道我兑现了出征前‘我要用行动向前几批队员看齐’的承诺。”

何郑青：“当互不相识、不同民族的我们坐在一起欣赏、学习音乐时，当看到孩子们在我的音乐课上一起欢欣、一起激动、一起洋溢着幸福的笑容时，这大概就是我最幸福的时候。”

第六批“格桑花”赴藏支教团队成员

肖泽龙：“我一说我是‘格桑花’支教团队的，孩子们就兴奋地说我知道我知道……，又喊出吴顺喜、胡晓翔、徐小浩、黄亚鹂等这些前几批队员的名字，我想不用说太多，这大抵就是‘格桑花’支教团队五年来工作成果最好的见证！”

项立刚：“校长，我想再咬牙坚持一下，既然来到了这个地方，我就没打算中途退出，我想为这里贡献自己的一份力量。”

刘鑫：“当我看到画室的灯很晚都还亮着，看到这些学生这么刻苦、努力，作为一个老师，我又有什么理由松懈，是他们让我感受到了一份沉甸甸的责任，我收获的远比奉献的要多得多。”

| 第六批 2018 年 3 月—2018 年 7 月

朱寅：“这半年，我工作着、收获着、付出着、感动着，这必将是我人生道路上最浓墨重彩的一笔，也会是我人生历程中最不平凡的一页。”

第七批“格桑花”赴藏支教团队成员

杨壮壮：“益西多吉的奶奶一双粗糙的大手紧握着我，用不太流利的汉语反复对我说‘谢谢你，杨老师，一定要教好他！’一股暖流从手

| 第七批 2018 年 8 月—2018 年 12 月

心一直蔓延到内心，‘奶奶您放心，这就是我的责任和使命！’”

纪官升：“孩子们说要给我唱歌，‘我怕我没有机会，跟你说一声再见，也许就再也见不到你’，唱到这里我立马喊停，使劲忍住眼泪走出了教室。孩子们，等我，我一定会回来！”

刘思棋：“我会珍藏所有你们从门缝里偷偷塞进来的小纸条，那一句句真切的祝福，让我确信，来到西藏、遇见你们，是我今生最美的回忆。”

赵苗：“记得来这里的第一节课也是七（5）班孩子的初中第一课，我有些忐忑地走上讲台，在黑板上写下了我的名字，刚写完就听到下面的孩子们整齐地喊我‘赵老师好’，这种感动与自豪怕是这辈子都再难有！”

第八批“格桑花”赴藏支教团队成员

姜劲邑：“雨夹雪，教案放在教室里忘记拿，旦增多吉送到我办公室时教案裹在他的肚子里，而他自己被淋湿了，摸着教案还很热乎。瞬间被感动到，善良的的孩子，心里都住着一个小太阳。”

黄灯麾：“伴随着《岁月神偷》电影故事的推进，我们吃着糖果，听着音乐，为银幕闪过的两道彩虹而惊喜，将这三个多月时光的喜乐与温情深深收藏在心底。孩子们带着哭腔说道：‘我们也要到诸葛亮读书的地方上大学’。那一刻我想，每个孩子眼睛里七色彩虹的倒影，一定会成为未来人生的美好愿景。”

第八批 2019 年 3 月—2019 年 7 月

冯金柱：“我最难忘的时光就

是陪着一群孩子，利用收集来的废旧塑料瓶制作他们奇思妙想的小玩意。那些制作出来的东西就像他们的心灵一样，天真美好。”

黄紫瑛：“本以为教学严厉的我应该不太受学生欢迎，没想到在临走前的最后一堂音乐课上听到学生们为我合唱的《烛光》，不禁热泪盈眶。”

邓紫辉：“在结束四个月支教时，八（3）班的班长洛桑对我说‘老师您的体贴和宽容就像父爱一样，我并不是在说您老，而是比喻’，我想这样的比喻就是对我四个月支教最大的认可了吧！”

汤加林：“临近离开的前几天收到了很多信，歪歪扭扭写下了满心的喜爱与不舍。他们几乎都有同样一句话：‘用天上最亮的星星祝愿您’，这大概是孩子们给出的最诚挚的祝福了。”

第九批“格桑花”赴藏支教团队成员

何渝琦：“你们不必记住我，要记住‘格桑花’，我终究会离开，但‘格桑花’会一批又一批地到来，因为琼结在这里，你们在这里。”

张兰：“‘我不怕千万人阻挡，只怕自己投降’，做你想做的，趁阳光正好，去追逐梦想，趁还年轻！”

吕晓妍：“嘎玛旺旦紧紧地抱着我，哭着说：‘老师妈妈，不要走’，平央老师对我说：‘我是你的藏族妈妈，你是我的汉族女儿’，我们是不同的民族，但我

第九批 2019年9月—2019年12月

们有一个共同的名字‘中国人’，我们都有着相同的血脉，我们是至亲的一家人！”

张城：“支教更是‘支心’，我愿像萤火虫一样，用尽自己的全部力量，化作一缕微光，去照亮孩子们选择人生的道路。”

彭闯：“‘老师，太舍不得您了，在我们最好的年华相遇，我会努力学习，争取考到内地班去……’每次看到孩子们写的信，眼泪就止不住往下掉，有种揪心的痛，长这么大，第一次感觉分离这么难受，这么悲伤。”

卜彩虹：“我希望，在完成自己的学业后，能够再次回到西藏，回到这片热爱的土地，继续完成我的支边梦！”

宋范坤：“清洁黑板油漆画的松香水具有毒性，我一个人花了 2 小时的时间使黑板焕然一新。听到学生说我是他们遇见的最好的老师、最好的朋友时，搓着自己被松香水冰得已经没有知觉、冻得通红的双手，我咧着嘴笑个不停。”

李婷婷：“当临别时孩子们说‘老师，我爱你’，我的眼泪就像决堤的河水再也控制不住地流了下来，越来越多的孩子们走了过来抱住我，感恩你们给予我支教生活中满满的幸福与感动。”

第十批“格桑花”赴藏支教团队成员

陈泊风：“当踏上这片土地后，我就确定我要将自己所能做的所有事情都义无反顾地完成，哪怕只是给孩子们带来一口干净的水，我也会尽己所能，做到极致。”

张随阳：“在最后一节英语课的时候，看着孩子们在教室窗户旁边挥手大喊‘小张老师，我们喜欢你’，我的眼泪止不住地流了下来。”

李佳苗：“第一次走进教室，孩子们天真无邪的笑脸与似火的热情抚平了我紧张的情绪。短短的几个月里，我和孩子们成为了无话不说的好朋友，我们会玩拥抱游戏，一起布置温馨的教室，筹办运动会，100多个日夜的朝夕相伴，孩子们不舍的泪水，是我支教期间收到最珍贵的礼物，也是我交上的一份最真诚的答卷。或许几年之后，他们不记得我的名字，但他们永远记得这位曾经在琼结县双语幼儿园教会他们什么是爱的‘朋友老师’！”

贾如玥：“在海拔三千九百米的西藏琼结，我遇到了一群天真无邪的藏族小天使，虽然小班的孩子们有的还不会说汉语，但他们无时无刻不在用身体语言向我表达着关心，比如入园时开心地扑上来抱住我，离园时紧紧拉住我的手，打喷嚏后纷纷拿着纸巾站在我身边的身影……四个月的支教生活快乐而又充实，有付出更有收获，是我一生珍惜和追忆的，更是我一生无悔的选择。”

| 第十批 2020 年 8 月—2020 年 12 月

李哲昊：“真正的离别并没有想象中那么轻松，没有远眺折柳，没有长亭古道，没有歧路泪沾襟。只是在一个和昨日相同的清晨，有人回到远方，有人留在了原地。原以为艰苦的支教时光，却变成了难忘的一段段回忆，时间从不给谁机会去后悔，回首在琼结县的点点滴滴，都是孩子们一张张笑脸，这便是‘格桑花’留给我最美好的回忆。”

刘银龙：“‘魅力湖文求志地，格桑花舞守边疆’，选择支教，我不后悔；支教完后，我更不后悔。置身于遍地的格桑花中，远离尘世的浮躁与喧嚣，心里是满满的自由与惬意。就这样，琐碎、艰苦的生活变得有滋有味起来。那一年，那群孩子，许久不曾提起，但永远也不会忘却。”

张天月：“‘老师，我们舍不得你，将来我们一定要去内地找你，你一定不要忘记我们！’离别之际，孩子们泪眼婆娑的场景依旧历历在目，分别不是离别，我会再去看你们的！”

朱慧：“支教的时光太短暂，走的那天，两个班的同学大声唱着《再见》，和大家晨起锻炼，挑灯夜读，还有一起喝酥油茶的日子难以忘记，每个人的名字在我心中永远都不会抹去。每当格桑花开时，小朱老师就会愈发想念雪域高原的这群同学们。”

第十一批“格桑花”赴藏支教团队成员

李竹颖：“半年支教，用爱驻守汉藏情对我而言不再是一句口号，而是想真正地融入这片土地，为这些淳朴天真的孩子奉献我的一切。”

姜永翔：“这里的孩子们和我有过许多许多的约定，我知道他们最真挚的愿望是希望我留下。虽然，我做不到永远陪伴他们长大，但是，在余生全部的岁月不忘却这段回忆，是我能信守的最漫长的承诺。”

明淦生：“每当听见学生趴在窗台上喊我的时候，就觉得心里充满了幸福感。支教的时光很短，短得宛如看了一部影片，当我还沉溺于剧情无法自拔时，它却结束了。但支教故事却很长，

第十一批 2021 年 3 月—2021 年 7 月

长到足以让我品味一生。”

严豫康：“当初怀着一份忐忑、一份期待来到琼结县支教的情形，仍历历在目……支教岁月里，我工作着、收获着、付出着、感动着，这是我人生经历中不平凡的夜，更是我人生道路上浓墨重彩的一笔，洒下的汗水，让我迎来了幸福的收获。”

邹材广：“这一段支教生活是经历，是历练，是与你们一起相处过后离别时的不舍……热情可爱的你们，怀揣梦想正待启航，很幸运能在最美的时光遇见你们，筑梦路上，一起成长！”

当青春的脚步匆匆，梦想掠过苍穹，这群年轻人用大爱之行动诠释青春本色。绽放高原支教路，格桑花开别样红，他们的故事正在继续，他们的脚步还在行进……

附　录

大 事 记

湖北文理学院“格桑花”赴藏支教团队大事记（2014—2021）	
2014 年 3 月	启动“格桑花”赴藏支教团队组建工作
2014 年 5 月	首批“格桑花”支教队员赴藏支教
2015 年 1 月	团队获评 2014 年湖北省大中专学生志愿者暑期“三下乡”社会实践活动优秀团队
2015 年 3 月	第二批“格桑花”支教队员赴藏支教
2015 年 3 月	团队获评“湖北省本禹志愿服务队”称号
2015 年 3 月	“格桑花”赴藏支教活动组织方——湖北文理学院团委获评中宣部“全国学雷锋活动示范点”单位
2015 年 5 月	团队获评第十一届“西藏青年五四奖章”
2016 年 2 月	团队获评 2015 年湖北省大中专学生志愿者暑期“三下乡”社会实践活动优秀团队
2016 年 2 月	团队提名为“2015 感动襄阳十大人物”
2016 年 3 月	第三批“格桑花”支教队员赴藏支教
2016 年 3 月	“格桑花”赴藏支教活动组织方——湖北文理学院团委获评湖北省“学雷锋示范点”单位
2016 年 12 月	“格桑花”赴藏支教项目获 2015 年度湖北省高校校园文化建设优秀成果二等奖
2016 年 12 月	团队荣登“襄阳好人榜”
2017 年 3 月	团队获评湖北省青年志愿者优秀组织奖
2017 年 3 月	第四批“格桑花”支教队员赴藏支教

续表

湖北文理学院“格桑花”赴藏支教团队大事记（2014—2021）	
2017 年 8 月	第五批“格桑花”支教队员赴藏支教
2017 年 9 月	团队被琼结县委县政府授予“重教社会组织”
2018 年 3 月	第六批“格桑花”支教队员赴藏支教
2018 年 8 月	第七批“格桑花”支教队员赴藏支教
2018 年 9 月	团队被琼结县委县政府授予“重教社会团体”
2018 年 10 月	爱心企业湖北荆洪生物科技股份有限公司捐资修建“格桑花之家”展馆
2018 年 11 月	团队入选“荆楚楷模”2018 年 11 月月度人物
2018 年 12 月	团队荣登中央文明办 2018 年 12 月“中国好人榜”
2019 年 1 月	团队入选“襄阳楷模年度人物”
2019 年 2 月	团队入选 2018 年度“荆楚楷模”年度集体
2019 年 3 月	第八批“格桑花”支教队员赴藏支教
2019 年 7 月	“格桑花”赴藏支教项目获第五届中国“互联网 +”大学生创新创业大赛湖北省金奖
2019 年 7 月	团队获评中宣部 2019 年度“最美支边人物”称号
2019 年 9 月	第九批“格桑花”支教队员赴藏支教
2019 年 9 月	团队被琼结县委县政府授予“重教单位”
2019 年 9 月	“格桑花”赴藏支教活动组织方——湖北文理学院团委获评国务院“全国民族团结进步模范集体”荣誉称号
2019 年 12 月	学校获评 2019 年湖北省民族团结进步创建示范单位
2019 年 12 月	团队获评团中央“第十二届中国青年志愿者优秀组织奖”
2019 年 12 月	团队获评“第七届襄阳市道德模范”
2019 年 12 月	团队登上中央广播电视总台跨年盛典《启航 2020》
2020 年 1 月	“格桑花”赴藏支教项目入选教育部“2020 年高校思想政治工作精品项目”
2020 年 7 月	“格桑花”赴藏支教项目获评中央文明办 2019 年度全国宣传推选学雷锋志愿服务“四个 100”先进典型最佳志愿服务项目
2020 年 9 月	第十批“格桑花”支教队员赴藏支教
2020 年 11 月	“格桑花”赴藏支教项目入选教育部“全国教育扶贫典型案例”
2020 年 11 月	团队获评湖北省 2019 年度学雷锋志愿服务先进典型“最佳志愿服务组织”
2020 年 12 月	团队被琼结县政府授予琼结县 2020 年“美团杯”中小学生科技节活动“优秀组织奖”

续表

湖北文理学院“格桑花”赴藏支教团队大事记（2014—2021）	
2021 年 3 月	“格桑花”赴藏支教项目获评 2020 年度湖北省统战工作实践创新成果奖
2021 年 3 月	第十一批“格桑花”支教队员赴藏支教
2021 年 8 月	“格桑花”赴藏支教活动组织方——湖北文理学院团委获国家民委民族团结进步创建工作专项奖励经费
2021 年 9 月	以“格桑花”赴藏支教团队为原型的话剧入选“2021 年湖北省民族文化精品项目”
2021 年 9 月	“格桑花”赴藏支教项目获第六届湖北青年志愿公益创业赛银奖
2021 年 9 月	第十二批“格桑花”支教队员赴藏支教
2021 年 12 月	“格桑花”赴藏以支教团队为故事原型的广播剧《革命人永远是年轻》（又名《启程——理想青春照未来》）获“第二十一届中国广播剧研究会广播剧专家评析”单本剧二等奖
2021 年 12 月	湖北文理学院被国家民委命名为“全国民族团结进步示范学校”
2022 年 8 月	“格桑花”赴藏支教项目获第八届中国国家“互联网 +”创新创业大赛“青年红色筑梦之旅”赛道金奖

领导关怀

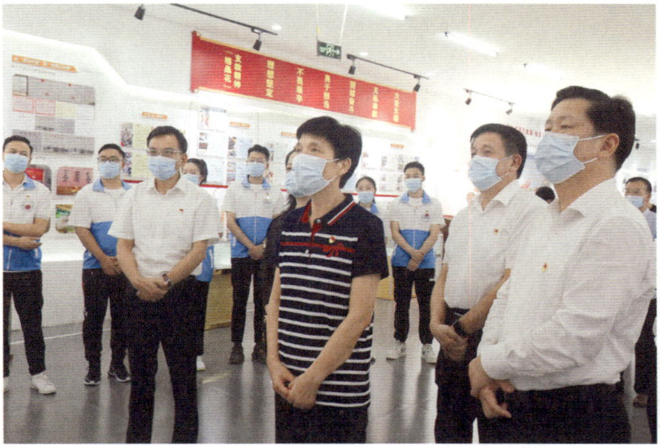

2021 年 9 月 14 日，党史学习教育中央第四指导组组长于跃敏参观“格桑花之家”展馆

2019 年 3 月 16 日，教育部党组成员、副部长孙尧和支教队员亲切交谈

2019 年 4 月 2 日，辽宁省省长（时任湖北省委常委、襄阳市委书记）李乐成鼓励支教队员

2019 年 10 月 29 日，湖北省委常委、政法委书记（时任湖北省副省长）肖菊华与支教队员亲切交谈

2022 年 11 月 17 日，湖北省委常委、襄阳市委书记王祺扬参观展厅

2014 年 8 月 31 日，时任湖北省副省长郭生练、湖北省教育厅副厅长严学军看望慰问支教队员

2018 年 12 月 1 日，农民日报社社长唐园结参观“格桑花之家”展厅

2021 年 11 月 23 日，湖北省政协副主席（时任湖北省政协副主席、襄阳市委书记）马旭明参观“格桑花之家”展厅

2019 年 2 月 22 日，时任湖北省教育厅厅长陶宏参观“格桑花之家”展厅

2015 年 9 月 12 日，湖北省乡村振兴局党组书记、局长，湖北省农业农村厅党组成员（时任团湖北省委书记）张桂华看望慰问队员

| 2022 年 11 月 15 日，团湖北省委书记周森锋参观展厅

| 2018 年 7 月 25 日，黄石市委书记（时任襄阳市市长）郄英才看望慰问队员

| 2021 年 10 月 8 日，襄阳市市长王太晖参观“格桑花之家”展厅

2017 年 9 月 3 日，时任团湖北省委副书记金鹏、中国青年志愿者协会副会长徐本禹看望慰问队员

2023 年 2 月 21 日，湖北省第十批援藏工作队领队、山南市委副书记、常务副市长王云清参观展厅

后 记

这是一群年均21岁的新时代青年接力逐梦的故事，他们用心书写青春，用情呵护梦想。书中的主人公们跨越3400余公里，从汉水之滨的古城襄阳，奔赴千山之巅、万水之源的西藏支教，他们用初心和担当书写了一份汉藏情深的青春答卷。

他们与时代同行，用青春和热血践行志愿服务精神、铸牢中华民族共同体意识、弘扬社会主义核心价值观，积淀传承着“理想坚定、不畏艰辛、勇于担当、团结奋斗、无私奉献、大爱无疆”的支教精神。教育者本身是受教育的，这群故事青年的背后，是一所大学“淡泊明志 宁静致远”的立德树人根本和“让学生享有更好的教育”的知行合一。

致敬时代，致敬青春！致敬“格桑花”赴藏支教团队！翻开这一本书去寻觅他们的脚步、聆听他们的故事，或许我们能从中体味青春的力量，去共情片刻的欢愉、感知片刻的欣喜、收获片刻的感动，或许我们能从中瞭望这时代洪流，看那“格桑花开别样红”！也希望这支团队能够影响更多的人加入志愿者队伍，投身祖国最需要的地方，共同写好“最美支边人”的青春答卷，共享民族复兴的伟大荣光！

本书由湖北省志愿者协会和中共湖北文理学院委员会共同编著，得到了人民出版社的大力帮助和指导，在此致以诚挚的谢意！在本书编写过程中，众多师生以及“格桑花”赴藏支教团队的队员们在紧张的工作及学习之余花费了大量的休息时间，在信息沟通、素材整理、文字编辑、图解注释等方面做了大量的工作，付出了辛勤的劳动。同时，本书中的众多照片由长期关心关注学校和支教团队发展的媒体朋友提供，在此一并表示衷心感谢！

由于编者水平有限，书中难免有疏漏之处，敬请广大读者批评指正。

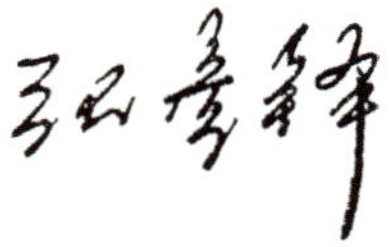

2023 年 12 月

责任编辑：陈　登
封面设计：汪　阳
版式设计：王　婷

图书在版编目（CIP）数据

格桑花开："最美支边人"的青春答卷 / 湖北省志愿者协会，中共湖北文理学院委员会 编著．—北京：人民出版社，2023.12
ISBN 978－7－01－025693－1

Ⅰ.①格…　Ⅱ.①湖… ②中…　Ⅲ.①报告文学－中国－当代　Ⅳ.① I25

中国国家版本馆 CIP 数据核字（2023）第 086451 号

格桑花开

GESANGHUA KAI

——"最美支边人"的青春答卷

湖北省志愿者协会　中共湖北文理学院委员会

人民出版社 出版发行
（100706　北京市东城区隆福寺街 99 号）

北京盛通印刷股份有限公司印刷　新华书店经销

2023 年 12 月第 1 版　2023 年 12 月北京第 1 次印刷
开本：710 毫米 ×1000 毫米 1/16　印张：18.75
字数：242 千字

ISBN 978－7－01－025693－1　定价：56.00 元

邮购地址 100706　北京市东城区隆福寺街 99 号
人民东方图书销售中心　电话（010）65250042　65289539